AM ENDE WIRD ALLES GUT!

HAPPY-END-
GESCHICHTEN

Herausgegeben von
Aleksia Sidney

K
A
M
P
A

Für den Blick hinter die Verlagskulissen:
www.kampaverlag.ch/newsletter

KAMPA POCKET
DIE ERSTE KLIMANEUTRALE TASCHENBUCHREIHE
Gedruckt auf säurefreiem und chlorfrei gebleichtem Papier zur Unterstützung verantwortungsvoller Waldnutzung, zertifiziert durch das Forest Stewardship Council. Der Umschlag enthält kein Plastik. Kampa Pockets werden klimaneutral gedruckt, kampaverlag.ch/nachhaltig informiert über das unterstützte CO2-Kompensationsprojekt.

Veröffentlicht im August 2025 als Kampa Pocket

Hegibachstrasse 2, CH-8032 Zürich
info@kampaverlag.ch
GPSR-Kontakt: Schöffling & Co. Verlagsbuchhandlung GmbH, Kaiserstraße 79, D-60329 Frankfurt am Main
info@schoeffling.de

Covergestaltung und Satz: Lara Flues, Kampa Verlag
Covermotiv: © Paul Thurlby
Gesetzt aus der Stempel Garamond LT / 1. Auflage 2025
Druck und Bindung: GGP Media GmbH, Pößneck
ISBN 978 3 311 15127 2

www.kampaverlag.ch

Inhalt

Eva Ibbotson

Mit Liebe und Sumpfgeräuschen

Es war ein Ort, wie man ihn bei einem plötzlichen Regenguss aufsucht oder wohin man mit überalterten Verwandten geht, denen man mit ausgestopften Schneehühnern, afrikanischen Wurfspießen und den weniger berühmten Mumien eine Freude machen kann. Das Havelock, wie es genannt wurde, war ein kleines, altmodisches Museum, das versteckt an einem der stillen grauen Plätze zwischen der London Library und St James's lag.

Es war ein Ort, von dem man alles Mögliche erwarten konnte, nur nicht eine Begegnung mit dem Schicksal.

Es war November – in dieser Londoner Gegend ein anscheinend unvergänglicher Monat – mit den bommelartigen Samenfrüchten an den Platanen und den auf das Pflaster gebreiteten Blättern. Meine Frau wollte nicht mitkommen – sie hatte eine »Verabredung« – und weil ich mir vorstellen konnte, was das für eine Verabredung war, kaufte ich mit dem inzwischen nur allzu bekannten Ziehen im Magen eine Eintrittskarte. Ich ging an der Büste von William Havelock (mit Tropenhelm) vorbei und blickte in die friedlichen Augen eines Erdferkels, das breitbeinig auf einem gemalten Veldt stand. Aus einem Glaskasten starrte mich eine Weißschwanzgnu-Familie an, ein Seelöwe reckte seine majestätische Brust auf einem Mahagonisockel. Es war sehr still.

Ich schlenderte an einem Schaukasten mit exotischen Schmetterlingen vorüber, an Modellen von Auslegerbooten aus Rinde, Würfeln aus Fingerknöcheln ... Havelock hatte eindeutig alles gesammelt. Dann tauchte plötzlich aus einer Tür mit dem Schild *Personal* ein Mädchen auf, ein x-beiniges Ding mit wirren Haaren, bepackt mit einer Nilpferdharpune, einer Glasglocke mit einem ausgestopften Moorhuhn und einem Pappkarton.

Es war alles in allem etwas zu viel. Der Karton kam ins Rutschen und fiel, und ein dunkler, unansehnlich gefleckter Gegenstand rollte über den Fußboden. Es war ein sich nicht im besten Konservierungszustand befindender Schrumpfkopf. Ich hob ihn auf. Sie dankte mir, entschuldigte sich, lächelte. Dann setzte sie ihre Ladung erneut ab und sagte: »Gefällt es Ihnen hier? Wollen Sie, dass ich Sie ein bisschen herumführe?«

Ich muss Ja gesagt haben, denn sie führte mich herum. Ach, was sage ich? Sie überreichte mir das Museum, sie legte es mir zu Füßen. Ich hatte das Gefühl, sie hätte am liebsten jedes Exponat von den Wänden genommen und in meine offenen Hände gelegt, so besessen war sie davon, mich an den Schätzen des Museums teilhaben zu lassen.

»Es ist so schön hier, aber kaum jemand kommt. Sehen Sie, das ist eine Nacktkiemerschnecke. Sie sind sehr selten bei uns. Gefallen Ihnen die roten Tentakel?

Und diese Seidenspinner stammen direkt von denen ab, die dem Kaiser Wu-Ti gehörten – der die Himmlischen Pferde züchtete, wissen Sie –, und wir haben die beste Sammlung ostindischer Muscheln auf der ganzen Welt. Ein ganz süßer Professor schickte sie uns aus Kuala Lumpur. Wussten Sie, dass manche Schneckenhäuser linkswendig und andere rechtswendig sind? Ich habe das erst erfahren, als ich hier zu arbeiten anfing.«

Ihre Hand schwebte über meinem Ärmel; ihr Herz zweifellos über meinem oder über dem jedes anderen … Ein Mädchen wie ein Füllhorn, das sogar beim Einatmen redete. Und plötzlich dachte ich, dass sie wie ein Fußballfan war, der nach dem Spiel in die Nacht hinausrennt und völlig Fremde mit seiner Begeisterung überfällt.

»Jetzt passen Sie auf!«, sagte sie. Wir waren zu einem Schaukasten mit ausgestopften Hirschen gekommen. Ein Zwölfender und eine Hirschkuh stolzierten über ziemlich welkes Heidekraut. Das Mädchen drückte auf einen Knopf, worauf ein ungewöhnlich trauriges, hupendes Geräusch durch das Museum hallte.

»Das sind die Brunftschreie des Hirsches«, sagte sie, und dabei leuchteten ihre pflaumenblauen Augen vor Stolz. »Mr Henry hat sie eingebaut, unser früherer Direktor. Er ist erst vor Kurzem in Pension gegangen. Wir haben auch Sumpfgeräusche, drüben, im nächsten Saal, bei den Dinosaurierknochen. Wollen Sie sie hören?«

Doch bei den Sumpfgeräuschen streikte ich und entschuldigte mich. Erst als ich die Wohnungstür aufsperrte und meine Magenschmerzen wieder einsetzten, fiel mir auf, dass sie während der letzten paar Stunden verschwunden waren. Aber wer war schuld daran? Ich war derjenige, der heiraten wollte, nicht Vivian. Sie hatte mich oft genug gewarnt, dass sie es nicht ertragen könne, gebunden zu sein. »Paul, wenn du eifersüchtig bist, ist es aus«, hatte sie gesagt. Also war ich nicht eifersüchtig. Ich hatte nur dieses Magendrücken. Mehr ist Eifersucht vermutlich auch gar nicht. Es ist nur ein Schmerz.

Am nächsten Tag ging ich mit meinem neuen Schlüsselbund zum Havelock, nahm den Hintereingang und schritt durch Gänge, die vollgestellt waren mit Schränken, alten Schaubildern, Häuten und Fellen, zum Büro des Direktors. Ich war überrascht, zu dieser verhältnismäßig frühen Stunde bereits eine ganze Anzahl von Leuten bei der Arbeit zu finden. Eine hinreißend gekleidete und hochschwangere Araberin sortierte Fischadlereier, ein kleiner glatzköpfiger und ziemlich alter Mann ordnete Ichthyosaurierknochen, ein junger Mann in zerrissenen Jeans nagelte ein Schubfach zusammen …

Im Büro des Direktors suchte ich zunächst einmal eine Liste der Angestellten. Ich hatte diesen Job bekommen mit der Auflage, zu rationalisieren, Kosten zu senken, zu modernisieren, und es sah so aus, als ob ich mit einer beträchtlichen Verringerung des Mitarbeiterstabs beginnen müsste. Aber mein Vorgänger schien mit der Installierung von Hirschbrunftgeräuschen sein

Pulver verschossen zu haben. Ich konnte keine Personalliste finden.

Schließlich ging ich zu meinem Stellvertreter, Mr Biggers, dem Tierpräparator. Ich hatte ihn bei meinem Vorstellungsgespräch kennengelernt und hielt ihn für einen vernünftigen Mann.

»Mr Biggers, ich bin ein bisschen erstaunt über die Zahl unserer Mitarbeiter«, sagte ich. »Ich dachte, wir hätten nur vier Vollzeitangestellte.«

Mr Biggers schob den Gipsabdruck vom Kopf eines Dodo – einer ausgestorbenen Riesentaube – zur Seite, warf einen gebeizten Balg zurück in sein Fass und zog einen Hocker für mich unter dem Tisch hervor.

»Ja nun«, sagte er. »Hier arbeiten tatsächlich eine ganze Menge Leute, aber sie gehören nicht eigentlich zum Personal. Man könnte sagen, es sind Volontäre.« Nach einer Pause fügte er hinzu: »Es sind übrigens Freunde von Flossie.«

»Wer ist Flossie?«, fragte ich. Aber ich wusste es natürlich. Ich wollte nur Zeit schinden. Diese Situation trug deutlich erkennbar den Stempel des Fußballfans.

»Miss French, die Assistentin des Kurators. Ihr Vorname ist Florence.« Mr Biggers seufzte, und ich liebte ihn dafür. »Flossie hat diesen merkwürdigen sechsten Sinn. Wenn jemand ins Museum kommt, der traurig ist oder Probleme hat, scheint sie das zu wissen. Dann rennt sie nach vorne und führt die Leute herum.«

Ich legte die Stirn in Falten. Diese These schien mir denn doch etwas gewagt.

»Sie liebt das Museum. Man könnte sagen, ihr Enthusiasmus ist ansteckend. Die Leute hier betrachten das Museum schon als ihr Zuhause.«

»Aber das ist unmöglich! Wir haben es hier mit äußerst wertvollen Dingen zu tun. Bitte, schicken Sie Miss French umgehend in mein Büro.«

Sie kam, sah mich und zuckte zurück. »Oh! Sie hätten mir sagen sollen, dass Sie der neue Direktor sind. Da lassen Sie mich *Ihnen* etwas zeigen …«

»Es war meine erste Nacktkiemerschnecke«, sagte ich munter. »Bitte, nehmen Sie Platz, Miss French. Ich möchte mit Ihnen über Ihre Freunde sprechen, die hier arbeiten. Zum Beispiel über die arabische Dame.«

»Oh, das ist Mrs Rahman«, sagte sie strahlend vor Stolz über ihren Schützling. »Sie erwartet ein Baby und ist sehr viel allein, weil ihr Mann an einer Dissertation oder etwas Ähnlichem arbeitet. Im Krankenhaus ist man sehr wissenschaftlich mit ihr umgegangen, und danach kam sie hierher, um sich auszuweinen. Sehen Sie, sie möchte ihr Kind auf die Leboyer-Methode bekommen, und –«

»Auf *was?*« Vivian wollte keine Kinder, und so hatte ich diesen gesamten Bereich ausgeklammert.

»Oh, es ist sehr schön! Man bekommt das Kind im Dunkeln bei schöner Musik, und es lächelt, wenn es geboren ist. Es wird viel mit Massage gearbeitet und warmem Öl, und man legt das Kind auf den Bauch der Mutter, wenn –«

Ich bereute meine Frage etwas zu spät. »Sie kam also her, um zu weinen. Und dann?«

»Nun, ich nahm sie mit in mein Zimmer auf eine

Tasse Tee, und jetzt sortiert sie die Hartington-Eier-Sammlung, die seit 1890 in Kartons herumliegt, weil niemand Zeit dafür hatte, und sie fand einige erstaunliche –«

»Aber ist sie denn *qualifiziert?* Weiß sie, was sie da tut?«

Flossie krauste die Stirn. »Auf dem Papier ist sie sicherlich nicht qualifiziert, aber sie hat die sanftesten Hände, die ich je gesehen habe – wie Schmetterlingsfühler. Ich kann mir nicht vorstellen, dass sie jemals etwas zerbricht. Und sie ist so geduldig. Außerdem ist sie schrecklich großzügig. Sie kauft den ganzen Kaffee und den Zucker und die Kekse für die Pause – sie besteht darauf – und die Portokasse quillt förmlich über!«

Mir gefiel die Sache immer weniger. »Und was ist mit dem kleinen alten Mann?«

»Sie meinen Onkel Laszlo? Ja, ihn fand ich eines Tages hinten in einem Gang, wo er zwischen den Ichthyosaurierknochen herumstöberte. Ich denke, er hat sich verirrt. Wissen Sie, es ist traurig. Er ist pensioniert und wohnt in einem scheußlichen Hotel und hat niemanden. Alle seine Leute sind 1956 in Ungarn hinter dem Eisernen Vorhang geblieben. Er muss irgendein Gelehrter gewesen sein. Seine Hände zittern ein bisschen, aber er ist absolut fantastisch bei den Knochen.«

»O mein Gott!« Ich sah den ganzen Schlamassel vor mir: medizinische Katastrophen, Versicherungsskandale, Untersuchungen … »Und der Junge in Jeans, der die Schreinerarbeit macht?« Komischerweise hatte er mich am meisten gestört. »Ist er Ihr persönlicher Freund?«

Sie errötete. »Nein«, sagte sie kurz und bündig. »Matt ist Amerikaner. Er war in der Drogenszene, als er praktisch noch in den Windeln steckte, und hat einiges durchgemacht. Tatsache ist, dass ich ihn praktisch ohnmächtig hinter dem ausgestopften Bison in dem Alkoven fand, wo Brian schläft.«

»Brian?«

»Nur im Winter.« Endlich war sie in der Defensive. »Er ist ein Pflastermaler, und im Sommer schläft er gern im Park. Er ist sehr umsichtig. Dank ihm haben wir das Leck im Dach über der Dunkelkammer gefunden.«

Ich nahm einen von Mr Henrys Schätzen in die Hand – ein Probenröhrchen mit der Aufschrift: *ZYSTE* – und drehte es ein paar Mal hin und her.

»Sie werden gehen müssen, Miss French. Allesamt.«

Es war ein Schlag für sie.

»Sehen Sie«, sagte ich, »ich weiß nicht, ob Mr Henry es Ihnen gesagt hat, aber dieses Museum ist finanziell so gut wie am Ende. Das Stiftungsvermögen ist durch die Inflation mehr oder minder auf Null geschrumpft, und wenn wir keinen Zuschuss von der Naturhistorischen Kommission bekommen, ist es aus.«

»Sie meinen, wir müssen *schließen*?«

Ich nickte. »So ist es. Und das Erste, was mich Sir Godfrey Peters und seine Kommission fragen werden, ist, warum dieses Museum voller Rentner und schwangerer Frauen und Landstreicher ist.«

Sie schwieg. Dann sagte sie leise: »Könnten sie vielleicht das, woran sie gerade arbeiten, noch fertig machen? Sie haben sich alle so große Mühe gegeben.«

Ich überlegte. »Die Kommission wird Mitte Februar zur Prüfung kommen. Das heißt in drei Monaten. Also gut, sie sollen ihre Arbeit zu Ende führen. Aber dann ist Schluss. Haben Sie mich verstanden?«

»Ja, Mr Bellingham. Vollkommen.«

Es folgten die vermutlich anstrengendsten Wochen meines Lebens. Drei Monate waren nicht annähernd genug für das, was getan werden musste. Havelock hatte weltweite Verbindungen, und es verging kaum eine Woche, in der nicht ein alter General oder eine unerschrockene Insektensammlerin starb und uns eine Sammlung peruanischer Nashornkäfer oder einen Blechkoffer voll mysteriöser Scherben hinterließ. Wenn es uns nicht gelang, eine gewisse Ordnung in dieses Durcheinander zu bringen und einiges von dem Zeug auszustellen, würde die Kommission mit Sicherheit kurzen Prozess mit uns machen.

Also machten wir uns an die Arbeit. Und ich muss sagen: Übel nehmen gehörte nicht zu den Lastern des Fußballfans. Sie hielt mir ihre lahmen Krähen vom Leib und verwandelte sich in eine schlehenäugige, mir stets zur Seite stehenden Gefährtin wie aus der Bibel. Wir schleppten Schubladen und Kästen, wir sortierten und klassifizierten. Wir misteten rostige Dosen aus, die Aufschriften trugen wie *Hendersons Brustentwickler* oder *Colmans Echter Senf*, fanden hier eine wertvolle Münze, dort eine Sammlung schimmelnder Insektenpuppen, die zerfielen, wenn man sie berührte. Doch selbst nach dem strapaziösesten Tag, wenn wir von oben bis unten mit Staub bedeckt waren und uns vor Erschöpfung kaum noch aufrecht halten konnten, war ihre Begeisterung ungetrübt.

Drei Wochen nach meinem Amtsantritt klopfte sie an die Tür meines Büros, wo ich, allein mit der *ZYSTE*, meinen Kaffee trank.

»Onkel Laszlo ist mit dem Ichthyosaurier fertig. Wenn Sie ihn sehen wollen …?«

Ich folgte ihr in ihr Zimmer. Der alte Mann trug Hut und Mantel und traf gewissenhaft alle Anstalten zu gehen, nachdem seine Arbeit getan war. Ich fand, dass er müde und alt aussah.

Der Ichthyosaurier nahm zwei Tapeziertische ein, und soweit ich sehen konnte, hatte der Mann tadellose Arbeit geleistet.

»Ich danke Ihnen. Das wird ein höchst wertvolles Ausstellungsstück.«

Onkel Laszlo nahm seine Aktentasche. »Im Schrank in Mr Biggers Zimmer sind einige Flugsaurierknochen«, sagte er. »Ich glaube, sie sind vollständig. Wenn man sie zusammensetzen könnte, würden sie einen interessanten Vergleich ermöglichen.«

»Sind Sie sicher?«, fragte ich scharf.

»Dass es ein Flugsaurier ist – ja. Ob er komplett ist, kann ich nicht sagen.«

»Nun, dann sollten Sie es herausfinden«, sagte ich.

Onkel Laszlo sah mich an. Dann nahm er still seinen Hut ab und zog den Mantel aus. So alt sah er nun auch wieder nicht aus. Erst als eine Art Seufzer durch den Raum ging und eine strahlende Flossie mir mit einer zweiten Tasse Kaffee entgegenstürzte, wurde mir klar, was ich getan hatte.

Danach ging es rapide bergab. Flossie erschien am nächsten Tag mit einer Bahn Wildseide, einem unbezahlbaren Stoff von der Farbe des Meeres. »Mrs Rahmans Schwiegervater schickte ihn aus Quittah. Würde es Ihnen etwas ausmachen, wenn wir darauf die abessinische Keramik ausstellen würden?«

Ich sagte, es würde mir nichts ausmachen. Allmählich stellte sich heraus, dass es mir auch nichts ausmachte, wenn Brian, der von seiner Pflastermalerei Urlaub genommen hatte, die Vitrinen mit indirekter Beleuchtung versah, oder dass Matt das Fries im großen Saal frisch malte. Auch dass sich Mrs Rahman nach der Hartington-Eiersammlung den getrockneten kaschmirischen Farnen widmete, schien mich nicht besonders zu stören. Und was Flossie betraf, so hatte ich ohnehin nie etwas einzuwenden gehabt, wenn sie einen Vierzehnstundentag einlegte.

Sehr bald gab ich nicht nur meine Prinzipien auf, sondern auch die *ZYSTE*. Ich trank meinen Kaffee mit den anderen in Flossies Zimmer und eröffnete ihnen meine Ansichten über Leboyer, die politische Situation in Afghanistan und die Effizienz von Yogaübungen bei der Bewältigung von Drogenproblemen. Es ging so weit, dass – als Flossie eines Morgens ihrem sechsten Sinn gehorchend verschwand und mit einem auf tragische Weise zum Witwer gewordenen Brigadekommandeur zurückkam – ich derjenige war, der ihm die madagassischen Elfenbeinschnitzereien zu sortieren gab.

Aber es kam auch Hoffnung auf. Das Havelock begann wie eine geliebte Frau zu leuchten und zu strahlen.

»Sie können uns nicht schließen, Paul. Wir sind so *schön*«, sagte Flossie verzückt vor ihrem neu in Szene gesetzten Schrumpfkopf. Und während ich einen Perlmutt-Kokosnuss-Schaber aus ihrem zerzausten Haar entfernte, war ich geneigt, ihr zuzustimmen.

Mein Glücksgefühl war umso größer, als Vivian sich zum ersten Mal, seit wir verheiratet waren, für meine Arbeit interessierte. »Paul, ich habe mir gedacht, wenn das Havelock in finanziellen Schwierigkeiten steckt, sollten wir vielleicht ein bisschen trommeln, Partys veranstalten, deren Reinerlös dem Museum zugutekommt, und Ähnliches. Ich bräuchte natürlich ein paar neue Sachen …«

Dankbar überließ ich ihr meinen Gehaltsscheck, und meine fantastisch aussehende Vivian begab sich auf die Suche nach amerikanischen Philanthropen, Industriekapitänen und bekannten Wissenschaftlern, die sich für das Havelock und sein Schicksal interessieren könnten.

Natürlich hatte ich mir in Gedanken alles sorgfältig zurechtgelegt. Sir Godfrey und seine Kommission hatten sich für den 12. Februar angesagt. Eine Woche vorher wollte ich die Freiwilligen fortschicken, Flossie Urlaub geben (ich sah keine Möglichkeit, aus diesem Mädchen etwas zu machen, das annähernd der Kuratorin eines naturhistorischen Museums glich), und nur Mr Biggers, ich und die gesetzte Sekretärin würden hier sein, um die Abrechnungen vorzulegen und die Herren in der üblichen Weise durch das Museum führen.

Aber hier hatte ich die Rechnung ohne meine Frau gemacht. Ich weiß nicht, wie es ihr gelungen war, aber sie hatte gesellschaftlich Kontakt mit Sir Godfrey bekommen und sein Interesse am Havelock und an mir geweckt.

Wir machten gerade Kaffeepause, als wir zielstrebige Schritte hörten, die sich dem Büro des Direktors näherten, Halt machten und zurückkamen. Dann klopfte es an der Tür, und eine joviale, dröhnende Stimme ertönte: »Ah, Bellingham, hier sind Sie! Wir sind ein bisschen früher gekommen, wie Sie sehen. Dachte, wir könnten Ihren Fall auf diese Weise rascher erledigen.«

Ich weiß nicht, was ich vom Vorsitzenden der Naturhistorischen Kommission erwartet hatte; jedenfalls kaum das Flash-Gordon-Profil, das kantige Kinn, die Bermudabräune. Flankiert von drei scharf blickenden Experten in grauen Anzügen betrat Sir Godfrey das Zimmer, und mit jedem Schritt wurde seine joviale Miene etwas starrer, sein Kinn kantiger.

Auf einem Feldbett am Fenster machte Mrs Rahman ihre pränatalen Atemübungen – etwas, worauf wir bestanden. Matt, der sich intensiv mit Yoga beschäftigte, zeigte Onkel Laszlo die »Kobra«. Brian stopfte nach guter alter Landstreichertradition Zeitungspapier in seine Stiefel …

Sir Godfrey blieb stehen, gezwungenermaßen, weil Flossie, die auf dem Boden kniend Musterstücke etikettierte, jetzt mit dem Rücken zu ihm aufstand und ihm den Weg versperrte. Ich trat vor, um einen rhodesischen Fußreif, der sich hinter ihrem Ohr verfangen hatte, zu entfernen, besann mich eines Besseren und schüttelte Sir Godfrey die Hand.

»Ihr Personal, nehme ich an«, sagte Sir Godfrey, während sein Blick durch das Zimmer schweifte. »Vielleicht möchten Sie mich bekannt machen.«

Ich stellte ihn vor. Was sonst hätte ich tun können?

Ich muss sagen, er war sehr anständig zu mir. Wir führten ihn herum, und er stellte intelligente Fragen, während sich seine Begleiter Notizen machten. Dann gingen wir in mein Büro.

»Hören Sie, Bellingham, bevor wir weiterreden, möchte ich eines klarstellen. Jeder von diesen merkwürdigen Volontären muss gehen, und zwar für immer. Wir könnten unmöglich eine Einrichtung bezuschussen, die wie … wie ein Wohltätigkeitsbasar geführt wird. Sie müssen doch wissen, dass unsere Exponate nur versichert sind, wenn sie von ausgebildetem Personal gehandhabt werden. Und was ist mit der Krankenversicherung? Angenommen, diese hochschwangere Dame wird krank und ihr Ehemann stellt Forderungen an Sie? Oder der alte Mann bekommt einen Herzanfall? Das muss doch auch Ihnen zu denken gegeben haben.«

»Ja«, sagte ich, »das hat es.«

»Gut. Dann habe ich Ihr Wort, dass diese Leute unverzüglich verschwinden.«

»Nein«, sagte ich.

In Sir Godfreys angenehmes Gesicht stieg eine leichte Röte.

»Es tut mir Leid«, sagte ich. »Ich weiß, was Sie denken, weil es mir genauso ging, als ich zum ersten Mal hierher kam. Aber ich habe festgestellt, dass ich keine Lust mehr habe, so weiterzumachen, wie das heutzutage üblich ist. Häuser, in denen alte Menschen ihr Zuhause haben, werden für baufällig erklärt und die Bewohner auf die Straße gesetzt, weil die Feuerleiter fünf Zentimeter zu schmal ist. Menschen verlieren ihre Arbeit, weil sie zu alt oder zu jung oder nicht anerkanntermaßen geprüft sind. All die Bereitwilligkeit der Menschen lässt man verkommen. Havelock war Teehändler. Alles, was er sammelte, hat er in seiner Freizeit zusammengetragen. Dieses Museum wurde von Amateuren aufgebaut, und nur weil ich die Hilfe von Amateuren hatte, war ich imstande, es zu leiten. Wenn sie gehen, gehe ich auch.«

»In diesem Fall«, sagte Sir Godfrey, »erübrigt sich jedes weitere Wort.«

Natürlich wussten sie es alle sofort. Biggers musste es ihnen gesagt haben, und als ich vom Mittagessen zurückkam, warteten sie auf mich: Mrs Rahman mit sorgenvoll geweiteten Rehaugen; Onkel Laszlo kopfschüttelnd; Matt, der mir erklärte, sie hätten immer gewusst, dass sie nicht auf Dauer bleiben konnten …

Und Flossie, die sich die Schuld gab … Flossie, die eine Hand auf meinen Arm legte, sich dessen bewusst wurde und sich mit einem kleinen Schluchzer abwandte … Flossie, die beide Eltern bei einem

Autounfall verloren hatte und für die das Havelock ein Zuhause war.

Eine Woche später kam der Brief mit der Mitteilung, dass uns kein Zuschuss gewährt wurde. Vivian war wütend auf mich, und ich konnte es ihr nicht verübeln. Schließlich war Sir Godfrey ihr Protegé.

»Wenn du ein bisschen von deinem Thron heruntersteigen würdest«, sagte sie, »könnte ich ihn bestimmt dazu bringen, seine Meinung zu ändern.«

Aber das wollte ich nicht. »Manchmal muss man eben für eine Sache einstehen«, sagte ich müde – und sah, wie sie vor meiner Dünkelhaftigkeit zurückwich.

Zehn Tage später kam ich nach Hause und fand einen Zettel auf dem Kaminsims. In Dingen des Herzens schau aus nach dem Offensichtlichen, so sagt man wohl, aber hätte ich etwas so Abgedroschenes, so Banales, so Hirnrissiges voraussehen können wie Vivian und Sir Godfrey? Oder dass meine Empörung und meine Verbitterung so wenig gegen den Schmerz halfen?

Im Havelock arbeiteten wir weiter wie besessen – wir alle. Einen Tag bevor wir schließen sollten, hätte man vom Fußboden essen können, so blitzblank war alles. An diesem Abend feierten wir. Matt und Brian stellten zwischen dem Erdferkel und den Gnus eine Bar auf, Mr Biggers hielt eine Rede, Onkel Laszlo und der Brigadekommandant tranken den Champagner wie Muttermilch, und Flossie und ich tanzten Walzer zu den Brunftgeräuschen der Hirsche.

Partys unter dem Damoklesschwert von Abschied und Katastrophe sind meistens die schönsten. Keiner von uns achtete darauf, wie spät es war oder dass Mrs Rahman sich längst zurückgezogen hatte. Als wir es bemerkten, ging Flossie, um nach ihr zu sehen.

Sie kam kreidebleich zurück. »O bitte, kommen Sie schnell! Und jemand soll einen Krankenwagen rufen. Ich fürchte nur, dass es schon viel zu spät ist!«

Flossie hatte recht. Mrs Rahman, diese gute Seele, hatte uns unseren Spaß nicht verderben wollen. Nun lag sie schweißglänzend auf dem Feldbett und versuchte, sich zwischen den Wehen zu entschuldigen.

Der Himmel weiß, wie wir es schafften, aber wir schafften es. Und als es vorbei war und wir der strahlenden, erschöpften Mutter ihren kräftigen Jungen in den Arm legten, musste ich Leboyer meine Anerkennung zollen. Denn ich schwöre bei allem, was mir heilig ist: Das glitschige, zerknautschte kleine Etwas lächelte!

Es war wieder November – Bommeln an den Platanen, Nebel, nasse Blätter auf dem Trottoir. Ein Jahr war vergangen, seit ich zum ersten Mal die Nacktkiemerschnecke gesehen und der weibliche Fußballfan den Schrumpfkopf fallen gelassen hatte. Ich war gerade rechtskräftig geschieden worden und kam mir vor wie ein schrecklicher Versager.

Ich ging ins Museum, vorbei an der Büste von Sir William mit Tropenhelm, am Erdferkel, den Gnus … Alles war unverändert, nur ein wenig besser, ein wenig eleganter. Zwei Araberinnen flüsterten ehrfurchtsvoll bei den Seidenspinnern des Kaisers Wu-Ti. Viele Leute kamen heutzutage aus dem Mittleren Osten. Das Havelock war eine Art Wallfahrtsstätte für sie geworden. Es war der Geburtsort von Yusuf Mahomet Abu Rahman, dem ersten gesunden Knaben, der dem Sohn eines regierenden Scheichs von Quittah seit vierzig Jahren geboren wurde. Die Stiftung des alten Mannes, die sich auf drei Prozent seiner jährlichen Einnahmen aus der Ölförderung belief, hatte das Havelock zu einem der wohlhabendsten Museen im Land gemacht.

Die Tür mit dem Schild *Personal* ging auf, und sie kam heraus. Ihr sechster Sinn war unfehlbar.

»Oh, Paul, warum sind Sie vorne hereingekommen? Wir warten und warten auf Sie! Onkel Laszlo hat ein paar neue Knochen gefunden, die er für –« Sie unterbrach sich, kippte den wirren Lockenkopf zur Seite. »Sind Sie traurig?«

»Jetzt nicht mehr.«

Sie kam vorsichtig einen Schritt näher. Ich breitete die Arme aus, und sie schmiegte sich hinein – mein eigener, höchst persönlicher Fan.

Paul Auster

Und am anderen Ende der Leitung war …

Im Kindergarten meines Sohnes war ein Mädchen, dessen Eltern sich gerade scheiden ließen. Der Vater der Kleinen war mir recht sympathisch, ein glückloser Maler, der sich mit Vorträgen zu architektonischen Themen über Wasser hielt. Mir gefielen seine Bilder sehr, aber er fand einfach keine Galeristen, die sich für seine Arbeit einsetzten. Und als er endlich einmal eine Ausstellung hatte, machte die Galerie prompt Bankrott.

B. und mich verband nur eine lockere Freundschaft, aber wir waren gern zusammen, und von jedem meiner Besuche bei ihm kehrte ich mit erneuerter Bewunderung für seine Beharrlichkeit und innere Ruhe nach Hause zurück. Er war keiner von denen, die ständig schimpften oder sich in Selbstmitleid ergingen.

So düster sich seine Lage in den letzten Jahren auch gestaltet haben mochte (endlose Geldschwierigkeiten, Ausbleiben des künstlerischen Erfolgs, Kündigungsdrohungen seines Vermieters, Scherereien mit seiner Ex-Frau), nichts von alldem schien ihn aus der Bahn zu werfen. Er malte mit stets gleichbleibender Leidenschaft weiter, und im Gegensatz zu so vielen anderen bekundete er niemals Verbitterung oder Neid auf weniger talentierte Künstler, denen es besser ging als ihm.

Wenn er nicht an eigenen Gemälden arbeitete, ging er gelegentlich ins Metropolitan Museum und fertigte Kopien von alten Meistern an. Ich erinnere mich an einen Caravaggio, den er einmal kopierte und den ich äußerst bemerkenswert fand. Es war eher eine Reproduktion als eine Kopie, ein exaktes Duplikat des Originals. Bei seiner Arbeit im Museum wurde B. einmal von einem texanischen Millionär beobachtet, und der war so beeindruckt, dass er ihn beauftragte, eine Kopie seines Gemäldes von Renoir anzufertigen – die er dann seiner Verlobten zum Geschenk machte.

B. war außergewöhnlich groß (knapp zwei Meter), er sah gut aus und hatte ein freundliches Wesen – Eigenschaften, die ihn für Frauen besonders attraktiv machten. Als er nach der Scheidung wieder zu haben war, konnte er sich die Frauen praktisch aussuchen. Ich sah ihn nur zwei- oder dreimal im Jahr, aber dann hatte er jedes Mal eine andere. Sie alle waren offensichtlich verrückt nach ihm. Man brauchte nur zu beobachten, wie sie B. ansahen; sie zeigten ihre Gefühle deutlich genug, aber aus irgendwelchen Gründen hielten diese Affären nie sehr lange.

Nach zwei, drei Jahren machte B.s Vermieter seine Drohungen schließlich wahr und kündigte ihm den Mietvertrag für sein Loft. B. zog aus der Stadt, und ich verlor den Kontakt zu ihm.

Es vergingen etliche Jahre, und dann kam B. eines Abends in die Stadt zurück, um an einer Dinnerparty teilzunehmen. Meine Frau und ich waren auch da, und da wir wussten, dass B. demnächst heiraten würde, baten wir ihn zu erzählen, wie er seine künftige Frau kennengelernt habe.

Vor etwa sechs Monaten, sagte er, habe er mit einem Freund telefoniert. Dieser Freund habe sich Sorgen um ihn gemacht und nach einer Weile angefangen, B. Vorhaltungen zu machen, dass er nicht wieder geheiratet habe. Diese Scheidung liegt jetzt sieben Jahre zurück, sagte er, und in dieser Zeit hättest du ein Dutzend attraktive und bemerkenswerte Frauen heimführen können. Aber keine ist gut genug für dich, du hast sie alle abgewiesen. Was hast du bloß, B.? Was erwartest du denn eigentlich?

Ich habe überhaupt nichts, sagte B.. Ich habe bloß noch nicht die Richtige gefunden, das ist alles.

Bei deinem Verschleiß wird dir das nie gelingen, erwiderte der Freund. Ich meine, hast du jemals eine Frau kennengelernt, die dem, was du suchst, nahekommt? Nenn mir eine. Na los, nenn mir eine, eine einzige. Verblüfft von der Heftigkeit seines Freundes, wurde B. still und dachte sorgfältig über die Frage nach. Ja, sagte er schließlich, eine habe es gegeben. Ihr Name sei E., er habe sie vor über zwanzig Jahren während seines Studiums in Harvard kennengelernt. Aber sie sei damals mit einem anderen zusammen gewesen, und er selbst habe auch eine andere gehabt (seine künftige Ex-Frau), deshalb habe sich nichts mit ihr ergeben. Er habe keine Ahnung, wo E. jetzt lebe, sagte er, aber wenn er jemanden wie sie kennenlernen könnte, würde er mit Sicherheit nicht zögern, noch einmal zu heiraten.

Damit war das Telefonat zu Ende. Bis er sie seinem Freund gegenüber erwähnt hatte, hatte er mehr als zehn Jahre lang nicht an diese Frau gedacht, aber jetzt, da sie wieder in seinen Gedanken aufgetaucht war, konnte er kaum noch an etwas anderes denken. In den nächsten drei, vier Tagen dachte er unablässig an sie, er konnte das Gefühl nicht loswerden, dass er vor vielen Jahren seine einzige Chance auf ein glückliches Leben verspielt hatte. Und dann, fast als wäre durch die Intensität dieser Gedanken ein Signal in die Welt hinausgeschickt worden, klingelte eines Abends das Telefon, und am anderen Ende der Leitung war E..

B. ließ sie erst nach über drei Stunden wieder auflegen. Er wusste kaum, was er zu ihr sagte, redete aber bis nach Mitternacht weiter, denn ihm war klar, dass sich etwas Wichtiges ereignet hatte und dass er diese Frau nicht noch einmal ziehen lassen durfte.

E. hatte sich nach dem College-Abschluss einer Tanztruppe angeschlossen und dann zwanzig Jahre lang nur für ihre Karriere gelebt. Geheiratet hatte sie nicht, und nun, da sie als Tänzerin aufhören wollte, versuchte sie wieder Kontakt mit der Welt aufzunehmen und rief alte Freunde aus ihrer Vergangenheit an. Sie hatte keine Familie (ihre Eltern waren bei einem Autounfall ums Leben gekommen, als sie noch ein kleines Mädchen war) und war bei zwei Tanten aufgewachsen, die inzwischen beide gestorben waren.

B. verabredete sich mit ihr für den nächsten Abend.

Als sie erst zusammensaßen, brauchte er nicht lange, um festzustellen, dass seine Gefühle für sie tatsächlich genauso stark waren, wie er sich vorgestellt hatte. Er verliebte sich noch einmal in sie, und einige Wochen später waren sie verlobt.

Und was die Geschichte noch perfekter machte: Es stellte sich heraus, dass E. finanziell vollkommen unabhängig war. Ihre Tanten waren reich gewesen, und nach ihrem Tod hatte sie das ganze Geld geerbt – B. hatte als nicht nur seine wahre Liebe gefunden, sondern war auch plötzlich die drückenden Geldsorgen los, die ihn seit so vielen Jahren geplagt hatten. Und das alles auf einen Streich.

Ein, zwei Jahre nach der Hochzeit bekamen sie ein Kind. Nach jüngsten Berichten sind Mutter, Vater und Baby glücklich und zufrieden.

Deborah Levy

Black Vodka

Als ich Lisa zum ersten Mal sah, wusste ich, dass sie mir helfen würde, ein ganz anderer Mensch zu werden. Dieses Wissen fühlte sich an wie ein Sommerurlaub. Es entspannte mich, obwohl ich normalerweise ziemlich verkrampft bin. Eines müssen Sie nämlich über mich wissen: Ich habe einen kleinen Höcker, eine Art Buckel zwischen den Schulterblättern. Wenn ich nur ein Hemd trage, ohne Sakko, merkt man, dass mehr an mir dran ist, als es zuerst den Anschein hat. Ist es nicht seltsam, wie fasziniert der Mensch von Prominenz und Missgestalt bei der eigenen Spezies ist? Die Leute starren meinen Höcker etwa sechs Sekunden länger an, als der Anstand erlaubt, und versuchen den Unterschied zwischen ihnen und mir zu ermessen. Meine Mitschüler nannten mich »Ali«, weil so, fanden sie, Kamele heißen. Ali Ali Ali. Ali hat einen Höcker. Das Wort »Pausenhof« vermittelt nur eine unzulängliche Vorstellung von der Art ethnischer Säuberung, die hinter den angeblich zu unserer Sicherheit gedachten Toren vor sich ging. Von sehr jungen Jahren an wurde ich in der Kunst der Ausgrenzung unterwiesen. Deformiert. Anders. Fremd. Geh dahin zurück, wo du herkommst, Ali. Zwar war ich, wie auch die anderen

Jungs, in Southend-on-Sea geboren, lebte aber in der arabischen Wüste im Exil, und ich durfte nicht mit ihnen hinter den Muschelbuden rauchen.

Noch was müssen Sie über mich wissen. Ich texte für eine führende Werbeagentur. Ich verdiene einen Haufen Kohle, und meine Kollegen respektieren mich wohl oder übel, weil sie vermuten, es gehe mir weniger gut als ihnen. Die Einsicht, dass niemand rotbackiges Glück respektiert, ist Teil meines beruflichen Aufgabenbereichs.

Zum ersten Mal erblickte ich Lisa bei der Präsentation zur Namens- und Markeneinführung eines neuen Wodkas. Meine Agentur hatte den Zuschlag für die Werbekampagne erhalten, und ich stand auf einem kleinen Podium, um das Bild eines nächtlichen Sternenhimmels zu zeigen. Ich schaltete mein Ansteckmikro ein und fing an.

»*Black Vodka* …«, sagte ich mit leicht düsterem Unterton, »*Vodka Noir* spricht jene an, die ein Bedürfnis nach stylisher Existenzangst verspüren. Wie Victor Hugo gesagt hätte: Wir sind allein und unbehaust, und die Nacht bricht über uns herein; *Black Vodka* trinken heißt, um unser Leben trauern.«

Wodka, erklärte ich, würde zumeist mit den kommunistischen Ländern des ehemaligen Ostblocks in Verbindung gebracht, wo die Auslotung abstrakter, subjektiver und konzeptueller Ideen bekanntlich der ultimative Widerstand des Individuums gegen das Regime gewesen sei. Auf dieses nostalgische Trittbrett springe Black Vodka auf und werde als messerscharfe Alternative für den Kultivierten und Anspruchsvollen angeboten.

Meine Kollegen nippten an ihrem Latte (der Praktikant war zu Starbucks geschickt worden) und hörten sich aufmerksam meine Ausführungen an. Als ich dann noch behauptete, Vodka Noir habe hohe Wangenknochen, lachten ein paar von ihnen peinlich berührt. In der Agentur nennt man mich den verkrüppelten Dichter. In dem Moment fiel mir im Publikum eine Frau auf; sie hatte langes braunes Haar (hellblond an den Spitzen) und gehörte nicht zu uns. Sie hatte die Arme über ihrem grauen Kaschmirpulli verschränkt und ein Notizbuch auf dem Schoß. Von Zeit zu Zeit griff sie danach und kritzelte mit Bleistift etwas hinein. Meine scharfen Augen (weitsichtig) bestätigten mir, dass mich diese Außenseiterin in unserer kleinen Gemeinde mit ziemlich klinischem Blick musterte.

Nach der Präsentation stellte mich mein Kollege Richard der Notizbuchdame vor. Er sagte zwar nichts in der Richtung, aber ich ging davon aus, dass sie seine neue Freundin war. Richard ist berüchtigt dafür, dass er seinen Fußballerkörper allmorgendlich mit einem betörenden Duftwasser übergießt. *West Indian Limes.* Auf mich hat es eine Wirkung, die anregend und verzweifelt melancholisch zugleich ist. Natürlich könnte ich mir morgen fünf Flaschen von diesem Verführungszeug kaufen, aber diese Art des Aufmerksamkeitsheischens hebt den Unterschied zwischen meinem missgebildeten Körper und Richards nur umso stärker hervor. Jedenfalls war es ein ziemlicher Schock, ihn mit der Frau zu sehen, deren klinischer Blick aus irgendeinem mysteriösen Grund genau die Art von nihilistischer Begierde in mir geweckt hatte, die ich mit meiner Vodka-Noir-Kampagne anzuheizen versuchte.

Richard lächelte mich herzlich an und amüsierte sich anscheinend über irgendwas, woran er uns aber nicht teilhaben lassen wollte.

»Lisa ist Archäologin. Ich dachte, deine Präsentation könnte sie interessieren.«

Ihre Augen waren blassblau.

»Würdest du schwarzen Wodka kaufen, Lisa?«

Ja, sagte sie, sie würde ihn schon mal probieren, und dann kreischte sie los, weil sich Richard von hinten an sie herangepirscht hatte und mit beiden Händen ihre schmale Taille umklammerte wie eine Handschelle.

Während ich meinen Laptop verstaute, wallte plötzlich ein unangenehmer, heftiger Zorn in mir auf. Ich glaube, in dem Moment wünschte ich mir mehr als alles andere, ein Mann ohne Last auf dem Rücken zu sein. Nach Präsentationen gibt es bei uns meistens Sekt, und die Praktikanten müssen Snacks bestellen. Aber beim Anblick sonnengetrockneter Tomaten auf winzigen pestogefüllten Teigtaschen überkam mich das Bedürfnis, das ganze Tablett umzukippen.

An dem Tag ging ich früh. Ich fragte nicht mal meinen

Chef, wie er meine Präsentation fand. Tom Mines ist der Fiesling der Agentur (er selber würde seine Gemeinheit allerdings »Durchblick« nennen) und leidet an einem dunkelvioletten Ausschlag an den Handgelenken und Händen. Seitdem ich ihn kenne, trägt er nur Jacketts mit überlangen Ärmeln. Wie man sich leicht denken kann, interessiert es mich immer brennend, wie andere Leute mit ihren körperlichen Gebrechen umgehen.

Ich murmelte etwas von einem Notfall, der meine Anwesenheit erfordere, und machte mich schnell aus dem Staub, ehe Tom sagen konnte, der Notfall sei ja wohl ich. Aber bevor ich ging, marschierte ich schnurstracks zu Lisa, obwohl ich wusste, dass mich Tom Mines beobachtete und dabei wie immer seine dünnen grauen Finger um die Ärmelaufschläge schraubte. Was ich dann tat, mag sich komisch anhören: Ich gab Richards Freundin meine Karte. Angesichts dessen, was ich inzwischen wusste, wirkte die Überraschung, die sie mit ihren Gesichtsmuskeln, gehobenen Brauen und ihren spöttischen, leicht geöffneten Lippen mimte, auf mich nicht gerade überzeugend. Lisa hatte nämlich ihr Notizbuch die ganze Zeit aufgeschlagen auf dem Schoß liegen gehabt, und ich hatte von meiner erhöhten Warte aus ziemlich genau sehen können, wie sie auf der linken Seite eine Zeichnung von mir gemacht hatte. Ein Bild von einem nackten buckligen Mann, jedes einzelne Organ genau benannt. Unter dem für meinen Geschmack allzu naturalistischen Porträt (sollte ich mich geschmeichelt fühlen, dass sie sich mich nackt vorgestellt hatte?) standen zwei Wörter: *Homo sapiens.*

Sie rief mich an. Lisa wählte tatsächlich die Ziffern, die sie zu meiner Stimme brachten. Ich fiel sofort mit der Tür ins Haus und fragte, ob sie am Freitag mit mir essen ginge. Nein, Freitag könne sie nicht. Dass Leute, die sich zueinander hingezogen fühlen, erst mal so tun, als hätten sie ein ausgefülltes Leben voller Verpflichtungen, ist normal, aber mir fällt es unglaublich leicht, barfuß menschliche Scham zu durchwaten. Wenn es am Freitag nicht gehe, sagte ich, könne ich auch Montag, Dienstag, Mittwoch und Donnerstag, und am Wochenende sehe es auch ganz gut aus.

Wir verabredeten uns für den Mittwoch in South Kensington. Sie sagte, sie finde den weiten Himmel in dieser Gegend der Stadt so schön, und ich schlug den Polish Club vor, nicht weit von der Royal Albert Hall, wo wir uns durch die lange Liste der aromatisierten Wodkas trinken könnten: kleine Feldforschung für mein Vodka-Noir-Konzept. Sie sagte, sie werde liebend gern meine Assistentin sein.

Nachts träumte ich dann (wieder) von Polen. In diesem wiederkehrenden Traum bin ich in Warschau im Zug nach Southend-on-Sea. In meinem Waggon ist ein Soldat. Er küsst seiner Mutter die Hand, dann küsst er seine Freundin auf den Mund. Ich beobachte ihn in dem alten Spiegel an der Wand des Waggons und sehe, dass er unter seiner Kakiuniform einen Höcker auf dem Rücken hat. Wenn ich aufwache, sind meine Wangen immer nass von Tränen, die durchsichtig wie Wodka sind, aber warm wie Regen.

Bei Regen habe ich immer das Bedürfnis, Taxitüren extra fest zuzuknallen. Ich liebe Regen. Er überhöht jede Geste, injiziert ihr 5 ml unspezifische Sehnsucht. Am Mittwochabend, als mich das Taxi an der Exhibition Road in der Londoner Zone 1 absetzte, regnete es. In der Ferne sah ich das Herbstlaub an den hohen Bäumen des Hyde Park. Die Luft war weich und kühl. Während ich die Exhibition Road entlangspazierte, kam mir der Gedanke, dass unter den Pflastersteinen des einundzwanzigsten Jahrhunderts einst Felder und Gemüsegärten gewesen waren. Auf diesen Feldern wollte ich mich ausstrecken, Lisa quer über meinem Schoß liegend, über uns die ziehenden Wolken, und meine ehemaligen Mitschüler, die mich als Missgeburt bezeichnet hatten, sollten sich wünschen, sie wären ich.

Ich ging absichtlich langsam bis zum polnischen Club, der in einem weißen georgianischen Haus untergebracht ist. Im Zweiten Weltkrieg hatte der polnische Widerstand das Gebäude geschenkt bekommen, das später zum Kulturtreffpunkt wurde, gewissermaßen ein Zuhause für alle, die nicht ins stalinistische Polen zurückkonnten. Bei meinen Recherchen für das Black-Vodka-Konzept hatte ich übrigens erfahren, dass Stalin, wie ich, körperlich missgestaltet gewesen war. Sein Gesicht war blatternarbig, der eine Arm länger als der andere, er wurde »Tiger« gerufen, weil er gelbe Augen hatte. Außerdem war er klein genug, dass er Plateauschuhe tragen musste. Zwar habe ich nie Schuhe mit Absätzen getragen, um meinem Selbstbewusstsein auf die Sprünge zu helfen, aber irgendwie fühlte ich mich immer als Fundsache, die auf Abholung wartet. Die Aussicht auf ein gepflegtes Zuhause für ein paar Stunden im gastfreundlichen polnischen Club bekommt meiner Selbstachtung aber immer sehr gut.

Ich hängte meinen Mantel auf einen Holzbügel an die Garderobenstange im Foyer und begab mich in die Bar, wo eine höfliche und heitere Bedienung aus Lublin meine Tischreservierung im Speisesaal bestätigte. Diskret forderte sie mich auf, »ein Gläschen zu trinken, bis Ihre Begleitung da ist«. Ich gehorchte bereitwillig und bestellte einen doppelten Pfefferwodka. Dreißig Minuten später hatte ich Himbeer-, Honig-, Kümmel-, Pflaumen- und Apfelwodka erforscht, und meine Begleitung war noch immer nicht da. Vor dem Fenster wurde der Himmel dunkel. Eine ältere Frau mit grünem Filzhut saß auf dem Samtstuhl neben mir und kritzelte eine Art mathematische Gleichung auf einen Zettel. Sie war derart vertieft, dass ich mir besorgt ausmalte, wie ein anderer Mathematiker irgendwo auf der Welt ihre Gedanken aufschnappte und genau in dem Moment, um 20 Uhr 25, einen Geistesblitz hatte und die Gleichung vor ihr löste. Es konnte sein, dass jemand anderes, während sie hier auf ihrem Stuhl saß und mit den endlosen Nullen kämpfte, die sie vor Verblüffung sprachlos machten, in São Paulo oder Ljubljana gerade auf einer Bühne stand und einen fetten Scheck für seinen Beitrag zum Wissen der Menschheit entgegennahm. Würde auch ich in endloser Schmach auf Lisa warten, die wahrscheinlich genau in diesem Moment in Richards Armen lag, während er die Null ihres Mundes küsste?

Nein. Sie kam, spät und atemlos, und es tat ihr offensichtlich aufrichtig leid, dass sie mich hatte warten lassen. Ich bestellte den Kirschwodka für sie, während sie mir den Grund ihrer Verspätung erklärte: Sie plane eine Grabung in Cornwall, die demnächst beginnen solle, aber ihr Computer sei abgestürzt und habe die meisten ihrer Daten vernichtet.

Nichts fühlt sich so gut an, wie neben einem Menschen zu atmen, den man begehrt. Die Vergangenheit, meine Jugend, war kein reizvoller Ort. Ist es dann nicht merkwürdig, dass ich mich zu einer Frau hingezogen fühle, die zwanghaft in der Vergangenheit herumwühlt? Lisa und ich sitzen im Speisesaal des polnisches Clubs; es ist unsere erste Verabredung. Wir breiten gestärkte Leinenservietten auf unserem Schoß aus, bewundern den Kronleuchter über unseren Köpfen und reden über diese fettigen schwarzen Eier, den Kaviar, der von den Stör-Arten Beluga, Osietra und Sevruga stammt. Die Bedienung aus Lublin nimmt unsere Bestellungen auf, und Lisa will natürlich weniger über Fisch wissen und mehr über mich.

»Wo wohnst du denn?« Das fragt sie mich, als sei ich ein exotischer Fund, den sie mit schwarzer Tusche beschriften muss.

Ich erzähle ihr von meiner Dreizimmer-Eigentumswohnung mit Westbalkon in einem viktorianischen

Doppelhaus in Notting Hill Gate. Ich will sie langweilen.

Ich erzähle ihr, dass ich nie träume, schreie, fluche, Fäuste balle, nie zwischendurch Süßes nasche, anstatt einen Apfel zu essen. Lieber nicht gleich alles Pulver verschießen, sondern sich langsam interessanter machen.

Lisa wirkt gelangweilt.

Ich erzähle ihr, dass meine Mutter einen Priester aus mir machen wollte, weil sie fand, ich sähe in lose sitzender Kleidung am besten aus.

Sie lacht und spielt mit ihren Haarspitzen. Sie schließt die Augen und öffnet sie wieder. Sie befummelt ihr Handy, das sie auf den Tisch gelegt hat. Unter dem Tisch schleift sie mit den Schuhen hin und her, die aus rotem Wildleder sind. Sie verspeist eine herzhafte Portion Ente mit Apfelsoße und stellt fest, dass ich Knödel mit Pilzfüllung vorziehe, weil ich Vegetarier bin. Als sie mit der Gabel ins Entenfleisch sticht, sickert blassrotes Blut heraus, das sie mit einem Stück Weißbrot auftunkt; kleine zarte Tupfer aus dem Handgelenk, bis sie das blutige Brot zum Mund führt. Sie isst mit Appetit und Genuss. Dass sie Fleischesserin ist, gefällt mir.

Nach einer Weile bestellt sie ein Stück Käsekuchen und fragt, ob ich mit meinem Buckel geboren bin.

»Ja.«

»Manchmal lässt sich das ja schwer sagen.«

»Was soll das heißen?«

»Na ja, manche Leute halten sich einfach schlecht.«

»Ah.«

Lisa leckt sich die Finger ab. Anscheinend ist es ein vorzüglicher Käsekuchen. Es freut mich, dass es ihr schmeckt. Die Bedienung bietet uns ein Gläschen Likör aus einer Flasche an, in der sich »eine ganze italienische Birne« versteckt. Die Birne ist geschält. Eine nackte Birne. Ich sage zu Lisa: »Wir sollten diese Birne aus der Flasche holen und ein Sorbet draus machen« – als täte ich so etwas regelmäßig. Dabei habe ich noch nie ein Sorbet gemacht. Das gefällt ihr. Als ließe man, wenn man die Birne herauspfriemelt, einen Flaschengeist frei. Es kommt Leben in sie, und sie spricht über ihre Arbeit. Wenn sie bei einer Grabung auf menschliche Überreste stößt, sagt sie, Knochen zum Beispiel, müssen sie wohlüberlegt verstaut werden. Schwere Knochen, die langen, werden auf den Boden einer Kiste geschichtet; leichtere, wie Wirbel, bilden die oberste Lage.

»Die Archäologie ist eine Methode, sich der Vergangenheit anzunähern«, erzählt sie, an ihrem Likör nippend – der seltsamerweise überhaupt nicht nach Birne schmeckt.

»Also wenn du mit einer Grabung beschäftigt bist, erfasst und interpretierst du die physischen Überreste der Vergangenheit, kann man das so in etwa sagen?«

»Ungefähr. Ich will immer wissen, wie die Menschen gelebt haben, was für Gewohnheiten sie hatten.«

»Du gräbst ihren Glauben und ihre Kultur aus.«

»Einen Glauben kann man ja wohl nicht ausgraben«, sagt sie. »Aber die materielle Kultur, die Objekte und Artefakte, die der Mensch zurücklässt: Die geben mir immerhin Anhaltspunkte dafür, was er geglaubt hat.«

»Verstehe. Weißt du, warum ich dich mag, Lisa?«

»Warum magst du mich?«

»Weil ich glaube, du siehst in mir eine Grabungsstätte.«

»Ja, ich erkunde schon sehr gern«, sagt sie. »Ich würde gern den Knochen sehen, der aus deiner Brustwirbelsäule herausragt.«

Augenblicklich fällt mir die silberne Gabel aus der Hand. Sie landet lautlos auf dem Boden und macht noch einen kleinen Satz, bevor sie liegen bleibt. Ich bücke mich, um sie aufzuheben, und weil ich nervös bin und zu viel Wodka getrunken habe, fange ich selber mit einer archäologischen Grabung an. In meiner Vorstellung hebe ich den verblassten rosafarbenen Teppich des polnischen Clubs in South Kensington hoch und entdecke darunter einen Wald voller Wildpilze und herabschießender Fledermäuse, die kopfüber leben. Es ist ein frisch verschneiter polnischer Wald im mörderischen zwanzigsten Jahrhundert. Gleichzeitig sehe ich in der Gegenwart, im ersten Jahrzehnt des einundzwanzigsten Jahrhunderts, die Füße von Gästen, die zwei Meter von uns entfernt Hering mit Sauerrahm essen. Ihre Schuhe sind aus Velours und Leder. Ein grauer Wolf streift durch den dunklen Wald und horcht auf das Klirren von Löffeln, die in Westlondon kakaobestäubten Cappuccino umrühren. Als er anfängt, an einem namenlosen Grab zu scharren, das erst kurz vorher zugeschaufelt wurde, will ich diese Ausgrabung im Geist nicht fortsetzen, pflücke die Gabel aus dem

Teppich und nicke Lisa zu, die unterdessen den Höcker auf meinem Rücken wie durch die Linse eines Mikroskops betrachtet hat.

An diesem Abend regnet es waagerecht. Es macht mich verwegen. Ich möchte mich der Wucht des Regens hingeben. Als wir auf die Exhibition Road hinaustreten, lege ich Lisa den Arm um die Schultern, und sie verzieht keine Miene. Ihr Haar ist im Handumdrehen triefend nass, ebenso ihre roten Wildlederschuhe.

»Ich fahre heim«, sagt sie. Sie winkt einem freien Taxi auf der anderen Straßenseite, und unterdessen rinnt der warme Regen an uns herab wie die Tränen aus meinem Traum. Ihre Stimme ist sanft. Das macht der Regen: Er macht Stimmen intim und vieldeutig. Während das Taxi wendet, steht sie hinter mir und drückt beide Hände auf meinen Buckel, als lauschte sie seinem Atem. Dann fährt sie mit dem Zeigefinger rundherum, um eine genaue Vorstellung von seiner Form zu bekommen. Ungefähr so, wie es die Bullen bei einer Leiche mit einem Stück Kreide machen. Aber dann beugt sie sich vor und öffnet die Taxitür. Während sie ihre langen Beine vor dem Rücksitz verstaut, ruft sie dem Fahrer ihr Ziel zu.

»Tower Bridge.«

Er nickt und stellt den Taxameter ein.

Als sie lächelt, sehe ich ihre scharfen weißen Zähne.

»Hör mal, du weißt ja, dass Richard mein Freund ist, aber du könntest trotzdem mitkommen – dann tauschen wir uns über diese Wodkas aus, was meinst du?«

Ich muss nicht lange überredet werden. Ich springe

neben ihr ins Taxi und knalle die Tür extra fest zu. Als der Wagen anfährt, beugt sich Lisa zu mir und fängt an, mich zu küssen. Will sie mehr über meine Gewohnheiten, meinen Glauben und meine Lebensweise erfahren? Oder ist sie einfach neugierig, ob sie mich mit ihrer Zeichnung des *Homo sapiens* zutreffend erfasst hat?

Der Taxameter läuft Amok wie mein Herzschlag, und der Mond schwebt über den Wildgärten des Naturhistorischen Museums. Irgendwo dort drin liegen unter Glas zwölf Exemplare des Großen Hopfen-Wurzelbohrers (*Hepialus humuli*), auch Geistermotte genannt, ein evolutionsgeschichtlich sehr alter Nachtfalter. Diese Geister flatterten einst über Wiesen, ließen im Flug ihre Eier fallen und verschliefen den Tag. Es gibt auf der Welt so vieles zu erfassen und zu klassifizieren – schwer zu sagen, wie man eine Sprache dafür finden soll. Also fange ich genau dort an, wo ich jetzt bin. Das Leben ist schön! Wodka ist schwarz! Birnen sind nackt! Der Regen ist waagerecht! Nachtfalter sind Geister. Davon stimmt nur einiges, aber Sie sollten wissen, dass mir das nicht annähernd so viel Angst einjagt wie die Aussicht auf Liebe.

Isabel Allende

Die Liebenden im Guggenheimmuseum

Ein Nachtwächter fand die Liebenden in einem der Säle des Guggenheimmuseums von Bilbao, wo sie als ein Knäuel aus Armen und Haaren in der Gischt eines ramponierten Brautkleids schliefen. Das war um fünf Uhr morgens, wie zunächst der Nachtwächter und dann auch die Polizisten zu Protokoll gaben. Inspektor Aitor Larramendi schrieb in seinem Bericht außerdem, im ganzen Gebäude hätten sich unverkennbare Anzeichen für eine Orgie gefunden. Zwar hatte er selbst nie an einer teilgenommen – was er im Stillen bedauerte –, seine Erfahrung mit allen erdenklichen Arten menschlicher Ausschweifung befähigte ihn jedoch, die Spuren zweifelsfrei zu deuten. Wie es diesem unverfrorenen Paar gelungen war, in das Museum einzudringen und dort unentdeckt zu bleiben, konnte nie aufgeklärt werden; die beiden Festgenommenen versicherten, die Nacht im Gebäude verbracht zu haben, die in ihrer Berufsehre gekränkten Museumswärter schwören aber bis heute, das sei ausgeschlossen, da sie wie jede Nacht unermüdlich ihre Runden gedreht hätten. Außerdem, so erklärten sie, erforschen die Videokameras noch den verborgensten Hintergedanken, und die Infrarotmelder lösen bei der geringsten Störung Alarm aus. Das Museum verfügt über magische Augen, und wenn die nur mit der Wimper zucken, bricht ein Weltuntergangsgetöse los, das die Polizei, die Feuerwehr und den Museumsdirektor auf den Plan ruft, einen nervös veranlagten Mann, der ganz gebeugt ist vom Gewicht der Verantwortung. Die Sicherheitsexperten versichern, dass keine Kakerlake im Guggenheimmuseum unbemerkt bleibt, zwei hemmungslos Verrückte wie diese beiden also erst recht nicht.

»Ich habe die ganze Nacht keine Menschenseele gesehen«, sagte das Mädchen, als sie elf Stunden später im Krankenhaus wieder zur Besinnung kam.

Die Sanitäter hatten sie auf einer Bahre aus dem Gebäude getragen, aber obwohl man sie zugedeckt hatte wie eine Leiche, waren ihre Umrisse unter dem Laken für alle zu erkennen gewesen. Die Schleppe ihres Brautkleides und ihr dunkles Sirenenhaar schleiften über den Boden. In Handschellen wurde unterdessen der nackte junge Mann von zwei Uniformierten zu einem Streifenwagen bugsiert. Die Umstehenden blickten ihm bewegt und neidisch hinterher.

»Von Museumswärtern keine Spur, ehrlich. Die Typen müssen Karten gespielt oder ferngesehen haben. Die halbe Welt hat doch letzte Nacht vor der Kiste gesessen wegen dem Papstskandal, davon haben Sie bestimmt gehört, oder? Wir haben einander wie die Kaninchen durch das ganze Gebäude gejagt, ich, wie Gott mich geschaffen hat, und sie die ganze Zeit im

Brautkleid, weil ich diese verflixten Flohknöpfchen nicht aufbekommen habe«, sagte der junge Mann auf der Polizeiwache aus.

Inspektor Larramendi wanderte von Stockwerk zu Stockwerk und sammelte die welken Blumen des Brautstraußes ein. Die Rosen, die in ihrem jungfräulichen Zustand einmal weiß gewesen waren, ruhten als angegilbte Weichtiere auf dem Marmorfußboden und schwängerten die Luft des Guggenheimmuseums mit einem deplatzierten Geruch, als wäre hier soeben ein Straßenmädchen zu Grabe getragen worden. Das Brautkleid mit seinen zwölf Metern durchscheinendem Seidentüll, das neu eine zwischen Nähten eingepferchte Wolke gewesen sein musste, war durch die unverwechselbaren Spuren der Liebe zu einem Fetzen Stoff entweiht. Der Rock und der dreilagige Unterrock hatten als Kopfkissen gedient, und die Königinnenschleppe hatte sechsundsechzig Prozent der Marmorfußböden gefegt, wie der Inspektor durch gewissenhafte Inaugenscheinnahme feststellte. Larramendi, der den treffenden Spitznamen »Bulldogge von Bilbao« trägt, ist ein respekteinflößender Mann, ganze einsfünfundfünfzig hoch, dazu der eidechsenähnliche Körperbau und der riesenhafte Walrossschnäuzer, der wie ein Friseurscherz in seinem Gesicht prangt. Ebendieser Beamte war es auch, der Streifen von Organza fand, gekräuselte Haare und Reste verschiedener Körperflüssigkeiten. Sein Spürhundinstinkt erlaubte es ihm überdies, in der unbewegten Luft des Museums die Erinnerungen an die Zärtlichkeiten, die Erregung und die von den Verdächtigen verhauchten Liebesworte wahrzunehmen, und zwar vom Eingang bis in den allerletzten Saal auf der rechten Seite, aber trotz seiner legendären Fähigkeit, Spuren für ein Verbrechen auch da zu entdecken, wo es sie nicht gibt, fand er nicht eine einzige leere Flasche, keinen achtlos weggeworfenen Korken, keinen ausgedrückten Joint, keine Heroinspritze. Folglich konnte Larramendi nicht beweisen, dass die Festgenommenen die Hausordnung in dieser Hinsicht verletzt hatten. Das Mädchen mit dem Brautkleid muss sich betrunken haben, ehe die beiden ins Gebäude eingedrungen sind, schloss der Inspektor messerscharf. Was ihren Begleiter angeht, fanden sich bei der Untersuchung seines Urins lediglich minimale Spuren von Marihuana. Da sich die Hausordnung des Museums über jegliche Form der Unzucht ausschweigt, konnten die beiden juristisch nur dafür belangt werden, dass sie sich nach Schließung noch in dem Gebäude aufgehalten hatten, ein Bagatelldelikt, wenn man bedenkt, dass sie, von der leichten Verunreinigung auf den verschiedenen Stockwerken einmal abgesehen, keinerlei Schaden angerichtet hatten; ganz im Gegenteil strahlten nach Aussage der Angestellten am Tag darauf alle Säle wie von Sonnenlicht durchflutet, obwohl es draußen weiter unablässig regnete. Es hatte die ganze Woche geregnet.

»Deshalb sind wir ja hineingegangen, weil es geregnet hat«, sagte das Mädchen. »Wenn mein Haar feucht wird, kringelt es sich immer so.«

»Warum hattest du das Brautkleid an?«, wollte Aitor Larramendi wissen.

»Weil ich keine Zeit zum Umziehen hatte.«

»Wo war die Hochzeit?«

»Welche Hochzeit?«

»Die Hochzeit von dir und Pedro Berastegui, Himmel noch mal.«

»Wer ist das denn?«

»Ja, wer wohl!? Dein Ehemann oder Verlobter, ebendieser Typ, der mit dir im Museum war.«

»Pedro heißt er? Hübscher Name. Und so männlich … finden Sie nicht, Herr Inspektor?«

»Also noch einmal von vorne. Wo und wann habt ihr euch kennengelernt?«

»Das weiß ich nicht mehr. Ich vertrage überhaupt nichts, zwei Gläser, und ich bin ganz beduselt.«

»Offensichtlich. Du warst im Vollrausch.«

»Im Liebesrausch …«

»Liebesrausch nennst du das, aber mit wem du es im Museum getrieben hast, weißt du nicht.«

»Keinen Schimmer.«

»Wie seid ihr dort hineingekommen?«

»Durch die Tür natürlich.«

»Das heißt, ihr seid noch während der Öffnungszeiten hineingegangen?«

»Nein, ich glaube, es war schon geschlossen …«

Auch Pedro Berastegui, der glückliche junge Mann, der in der Zeit nur noch »der Zauberer der Liebe« hieß, versicherte in seiner Aussage, das Museum habe geschlossen ausgesehen, sie hätten aber einfach hineingehen können, weil die Tür aufgesprungen sei, als sie dagegen drückten. Innen habe ein sanftes Dämmerlicht geherrscht, und die Heizung musste eingeschaltet gewesen sein, denn sie hätten nicht einen Moment gefroren.

»Wegen der Kunstwerke müssen wir Temperatur und Luftfeuchtigkeit konstant halten«, erklärte der am Boden zerstörte Museumsdirektor dem Inspektor und auch, dass die beiden Beschuldigten niemals wie behauptet in das Gebäude hätten gelangen können, da die Türen pünktlich um Viertel nach fünf zufallen und das Museum durch ein elektronisches System zur uneinnehmbaren Festung wird.

»Wir konnten einfach hineingehen«, wiederholte Pedro nun schon zum hundertsten Mal.

»Und dann?«, fragte Larramendi.

»Sind Sie auf Einzelheiten scharf, Herr Inspektor? Geliebt haben wir uns, und zwar die ganze Nacht, das war dann.«

»Wo und wann hast du Elena Etxebarría kennengelernt?«

»Elena?! So heißt sie also … wie die schöne Helena.«

Aitor Larramendi musste zähneknirschend einsehen, dass sich die beiden Missetäter vor dem Vergehen nicht gekannt hatten und man ihnen weder Vorsatz noch Heimtücke unterstellen konnte.

An jenem denkwürdigen Samstag war Elena Etxebarría drauf und dran gewesen zu tun, was seit Sandkastentagen ausgemachte Sache schien, nämlich diesen guten Jungen zu heiraten, der jetzt in der kleinen Bäckerei seines Vaters arbeitete und es seinerzeit sogar zum Torwart in der Schulmannschaft des Colegio San Ignacio de Loyola gebracht hatte. Durch geschicktes

Befragen des Jesuitenpaters, der die Trauung hatte vornehmen sollen, sowie weiterer Augenzeugen, fand der Inspektor jedoch heraus, dass sich Elena Etxebarría und der Fußballer das Jawort niemals gaben. Man erzählte ihm, die Braut sei, nur mühsam vom starken Arm ihres älteren Bruders auf den Beinen gehalten, mit einer Stunde Verspätung in die Kirche gestolpert und habe dabei geschluchzt wie eine Witwe. Wegen ihres Weinens habe man den Hochzeitsmarsch der Orgel kaum hören können. Ein weiteres Indiz sprach für den gestörten Gemützustand der Braut, denn vor dem Altar zog sie die Schuhe aus und kickte sie mit zwei Fußtritten von sich, und als hätte es noch eines letzten Beweises dafür bedurft, dass sie nicht bei Trost war, drehte sie sich um und stürzte unter den verdatterten Blicken des Fußballers, des Priesters und des Rests der Hochzeitsgesellschaft aus der Kirche. Die Zurückgelassenen hörten erst am nächsten Tag wieder etwas von ihr, als ihr Foto unter der Schlagzeile »Mysteriöses Liebespaar im Guggenheimmuseum« im *Correo Español* erschien.

»Du hast meine Frage nicht beantwortet: Wo habt ihr euch kennengelernt?« Der Inspektor blieb beharrlich.

»An der Theke von Iñigos Bar. Sie ist mir sofort aufgefallen«, gab Pedro Berastegui zu Protokoll.

»Warum?«

»Warum was?«

»Warum sie dir gleich aufgefallen ist natürlich.«

»Na ja, man sieht doch nicht alle Tage verheulte Frauen in Brautkleidern, die sich wie die Kosaken in einer Bar vollaufen lassen.«

»Und was hast du gemacht?«

»Ich habe sie angesprochen.«

»Und weiter?«

»Sie hat mich angesehen, da war ich schlagartig in sie verliebt. Ehrlich, das können Sie mir glauben. Ihre Schminke war völlig zerlaufen, sie hat ausgesehen wie ein Clown, aber dieser Blick aus den grünen Katzenaugen, der ist mir durch und durch gegangen. Ich kann Ihnen sagen, Herr Inspektor, so etwas ist mir noch nie passiert. Es war wie ein wahnsinniger Stromschlag, als hätte ich in die Steckdose gegriffen.«

»Und sie?«

»Sie hat ihren Kopf an meine Brust gelehnt und weitergeflennt wie ein kleines Kind. Ich wusste nicht, was ich machen soll. Nach einer Weile bin ich mit ihr zum Klo gegangen und habe ihr das Gesicht abgewischt. Ich habe sie gefragt, warum sie so weint, und sie hat gesagt, weil ihr Verlobter ein unverbesserlicher Schafskopf ist. Da habe ich ihr angeboten, sie dort auf der Stelle zu heiraten.«

»Klar, ihr wart betrunken.«

»Sie war ein bisschen beschwipst, aber ich trinke nicht. Bin sozusagen abstinent. Ich hatte was geraucht, aber Alkohol keinen Tropfen. In der Bar war ich bloß, weil Iñigo mir Geld schuldet; wir hatten gewettet wegen der Sache mit dem Heiligen Vater.«

»Und was hat sie geantwortet?«

»Sie hat gesagt, in Ordnung, sie würde mich heiraten, wo sie doch das Kleid schon hat. Dann hat sie mich voll auf den Mund geküsst.«

»Und du?«

»Ich habe zurückgeküsst. Was hätten Sie denn an meiner Stelle getan? Ein richtiger Verzweiflungskuss war das, wir konnten gar nicht mehr aufhören. Es war Liebe auf den ersten Blick, wie im Kino.«

»Und dann?«

»Dann ist diese Nervensäge von Iñigo dazwischengegangen und hat uns hinausgeworfen, er hat gesagt, wir sollten uns ein Motel suchen, das wäre ja nicht jugendfrei, was wir da machten. Alles nur, weil er mir die Wette nicht bezahlen wollte.«

»Und weiter?«

»Wir sind gegangen. Haben nicht gewusst, wohin, haben irgendeine Kneipe gesucht, weil wir uns gerne einmal hingesetzt hätten, und ein belegtes Brötchen wäre auch nicht verkehrt gewesen, aber wir haben nichts gefunden. Es hat die ganze Zeit genieselt, und wir hatten keinen Schirm; ich habe ihr meine Jacke umgelegt, aber das Kleid hat trotzdem ziemlich gelitten. Ich wollte sie mit zu mir nehmen, dann ist mir aber eingefallen, dass meine Mutter mit sämtlichen Onkeln und Tanten vor dem Fernseher sitzt, wegen dem Papstskandal, Sie haben doch davon gehört, oder?«

»Ja, Himmel noch mal, ich habe davon gehört.«

»Dann steht da plötzlich das Museum vor mir, wie aus dem Hut gezaubert. Eine Wucht!«

Und Pedro Berastegui verstummte, ganz versunken in die Erinnerung an seine rauschende Nacht.

»Weiter, verdammt!«, verlangte der Inspektor.

»Ich habe gedacht, wir können uns dort unterstellen,

und wir sind über diesen langgestreckten Platz gerannt, dort vor dem Eingang, den kennen Sie doch, oder?«

»Und niemand hat euch aufgehalten? Wo waren die Museumswärter?«

»Da war niemand, wirklich überhaupt niemand, Herr Inspektor.«

»Und?«

»Das habe ich Ihnen doch schon erzählt, wir haben die Tür kaum angefasst, da ist sie schon aufgegangen, als wollte sie uns einladen. Sie hat mich wieder geküsst und gesagt, sie will wie eine richtige Braut über die Schwelle getragen werden. Ich hebe sie also hoch, verheddere mich aber in der Brautschleppe, und wir fallen beide halb tot vor Lachen hin. Als wir wieder aufstehen wollen, noch einmal das gleiche, deshalb sind wir dann auf allen vieren hineingekrochen, haben uns geküsst dabei und gelacht und uns überall gestreichelt. Jetzt weiß ich, was das heißt, dass einen die Liebe verrückt macht, Herr Inspektor. Ich habe noch nie …«

»Willst du mir weismachen, dass du sie nicht gefragt hast, wie sie heißt, und auch nicht, warum sie dieses Brautkleid trägt?«, unterbrach ihn der Inspektor, der nach dreiundzwanzig sterbenslangweiligen Ehejahren nicht sonderlich erpicht war, etwas über Freuden zu hören, die er womöglich nie am eigenen Leib erfahren würde.

»Ich habe nicht daran gedacht, ehrlich, Herr Inspektor. Außerdem bin ich kein Mann der vielen Worte, ich komme gleich zur Sache, Sie verstehen?«

Larramendi ist auch einer von denen, die lieber gleich

zur Sache kommen, aber für das weitere Verhör von Elena Etxebarría hatte er sich vorgenommen, eine gewisse Subtilität walten zu lassen, denn er wollte die junge Frau nicht erschrecken.

»Bist du eine Nutte?«, fragte er sie.

Das Mädchen saß kerzengerade auf einem Krankenhausstuhl, trug einen schwachsinnigen Anstaltskittel, hatte ihr Haar zu einem langen Pferdeschwanz zusammengebunden und fing jetzt tief getroffen an zu weinen. Schniefend erklärte sie, sie sei bei den Nonnen zur Schule gegangen, habe sich ihre Jungfräulichkeit bis zu dieser Nacht im Museum bewahrt und denke nicht daran, sich von einem schnauzbärtigen und krummbeinigen Halbaffen ungestraft beleidigen zu lassen, was er sich einbilde, er werde schon sehen, was ihre drei Brüder machten, wenn sie davon Wind bekämen.

»Ist ja gut, mein Kind, beruhige dich. Das ist eine reine Routinefrage, nicht böse gemeint. Ich finde es nur ein bisschen sonderbar, dass Berastegui und du so mir nichts, dir nichts getan habt, was ihr getan habt, wo ihr doch nichts voneinander wusstet, nicht einmal den Namen, rein gar nichts …«

»Es war, als würden wir uns ewig kennen, Herr Inspektor, als wären wir uns in einem früheren Leben schon einmal begegnet. Glauben Sie an Wiedergeburt?«

»Nein. Ich bin Christ.«

»Ich ja auch, aber wenn Sie genauer darüber nachdenken, schließt das eine das andere doch nicht aus. Als die Schwelle des Museums hinter uns lag, war es mit einem Mal, als wären wir vor Gott und dem Standesamt vermählt«, sagte Elena feierlich und erklärte weiter, dass sie mit ihrem Freund, dem früheren, dem Fußballer, so etwas nie empfunden habe.

»Können Sie sich das vorstellen, Herr Inspektor? Das ist doch Schicksal. Einmal angenommen, ich wäre nicht aus der Kirche gerannt und nicht in diese Bar gegangen, dann hätte ich vielleicht nie erfahren, was wahre Liebe ist.«

»Das hat mit Liebe nichts zu tun, das ist Wollust, gepaart mit Delirium tremens, weiter nichts. Wie soll das denn gehen, die ganze Nacht in dem Museum herumspringen, ohne dass die Videokameras etwas aufzeichnen?«

»Vielleicht waren wir durchsichtig …«

»Jetzt werd bloß nicht witzig!«

»Aber, Herr Inspektor, wissen Sie denn nicht, dass das Guggenheimmuseum verzaubert ist?«

»Was redest du da? Es ist das modernste Museum der Welt!«, fiel ihr Inspektor Aitor Larramendi ins Wort, obwohl er genau wusste, worauf die junge Frau mit den grünen Augen anspielte.

Der Bau hatte kaum begonnen, da waren die Gerüchte schon ins Kraut geschossen: Es hieß, etwas von solcher Schönheit zu schaffen sei menschenunmöglich, und folglich müsse es einen Pakt mit dem Überirdischen geben.

»Das Gebäude strotzt nur so von Alarmanlagen. Ich begreife nicht, wieso keine einzige funktioniert hat.«

»Sind Sie denn sicher, dass wir im Museum waren?«

»Willst du mich auf den Arm nehmen?«

»Ich meine, mal im Ernst, Herr Inspektor. Wenn, wie Sie sagen, das Gebäude geschlossen war und wenn kein Alarm ausgelöst wurde, dann waren wir vielleicht überhaupt nicht dort. Ehrlich gesagt, wo wir uns geliebt haben, das hat auch nicht ausgesehen wie ein Museum, mir ist es eher vorgekommen wie ein Glaspalast, wie eine dieser Zitadellenstädte auf anderen Planeten, die man manchmal in Filmen sieht.«

»Wieso?« Auch diese Frage stellte Larramendi aus reiner Routine, denn im Grunde war er die ganze Angelegenheit mittlerweile leid.

»Vor den Fenstern sind Diamanten herabgefallen, wir haben melodisches Geplätscher gehört wie von einem Wasserfall ...«

»Regen, Kindchen, es hat geregnet.«

»Und es hat geduftet nach reifen Pflaumen.«

»Bestimmt nach den Rosen von deinem Brautstrauß.«

»Nein. Nach Pflaumen. Kennen Sie diesen Geruch von Pflaumen im Sommer, Herr Inspektor? Es ist ein so schwerer Duft, das Wasser läuft einem im Mund zusammen.«

»Also schön, es hat nach Pflaumen gerochen.«

»Sie behaupten, wir waren im Guggenheimmuseum, aber ich sage Ihnen, wir waren an einem phantastischen Ort, da waren keine Wände, nur weite Räume aus Licht.«

»Die Mauern sind aus Beton, Elena.«

»Glauben Sie mir, es waren erdachte Säle, ganz zart, wie hingetupft. Wir haben nicht nur Wasser plätschern gehört, ich bin mir sicher, die Luft hat gebebt, da war so ein Murmeln wie dieser Strom von Wörtern, die man ohne nachzudenken sagt, während man sich liebt. Sie wissen doch, was ich meine, oder?«

»Nein.«

»Schade. Jedenfalls sind wir dann geflogen.«

»Wie, geflogen?«

»Waren Sie denn nie verliebt, Herr Inspektor?«

»Ich stelle hier die Fragen, ist das klar?«

»Wir sind Hand in Hand geflogen, eine leichte Brise hat uns getragen, hat die Schleier an meinem Kleid gebauscht.«

»In dem Gebäude gibt es keine Brise. Wahrscheinlich war es die Heizung.«

»Sicher, Herr Inspektor. Pedro, er heißt doch so, oder? Also Pedro hat die Hose ausgezogen, das Hemd, die Unterhose, und auch seine Kleider sind herumgeflogen wie Luftballons.«

»Unzucht an einem Ort mit Publikumsverkehr«, fasste der Inspektor mit Nachdruck zusammen.

»Da war kein Publikumsverkehr. Pedro wollte mir das Kleid ausziehen, hat es aber nicht aufbekommen. Diese Knöpfe sind eine Zumutung, wissen Sie.«

»Du willst mir also erzählen, dass ihr weiter dort herumgeschwirrt seid wie die Fliegen?«

»Genau so. Wir waren in allen Sälen, haben alle Bilder besucht und die Farben getrunken und im Labyrinth gespielt und mit den Skulpturen getanzt, und danach sind wir gelandet.«

»Wo genau?«, fragte Aitor Larramendi.

»Woher soll ich das wissen?«

Die Bulldogge von Bilbao schnaufte: Dieses Mädchen hatte weniger Hirn als ein Brathuhn. Er kehrte auf die Wache zurück, wo Pedro Berastegui, noch immer in Handschellen, Kaffee trank und sich mit zwei Beamten über den Papstskandal unterhielt. Larramendi war kein Anhänger der Verbrüderung mit den Inhaftierten, denn das untergrub die Autorität und war gegen die Vorschriften. Nachdem er dem jungen Mann den Pappbecher aus der Hand gerissen hatte, führte er ihn am Schlafittchen in das grün gestrichene Verhörzimmer.

»Du hast sie also nicht gefragt, wie sie heißt«, setzte er das Verhör fort, wo er es Stunden zuvor unterbrochen hatte.

»Wir hatten keine Zeit für lange Gespräche, wir waren ziemlich beschäftigt.«

»Es miteinander zu machen wie die Hunde«, fiel ihm der Inspektor ins Wort.

»Wie die Engel, würde ich sagen.«

»Wie zwei Übergeschnappte, noch dazu splitterfasernackt.«

»Ich schon, das gebe ich zu, aber sie hatte das Kleid an, und außerdem war ihr Haar offen und hat sie ganz eingehüllt. Haben Sie gesehen, was für schönes Haar sie hat? Reinste Seide, wie Puppenhaar.«

»Spar dir die blumigen Vergleiche, Berastegui. Wie hast du die Alarmanlage ausgeschaltet und die Videoüberwachung?«

»Ich habe nichts angerührt. In diesem Museum gehen seltsame Dinge vor. Mein Onkel, der mit dem steifen Bein, ein Bruder meiner Mutter, der musste einmal

Karfreitagabend hin, um den Fahrstuhl zu reparieren, und er sagt, er habe mit eigenen Augen gesehen, wie sich eine der Skulpturen bewegt habe.«

»Welche?«

»Eine von diesen gekrümmten mit Darmverschlingung.«

»Und dein Onkel, wie heißt der?«

»Legen Sie sich nicht mit meiner Familie an, Herr Inspektor«, sagte Pedro Berastegui entschlossen.

Der junge Mann bestätigte Elena Etxebarrías Aussage Punkt für Punkt. Obwohl Aitor Larramendi dafür berüchtigt war, durch seine Gerissenheit Verdächtige bei fatalen Widersprüchen zu ertappen, musste er schließlich einsehen, dass es keine Beweise gab, um die beiden für einige Monate hinter Gitter zu bringen, wie sie es zweifellos verdient hätten. Aber die Niederlage verdarb ihm nicht die Laune, ganz im Gegenteil, er konnte nur mit Mühe die Leichtigkeit seiner Schritte und den Anflug eines Lächelns unter Kontrolle halten, die mit aller Macht seine wahre Gemütslage offenbaren wollten. Zum ersten Mal schlug sein eingerostetes Polizistenherz höher, weil ein Delikt ungesühnt blieb. Letztlich, dachte er, war es doch auch nur ein Vergehen aus Liebe gewesen. Wie Pedro Berasteguis Onkel mit dem steifen Bein glaubten viele, dass die Skulpturen im Museum nachts Conga tanzten, die Gestalten ihre Gemälde verließen, um durch die Säle zu schlendern, und sich das Gebäude mit ausgelassenen Gespenstern füllte. Scharfsinnig mutmaßte der Inspektor unter anderem, die beiden Liebenden könnten genau in dem Moment ins Guggenheimmuseum hineingegangen sein, als das Gebäude in die Dimension der Träume hinüberglitt, und könnten so, ohne es zu wollen, in eine Zeit gestürzt sein, die von keiner Uhr angezeigt wird. Es würde schwierig sein, seinen Vorgesetzten diese Theorie begreiflich zu machen, dachte der Inspektor während er seine Zigarettenkippe austrat, aber mit ein bisschen Glück bräuchte er das gar nicht. Es war Wahlkampf, es gab Probleme mit den Terroristen und einen Streik im Gesundheitswesen, da konnte man seine Zeit nicht mit übersinnlichen Liebenden verplempern. Das Guggenheimmuseum war doch bloß ein Museum, und wen kümmert schon die Kunst? Wenn die beiden die Sicherheitssysteme der Bank von Bilbao ausgehebelt hätten, ja, das wäre etwas anderes gewesen.

Wenige Tage später klappte Aitor Larramendi die Fallakte zu und verstaute sie ganz unten in dem Schrank mit den auf unbestimmte Zeit verschobenen Angelegenheiten, wo sie in den bedächtig mahlenden Mühlen der Bürokratie schließlich zu Staub zerfallen würde. Die Presse, die noch immer mit dem Skandal im Vatikan beschäftigt war, hatte die mysteriösen Liebenden im Guggenheimmuseum bald vergessen. Nur der Museumsdirektor litt noch an den Folgen, konnte seine Furcht nicht loswerden, obwohl er die Wächter austauschte, ein neues Sicherheitssystem installieren ließ und eine berühmte holländische Parapsychologin damit beauftragte, dem Museum die Geister auszutreiben. Was die beiden Hauptpersonen jenes Aufruhrs der Liebe betrifft, bleibt lediglich zu sagen, dass Elena Etxebarría, als sie das Brautkleid aus der Reinigung holte, von Pedro Berastegui an der Straßenecke mit einem frischen Strauß Rosen erwartet wurde.

Claire Scott

Eine Fahrkarte für zwei

1

Jona Crawford kam an einem windigen Aprilnachmittag im Jahr 1976 im Royal United Hospital in Bath zur Welt. Die Geburt war unkompliziert. Einmal bat Jona ihren Vater, ihr von diesem Tag zu erzählen.

»Es ging alles sehr schnell …«, sagte er, die Augen zusammengekniffen und den Mund halb geöffnet – dieses Gesicht machte er immer, wenn er nachdachte –, und dann, nach einer langen Pause, fuhr er fort: »Sehr schnell.«

»Das ist alles?«, fragte Jona.

»Oh, mein Mädchen«, sagte Frank und strich ihr übers Haar. »Das … das ist etwas Besonderes. Die meisten Babys lassen sich Zeit. Und du … du bist richtig rausgerutscht.«

Frank konnte sich kaum an den Tag der Geburt seines einzigen Kindes erinnern. Nicht weil es ihm an Freude oder Aufregung gemangelt hätte, sondern weil alles so schnell gegangen war.

Als Jona drei Jahre alt war, starb ihre Mutter. Jonas

Vater Frank zog das Mädchen alleine auf. Er war kein praktisch denkender Mann, aber ein liebevoller, und er schenkte ihr eine fast sorglose Kindheit.

Neben dem Vater war die wohl wichtigste Person in Jonas Leben Keaton Fairchild – Onkel Keat, wie sie ihn nannte. Wichtiger als die tote Mutter, an die sie fast keine Erinnerungen hatte.

Keaton, ein langjähriger Freund ihres Vaters, war freundlich und großzügig und gab einem das Gefühl von Sicherheit. In seiner Gegenwart konnte nichts Schlimmes geschehen. Er war weit gereist und besaß ein Reisebüro in Bath.

Anders als Jona hatte Frank viele Erinnerungen an seine Frau – die Einzige, die Richtige –, doch er sprach nie über sie. Von ihr zu erzählen riss die nie verheilte Wunde in seinem Herzen auf. Wenn ihr Name laut ausgesprochen wurde, vermisste er sie so sehr, dass es kaum auszuhalten war.

Obwohl Jona gerne mehr über ihre Mutter erfahren hätte, verstand sie Frank. Sie hoffte, dass er eines Tages bereit wäre, von Kathleen zu erzählen.

Aber Frank erkrankte an Alzheimer. Und er vergaß, dass er eine Frau gehabt hatte, dass er eine Tochter hatte. Seine Nase war ständig gekräuselt, die Augen immer zusammengekniffen.

Wenn Jona ihn fragte: »Worüber denkst du nach?«, kräuselte er die Nase noch stärker, kniff die Augen fester zusammen und schwieg.

Als Jona einunddreißig Jahre alt war, beerdigte sie ihren Vater, neben dem Grab der Mutter.

Jona hatte sich mit der Hilfe einer Pflegerin, Mrs Barns, um Frank gekümmert.

Mrs Barns, eine resolute Frau mit rotgrauen Haaren, kam jeden Morgen um sieben Uhr und blieb bis sieben Uhr abends.

Jona verbrachte die Abende mit ihrem Vater Backgammon spielend. Frank versank völlig in dem Spiel. Die Regeln vergaß er nie. Sobald Mrs Barns die Dreizimmerwohnung der Crawfords verließ, holte Frank das Spiel aus dem Regal und baute es auf dem Esstisch auf.

»Backgammon, Miss«, sagte er zu Jona. Seine Gesichtszüge waren entspannt.

Manchmal versuchte Jona ein Gespräch zu beginnen, aber Frank unterbrach sie. »Miss, bitte konzentrieren Sie sich auf das Spiel.«

Nach vielen Partien stand Frank auf.

»Gute Nacht«, sagte er.

Jona folgte Frank in sein Schlafzimmer, half ihm in seinen Pyjama, was er anstandslos über sich ergehen ließ.

Er legte sich hin, Jona setzte sich auf den Stuhl neben Franks Bett und wartete, bis er einschlief.

»Ich liebe dich, Papa«, flüsterte sie und verließ leise das Zimmer. Die Tür ließ sie einen Spaltbreit geöffnet.

Es war keine einfache Situation, weder emotional noch finanziell. Aber Jona akzeptierte ihre Lage ohne Selbstmitleid. Nur manchmal war ihr Herz schwer, weil sie ihren Vater vermisste. Ein seltsames Gefühl, jemanden zu vermissen, der einem gegenübersitzt.

Als Jona sich nicht mehr um ihren Vater kümmern musste, sondern nur um die Gräber ihrer Eltern, zog sie in eine kleinere Wohnung.

2

1995 ahnte Jona noch nichts von der Krankheit ihres Vaters. Es war ihr letztes Schuljahr. Sie wählte Wirtschaft, Kunst und Englisch als ihre A-Levels, und sie lernte Baptiste Roux kennen. Er war zweiundzwanzig Jahre alt und studierte mit einem Stipendium an der Bath School of Art and Design.

Jona war zum ersten Mal verliebt. Sie konnte kaum fassen, dass Baptiste ihre Liebe erwiderte. Nie hatte sie einen schöneren jungen Mann gesehen als den Franzosen mit seinen schwarzen Haaren und stechend blauen Augen. Stundenlang konnte sie dasitzen und ihn anschauen, wenn er über seine Kunst sprach. Sie hörte aufmerksam zu, wenn er die Bedeutung seiner Arbeitsweise – er wälzte seinen in Farbe getauchten nackten Körper über riesige Leinwände – erläuterte. Nickte, gab ihm recht, bewunderte ihn.

Still saß sie in einer Ecke seines Studios, wenn er sich mit Farbe bespritzt, manchmal schreiend, manchmal singend, über Leinwände rollte. Er sagte, ihre Anwesenheit sei wichtig für seine Kunst. Sie war seine Muse. *»Mon bijou«*, mein Juwel, nannte er sie. *»L'amour de ma vie«* – Liebe meines Lebens. Es störte Jona nicht, dass er ihr niemals Fragen stellte und alles, was sie ihm erzählte, sofort zu vergessen schien.

Kurz bevor Jona ihre A-Levels beendete, ging Baptiste zurück nach Paris. Sobald Jona mit der Schule fertig wäre, würde sie zu ihm ziehen.

Jona rief Baptiste jeden Tag an, und wenn sie ihn nicht erreichte, wartete sie neben dem Telefon auf seinen Rückruf. Wenn er nicht zurückrief, weinte sie sich in den Schlaf. Leere löste die Verzweiflung ab, bis sie seine Stimme wieder hörte. Er nannte sie *»L'amour de ma vie«*. Versicherte ihr seine Liebe. Jonas Herz wurde leicht. Sie verzieh ihm, dass er nur ein paar Minuten Zeit hatte und sich nicht nach ihren A-Levels erkundigte.

»Bald bin ich bei dir«, sagte sie.

»O ja«, sagte er.

»Ich zähle die Tage«, sagte sie.

»O ja. Ich auch«, sagte er.

»Vierunddreißig«, sagte sie.

»Vierunddreißig?«

»Vierunddreißig Tage, dann bin ich in Paris.«

»O ja, ja«, sagte er.

Jona legte ihre Prüfungen jeweils mit einem B ab.

Sie kaufte zwei große Koffer, schwarz und aus Nylon. Mit Rädern. Den Vorschlag ihres Vaters, erst mal mit wenig Gepäck nach Paris zu gehen und zu sehen, wie es mit Baptiste laufe und ob ihr die Stadt überhaupt gefalle, ignorierte Jona. Auch seine Bedenken, dass sie kaum Französisch spreche und niemanden außer Baptiste in Paris kenne, tat sie ab.

Sorgenvoll beobachtete Frank seine Tochter, die vierzehn Paar Schuhe in einen der riesigen Koffer legte, und als sie auch ihre Schlittschuhe einpackte, sagte er: »Jona, es ist Sommer.«

»Aber ich bleib dort für immer.« Und sie sagte ihrem Vater, dass Baptiste der Einzige, der Richtige war.

Er wollte ihr antworten, dass sie noch so jung sei, vielleicht zu jung, um eine solche Entscheidung zu treffen. Aber er schwieg, denn auch er war nicht älter als Jona gewesen, als er Kathleen kennengelernt hatte. Die Einzige, die Richtige.

Jonas Koffer waren gepackt. Das Ticket für den Eurostar London–Paris gekauft. Fünfhundert Pfund hatte Frank in französische Franc gewechselt und seiner Tochter in einem Umschlag überreicht. Am Tag vor ihrer Abreise rief sie Baptiste an.

»Wie lange bleibst du?«, fragte er.

»Für immer«, antwortete Jona etwas verwirrt.

Er versprach, sie am Bahnhof abzuholen. Jona wollte ihm sagen, dass sie aufgeregt war vor ihrer Fahrt durch den Eurotunnel. Den längsten Unterwasserkanal der Welt. Fünfundsiebzig Meter unterhalb des Meeresspiegels. Aber Baptiste musste los, hatte keine Zeit, ihr zuzuhören.

Sie schlief kaum in dieser Nacht. Sie glaubte, ihr Herz müsste vor Freude zerspringen, denn morgen würde sie Baptiste endlich wiedersehen.

Am nächsten Morgen, draußen war es noch dunkel, packten Vater und Tochter die zwei Koffer in Franks Volvo 240. Sie waren so schwer, dass beide anpacken mussten, um sie in den Kofferraum zu hieven.

»Jona, wie willst du die Reise denn schaffen? Du

kannst dich mit diesen Monstern ja gar nicht fortbewegen«, sagte Frank.

»Ich muss mich ja nicht fortbewegen. Du hilfst mir beim Einsteigen, und Baptiste holt mich ab.«

3

Jona saß in einem Großraumabteil. Ein Vierersitz. Die Koffer hatte sie am Eingang des Wagens abgestellt. Ein Mann hinter ihr hatte wütend geschnaubt, weil Jonas Gepäck keinen Platz für seinen Koffer gelassen hatte.

Jona gegenüber saß eine unscheinbare Frau mittleren Alters. Sie lächelte Jona an, Jona lächelte zurück.

»Guten Tag«, sagte Jona.

»Wenn wir's überleben«, sagte die Frau. In ihren Augen flackerte Panik. »Was sucht der Mensch unter dem Meer? Dort lebt er nicht«, sagte sie dramatisch.

Jona nickte. »Ich hab auch ein bisschen Bammel, aber es geht ja ganz schnell.«

Die Frau sah Jona an, lachte einmal laut auf. Und dann murmelte sie unverständliche Worte. Gebete oder Flüche oder beides. Jona nahm ein Buch aus ihrer Tasche. Einen Paris-Reiseführer, den ihr Keaton Fairchild geschenkt hatte.

Sie überflog die Seiten. Wozu brauchte sie einen Reiseführer? Sie hatte Baptiste, er würde ihr die Stadt – ihre neue Heimat – zeigen.

»Paris?«, fragte die Frau gegenüber.

Jona blickte auf.

»Ja. Ich … mein Freund … ich ziehe zu ihm nach Paris.«

Es klingt fast wie ein Märchen, dachte Jona. Mein Freund, Paris. Jetzt war der Zug im Tunnel unter dem Meer. Jonas Herz schlug schneller. Was würde passieren, wenn der Tunnel zusammenbrach? Würden sie ertrinken? Oder unter Schutt begraben werden?

»Paris«, sagte die Frau, und dann setzte das Murmeln wieder ein, wurde panischer. Jona schloss die Augen und wünschte sich, jemand anderes würde ihr gegenübersitzen. Ein netter alter Herr, der ihr eine Geschichte aus seinen Jugendzeiten erzählte. Oder jemand, dem sie von Baptiste erzählen könnte.

Fünfunddreißig Minuten dauerte die Fahrt unter dem Meer. Der Tunnel stürzte nicht ein.

Paris Nord. Der Schaffner half ihr beim Aussteigen. Ob sie Steine eingepackt habe, fragte er halb amüsiert, halb genervt.

Sie hatte Baptiste Gleis, Uhrzeit und ihre Wagennummer genannt und hatte erwartet, dass er da stehen würde, genau da, wo sie ausgestiegen war. Mit einem Strauß Blumen vielleicht. Ja. So hatte sie es sich vorgestellt. Aber er stand nicht da.

Leute rempelten Jona an. Sie rollte die Koffer etwas zur Seite. Blickte nach rechts, nach links, suchte Baptiste.

Siebzehn unendlich lange Minuten wartete sie. Und dann tauchte er auf. Ohne Blumen. Und auch die Worte, die er in ihren Tagträumen gesagt hatte, kamen nicht über seine Lippen. Er umarmte sie, ein kurzer Kuss, dem es an Wärme und Leidenschaft fehlte. »Jona«, sagte er, »Was hast du denn da alles mitgeschleppt?«

Sie zuckte mit den Schultern. »Meine Sachen«, sagte sie.

Er war mit dem Fahrrad gekommen. Er hatte kein Auto. Er brachte Jona zum Taxistand. Nannte dem Fahrer eine Adresse. »Wir treffen uns vor der Türe«, sagte er zu Jona.

Der Taxifahrer sagte etwas auf Französisch zu ihr.

»Je ne parle pas bien«, sagte sie, *»Mon ami Parisien.«*

Der Taxifahrer betrachte sie im Rückspiegel und ließ einen Wortschwall los. Jona verstand kein Wort, nicht ein einziges. Sie lächelte verlegen. *»Pas comprendre«*, sagte sie.

Das Taxi hielt in einer engen Straße vor einem Mehrfamilienhaus aus rötlichem Stein. Die Fassade war größtenteils mit Efeu bewachsen. Baptiste war noch nicht da. Jona gab dem Fahrer einen Hundert-Franc-Schein. *»Pour vous.«*

»Merci«, sagte er, steckte das Geld ein und holte die Koffer aus dem Kofferraum.

Bevor Jona ihn fragen konnte, ob er sich sicher sei, dass das die richtige Adresse war, fuhr er schon davon.

Wieder wartete sie, und die Minuten fühlten sich wie Stunden an.

Dann sah sie Baptiste auf seinem Fahrrad, und eine unbändige Freude erfasste sie. Vielleicht waren die Blumen in seiner Wohnung, und jetzt kam das richtige Wiedersehen. Sie schleppten die Koffer in den dritten Stock. Seine Wohnung war nicht groß. Ein Wohnzimmer mit Küche, ein winziges Schlafzimmer, ein kleines Bad. Keine Blumen. Wie Eindringlinge wirkten die zwei Koffer. Er machte Kaffee, und Jona setzte sich auf das blassgrüne Sofa.

»Ich kann gar nicht glauben, dass ich hier bin«, sagte sie.

»Ja«, sagte er.

Er reichte ihr eine Tasse Kaffee, schwarz. Er hatte vergessen, dass sie ihren Kaffee mit viel Milch und Zucker trank.

»Ich muss gleich noch mal los«, sagte er, »du kannst duschen oder dich ausruhen oder dir Paris angucken.«

4

Jona hatte ihre Koffer nicht ausgepackt und die meiste Zeit in Baptistes Wohnung alleine verbracht. Er war anders als in England. Kühler. Sie fand Entschuldigungen für sein Verhalten. Er hat viel zu tun. In einem Monat hat er eine Ausstellung. Seine erste richtige Ausstellung. Er kann mich nicht mit in sein Studio nehmen, weil er es mit zwei anderen Künstlern teilt. Nach der Vernissage wird es besser werden.

Jona hatte sich den Eiffelturm, Notre-Dame, Sacré-Cœur de Montmartre angesehen – alleine. Als sie auf der Aussichtsplattform des Eiffelturms stand, hatte sie ein bisschen geweint. Heimweh. Sie hatte an ihren Vater gedacht, an Bath, ihre Freunde. Die meisten waren zu großen Reisen aufgebrochen, um ihr Gap Year in Asien, Australien oder Südamerika zu verbringen. Und sie wussten, welche Universität sie nach ihrer Reise besuchen würden. Jonas Zukunftspläne hörten mit Paris und Baptiste auf. Ich ziehe nach Frankreich. Baptiste und ich werden für immer zusammen sein. Glücklich bis an unser Lebensende. Der Rest wird sich fügen.

Es war Jonas sechster Tag in Paris. Am Abend waren sie mit ein paar Freunden von Baptiste zum Essen verabredet.

Ein kleines Restaurant mit dunklen Holztischen, es roch nach Kräutern und gebratenen Zwiebeln. Auf den Tischen brannten Kerzen.

»Das ist Camille«, sagte Baptiste, »das ist Marie. Jérôme, Serge und Pierre. Und das ist Jona.«

Jona reichte allen nacheinander die Hand. Baptistes Freunde waren alle in ihren Mittzwanzigern. Jona war eingeschüchtert. Die beiden Frauen wirkten elegant. Ihre blumengemusterten Kleider – chic und leger zugleich. Sie rauchten schmale Zigaretten. Ihre Lippen waren dunkelrot geschminkt. An ihren zierlichen Handgelenken klimperten silberne Armreifen. Ihre Füße steckten in hellen Pumps. Sie strahlten unendliches Selbstbewusstsein aus. Jona fühlte sich wie ein Trampeltier in ihren Doc Martens und dem schwarzen, etwas zerknitterten T-Shirt-Kleid. Die drei jungen Männer waren nicht weniger imposant. Leinenhosen und Segelschuhe. Sie drehten ihre Zigaretten selbst. Gebräunte Gesichter, muskulöse Arme. Sie rochen nach teurem Aftershave.

Anfangs bemühten sich alle, englisch zu sprechen, oder Baptiste übersetzte, aber je später der Abend, desto französischer die Unterhaltung. Jona versuchte Worte aufzuschnappen, als Camille eine lange, offensichtlich lustige Geschichte erzählte. Sie lächelte, wenn die anderen lachten. »Das kann man nicht wirklich übersetzen«, sagte Baptiste zu Jona. »Ist gut«, sagte sie leise. Sie fühlte sich abwechselnd unsichtbar und dann wie ein Störenfried. Ihr Gesicht tat weh vom vielen Lächeln. Sie trank ein Glas Wein nach dem anderen. Sie hatte noch nie so viel Alkohol getrunken.

Als der Abend endlich vorbei war, hatte Jona Mühe, gerade zu gehen. Baptiste führte sie den kurzen Weg zu seiner Wohnung am Arm. Mit beiden Händen hielt er ihren Arm, als würde er eine alte Frau oder eine Kranke nach Hause bringen, nicht seine *L'amour de ma vie*.

Vor der Türe übergab sich Jona. *»Merde, merde«*, sagte Baptiste. Er klang genervt.

Und während Jona Rotwein und halb verdaute Schnecken ausspuckte, versuchte sie sich zu entschuldigen.

Baptiste ging hinter ihr die Treppen hinauf. Schob sie an.

Mit leerem Magen und schmerzender Kehle duschte Jona und putzte sich die Zähne.

Sie lagen nebeneinander in seinem Bett.

»Liebst du mich noch?«, fragte sie leise.

Ihr Herz pochte schnell während der kurzen Stille.

»Ich … ich, habe nicht gedacht, dass du wirklich kommst. Dass du wirklich hier …«, er brach ab.

»Dass ich nach Paris komme?«

»Ja.«

»Aber wir haben doch ... wir haben doch darüber gesprochen ... In Bath und am Telefon ...«

»Man sagt doch viel.«

»Willst du ... willst nicht mit mir zusammen sein?«

Er schwieg. Jona weinte.

»Wir können Freunde bleiben«, sagte er.

5

Am nächsten Morgen stopfte Jona die wenigen Sachen, die sie in Paris benutzt hatte, in einen der Koffer. Baptistes Angebot, sie zum Bahnhof zu begleiten, lehnte sie ab. Sie konnte ihn kaum anschauen. Während sie sich erniedrigt fühlte, enttäuscht, das Herz schwer, sah sie in Baptistes Augen nichts als Erleichterung.

Er bestellte ein Taxi und half ihr, die Koffer runterzutragen.

Von für immer war eine Woche übrig geblieben.

Jona hatte ihren Vater nicht angerufen. Niemand wusste, dass sie zurückkam.

Am Ticketschalter kaufte sie eine Fahrkarte nach London.

Leute zischten und rempelten sie an, die Koffer waren im Weg. Sie war im Weg. An der Aufzugtür erntete Jona böse Blicke, weil sie und ihr Gepäck so viel Platz einnahmen. Niemand half ihr, als sie versuchte, die Koffer in den Aufzug zu schieben. Trotz Rädern waren sie kaum zu bewegen, schienen ihren eigenen Willen zu haben, zwei böse übergewichtige Wesen.

Und dann stand Jona am Gleis. Der Zug rollte ein.

Der Mann hinter ihr drängelte sich an ihr vorbei. Alles ging so schnell. Drei Stufen, unüberwindbar. Die Pfeife des Schaffners ertönte. Jona ließ ihre Koffer stehen und stieg ein. Sie winkte ihrem Gepäck Lebewohl, als der Eurostar abfuhr.

Einen Moment lang fühlte sie sich frei. Sie ging in die Snackbar des Zuges. Snickers, Kaffee schwarz. So wie sie ihn in Baptistes Wohnung jeden Morgen getrunken hatte. In nur sieben Tagen hatte sie sich an die Bitternis gewöhnt. Jona fand ihren Sitzplatz und ließ sich fallen.

Die Euphorie über die gewonnene Freiheit verflog. Sie dachte an das, was sie zurückgelassen hatte:

Zwölf Kleider, neun Paar Jeans, drei Jacken, zwei Röcke, sechs Pullover, siebzehn T-Shirts, vierzehn Paar Schuhe, Schlittschuhe. Unterwäsche, ein Schlafanzug. Kosmetik. Und was sie verloren hatte: Baptiste. Den Glauben an den Einzigen, den Richtigen und eine Portion Unbeschwertheit.

Und was jetzt?, dachte sie. Fand keine Antwort, nicht einmal die Ahnung einer Antwort.

London. Anstatt eine Telefonzelle zu suchen und ihren Vater anzurufen, kaufte sie ein Ticket nach Bath. Die Fahrt dauerte nur eine Stunde.

Sie lief vom Bahnhof nach Hause. Einen Fuß vor den anderen, ohne nachzudenken. Franks Auto parkte vor der Türe. Beige Fassade, grüne Türe. Zu Hause. Das angelaufene Messingschild *Crawford.*

Jona drückte die Klingel. Ihren Schlüssel hatte sie nicht mit nach Paris genommen. Sie hörte die Schritte ihres Vaters.

»Jona«, sagte er und stellte viele Fragen. Sie versuchte zu antworten, aber die Worte ließen sich nicht finden, sich nicht formen. Nur Tränen und ein seltsames Glucksen.

»Ist ja gut, Jona. Ist ja gut«, sagte Frank und umarmte seine Tochter. Drückte sie fest an sich. »Komm rein.«

Er blickte sich um. »Wo sind denn deine Koffer.«

»Bahnhof«, brachte sie hervor.

»In Bath?«

Jona schüttelte den Kopf.

»London?«

»Nein. Paris. Ich hab sie einfach stehen lassen. Sie waren so schwer.«

Frank lachte. »Das waren sie«, sagte er.

»Ich habe jetzt gar nichts mehr«, schluchzte sie.

»War doch nur Zeug, Jona. Nichts von Bedeutung.«

Jona wollte nicht essen, nicht duschen. Nur ins Bett.

Und auch den nächsten Tag verbrachte sie im Bett.

Am Abend klopfte Frank an ihre Tür. »Jona, zieh dich an. Wir gehen mit Keaton zum Inder.«

Jona zog die Decke über den Kopf.

»Bitte, Jona«, sagte Frank.

»O. k.«, sagte sie. Hunger, die Traurigkeit in Franks Stimme und ihre Zugneigung für Keaton ließen sie das Bett verlassen.

6

Keaton Fairchild war ein Freund der Familie Crawford.

Als Kind war Keaton mit seinem Vater kurz vor Beginn des Zweiten Weltkrieges zum ersten Mal nach Indien gereist – damals noch eine britische Kolonie. Ein Jahrzehnt sollte vergehen, bis Indiens Premierminister von dem »Rendezvous mit dem Schicksal« sprach, die Unabhängigkeit Indiens erklärte und Britisch-Indien in zwei Staaten aufgeteilt wurde.

Keaton verliebte sich augenblicklich in das Land. Leben wollte er dort nie, aber immer wieder zurückkehren.

Nach dem Zweiten Weltkrieg eröffnete Keaton ein Reisebüro in seiner Heimatstadt Bath, um andere Menschen nach Indien zu bringen. Seine Liebe zu teilen.

Das Reisebüro war ein Ladenlokal nicht weit vom Theatre Royal entfernt. Der Raum erinnerte mehr an den Salon eines Landhauses als an ein Büro. Parkettboden, dunkelgrüne Wände. Ein braunes Chesterfield Sofa, zwei Ohrensessel, ein antiker Doppelschreibtisch aus Mahagoni. Drei Talwar Säbel hingen über dem Schreibtisch. Sie stammten von Keatons erster Indienreise, ein Geschenk seines Vaters.

Über dem Sofa hing ein bronzegerahmtes Ölgemälde. Es zeigte den Gott Vishnu. Blaues Antlitz, goldgelbe Kleider, eine hohe Krone auf dem Kopf. Vishnu hat vier Arme, in einer Hand ein Schwert, zu seinen Füßen eine Schlange. Vishnu, der Erhalter, das ausgleichende Element zwischen Schöpfung und Auflösung.

Keatons Reisebüro hatte sich seit seiner Eröffnung kaum verändert. Zuerst gab es nur ein Telefon, dann kam ein zweites hinzu, später ein Faxgerät. Ein drittes schnurloses Telefon, und als letzte Neuerung ein Computer.

Fest zum Inventar gehörte Trudy Wood, Keatons Sekretärin, mehr noch – seine rechte Hand, seine Vertraute. Nur wenige Jahre jünger als Keaton, waren sie gemeinsam alt geworden.

Viele Leute glaubten, dass Keaton und Trudy ein Paar wären oder zumindest ineinander verliebt. Beide unverheiratet und kinderlos. Aber das stimmte nicht. Sie waren Freunde. Keaton liebte seine Freiheit, Reisen und Abenteuer. Und auch Trudy liebte ihre Unabhängigkeit. Sie hatte gesehen, was die Ehe mit ihrer Mutter und ihren älteren Schwestern gemacht hatte. Unglückliche Frauen, die ihren Körper, ihren Geist trinkenden, jammernden Männern geopfert hatten. Trudy hatte beschlossen, ein anderes Leben zu führen.

Sie hatte Indien gesehen, Affären gehabt, ein eigenes kleines Haus. Sie hätte sich ein größeres leisten können, aber um sicherzugehen, dass niemals ein Mann dort einziehen würde, dieses gewählt.

Keaton Fairchild reiste fünfmal im Jahr mit kleinen Gruppen oder Einzelpersonen nach Indien.

Eine Route war Delhi – Varansi – Agra – Jaipur – Jaisalmer – Jodhpur – Udaipur – Delhi oder Mumbai.

Die andere Route führte nach Darjeeling.

Keatons Vertrauter in Indien war Ravi, nach eigenen Angaben ein entfernter Verwandter des letzten Großmoguls Bahadur Shah II.

Ravi konnte alles organisieren. Er sprach fließend englisch und war ein exzellenter Autofahrer. Obwohl Keaton und Ravi seit Jahrzehnten zusammenarbeiteten, wusste Keaton weder, wie alt Ravi war, noch kannte er seinen Nachnamen.

Jona hatte Ravi nie persönlich getroffen, aber aus Keatons Erzählungen meinte sie dennoch, ihn gut zu kennen.

Die Indienreisen waren Keatons Leidenschaft, der Grund, warum es das Reisebüro gab. Aber finanziell hing das Unternehmen von seinen anderen Leistungen ab. Flüge, Hotels, Pauschalreisen in die ganze Welt – und Jane-Austen-Touren. Touristen, die für einen Tag oder ein paar Nächte nach Bath kamen, buchten diese Touren. Vier Stunden auf den Spuren von Jane Austen. Geboren im Dezember 1775, war Jane Austen 1801 mit ihren Eltern und ihrer ebenfalls unverheirateten Schwester nach Bath gezogen. Fünf Jahre lebte sie dort. Über diesen Abschnitt ihres Lebens war wenig bekannt. Briefe aus dieser Zeit waren nicht erhalten. Sie hatte in dieser Zeit vermutlich wenig geschrieben, aber Bath schien bleibenden Eindruck gemacht zu haben. Es wurde oft Schauplatz in ihren Romanen.

Das Reisebüro beschäftigte immer zwei oder drei Studenten als Führer für die Jane-Austen-Touren. Trudy kümmerte sich um alles. Wenn es nicht um Reisen nach Indien ging, war Keaton geistig abwesend.

7

Also Paris war ein Desaster?«, fragte Keaton und schob sich eine Gabel Curry in den Mund.

»Ja«, sagte Jona. Frank, der neben ihr saß, nickte.

Sie waren die einzigen Gäste in dem indischen Restaurant.

»Und was wirst du jetzt machen?«

Jona zuckte mit den Schultern.

»Studieren? Reisen?«, fragte Keaton.

»Ich will nie wieder reisen. Nie wieder Koffer packen. Nie wieder verliebt sein«, sagte sie und lief rot an. »Vielleicht jobbe ich erst mal irgendwo. Ja, irgendein Job.«

Die beiden Männer warfen sich besorgte Blicke zu. Dann verfielen sie in langes Schweigen.

Der Kellner brachte Tandoori Chicken für Frank und Butter Paneer Masala für Keat. Jona brachte nur eine Samosa herunter.

Als sie nach dem Essen ihren Chai tranken, fragte Keaton:

»Willst du bei mir arbeiten? Trudy will kürzertreten. Wir könnten Hilfe gebrauchen.«

»Ich … Du hast ein Reisebüro.«

Er schaute sie fragend an.

»Muss ich reisen?«

Keaton lachte. »Du kannst reisen. Aber du musst nicht. Du buchst Reisen, beantwortest Telefonate, schreibst Faxe. Ja, du wirst viel telefonieren.«

Als sie sich verabschiedeten, seufzte er.

»Es ist immer Paris. So viele Erwartungen. So viele Enttäuschungen.«

8

Am folgenden Montag saß Jona neben Trudy an dem Doppelschreibtisch aus Mahagoni. Unmittelbar stellte sich ein Gefühl von Angekommensein bei ihr ein. Dies war ihr Platz.

Sowohl Jonas Vater als auch Keaton glaubten, dass ihre Anstellung vorübergehend sei, dass sie studieren würde. Aber die Jahre vergingen, Trudy kam immer seltener und übergab schließlich Jona das Zepter ganz. Trudy blieb Keatons Vertraute, aber wenn sie jetzt das Reisebüro betrat, setzte sie sich nicht an den Schreibtisch, sondern in einen der Ohrensessel.

Und wenn Keaton nicht in Indien war, saß auch er auf einem der Sessel, eine Tasse Tee in der Hand, und erzählte.

Während er redete, schweifte sein Blick immer zu Vishnus Porträt.

»Ihn bewundere ich am meisten.« Es klang so, als spräche er über einen guten Freund, nicht über einen indischen Gott. »Er schläft und träumt, doch wenn wir ihn brauchen, kommt er zu uns, um die Welt vor dem Untergang zu bewahren. Er kam als Schildkröte, als Fisch, als Löwe, als Eber, als Zwerg, als Krieger und als Held. Seine achte Inkarnation war Krishna, die personifizierte und alles durchdringende Liebe.«

Keaton erzählte von dem Krugfest, Kumbh Mela, bei dem Millionen Gläubige zu den vier Stellen pilgerten, wo jeweils ein Tropfen Unsterblichkeitsnektar auf die Erde gefallen war, als Götter und Dämonen um einen Kumbh – den Krug mit jenem besonderen Nektar – kämpften. Die Menschen waschen sich rein von allen Sünden in den heiligen Flüssen Ganges, Godavari, Shipra und Jamuna. Alle drei Jahre findet das Fest an einem dieser Orte statt.

An sechs Krugfesten hatte Keaton teilgenommen, aber er war nie in den Fluss gestiegen. »O nein, meine Sünden nehme ich mit ins Grab, sie gehören dazu … zu mir. Die Sünden und die guten Taten. Aber am Ufer zu stehen … es ist … Ach, Jona, du solltest es sehen. Es ist ein ganz anderes Leben als hier.«

Jona lächelte.

»Natürlich, eine wunderschöne Stadt, in der wir leben … Aber man kann doch reisen.«

Jona hatte sich an das Versprechen gehalten, das sie sich nach Paris gegeben hatte: Nie wieder reisen. Nie wieder Koffer packen.

»Bist du glücklich, Jona?«, fragte Keaton oft, häufiger, seitdem Frank tot war.

»Ja«, antwortete sie stets.

Und auch Trudy, wann immer sie vorbeischaute, fragte Jona, ob sie glücklich sei, nur anders als Keaton.

»Jona, du hattest eine schlechte Erfahrung. Paris … Es ist so lange her. Du solltest ein bisschen mehr … mehr leben. Du sitzt an diesem Schreibtisch, tagein, tagaus.«

»So wie du einst«, gab Jona zurück.

»Ich bin gereist, ich hatte Affären. Und du? Hast du wenigstens einen Liebhaber? Gehst du aus? Führt dich jemand in gute Restaurants?«

»Im Moment nicht, aber …«

»Im Moment ist immer. Immer wenn ich dich frage, sagst du, im Moment nicht. Herzchen, ich will dir nicht zu nahe treten. Aber die Zeit vergeht. Puff. Und dann ist es vorbei. Du musst ein bisschen mehr leben.«

»Trudy, ich lebe doch.«

»Sie sagt, dass sie glücklich ist«, warf Keaton ein und zuckte mit den Schultern.

»Ich bin glücklich«, bestätigte Jona und versuchte so überzeugend wie möglich zu klingen. »Und was bedeutet das überhaupt … glücklich?«

»Was es bedeutet?«, fragte Trudy und schüttelte den Kopf.

»Dass man mehr als nur zufrieden ist. Nicht jeden Tag, aber an möglichst vielen. Dass Dinge geschehen, die … die … dich überraschen. Dinge, die dir das Gefühl geben zu schweben«, sagte Trudy.

»Schweben?«, fragte Jona amüsiert.

»Herzchen, wie soll man es denn erklären? Keat, hilf mir.«

»Glück ist, wenn der Verstand tanzt, das Herz atmet und die Augen lieben, das hat Albert Einstein gesagt.«

»Sag ich doch auch: schweben.«

»Tanzen«, sagte Jona.

»Ein guter Tänzer schwebt«, sagte Trudy.

»Versuch nicht, Trudy zu widersprechen. Vollkommen zwecklos«, sagte Keaton.

9

Jona hatte nach Baptiste eine längere Beziehung. Vierzehn Monate. Jacob. Es waren gute vierzehn Monate, zumindest gute neun.

Jacob wollte mit Jona zusammenziehen.

»Ich kann nicht. Mein Vater ... Er ... er braucht mich.«

Franks Krankheit hatte sich bereits bemerkbar gemacht.

Aber Frank war nicht der einzige Grund. Jona konnte sich ein Leben mit Jacob nicht vorstellen. Sie hätte noch lange Zeit mit ihm zusammenbleiben können, so wie es war. Drei Mal die Woche ausgehen, Sex, telefonieren. Aber mit ihm unter einem Dach zu wohnen, heiraten, Kinder. Nein.

Als die Beziehung mit Jacob zerbrach, fragte Frank seine Tochter: »Er war nicht der Richtige?«

»Nein.«

»Verstehe. Jacob ist ein guter Mann, aber es soll der Richtige sein ... Deine Mutter, sie war die Richtige.«

Frank sprach fast nie über seine verstorbene Frau. Er trauerte um sie alleine. Jeden Tag.

»Ich wünschte, du hättest sie besser gekannt. Sie war ...« Und dann schwieg er.

»Die Richtige«, sagte Jona. Sie verstand den Schmerz ihres Vaters, seine Sprachlosigkeit.

Frank nickte.

Es gab einige Männer vor und nach Jacob, keiner hielt sich länger als eine Packung Joghurt. Keiner hinterließ Spuren. Vielleicht ließ sie auch nur Männer in ihr Leben, die sie nicht verletzen konnten, so wie Baptiste. Sie hatte ihn nie wiedergesehen, nie wieder von ihm gehört. Die Erinnerung an sein Gesicht, an seine Stimme war verblasst. Nicht vergessen hatte Jona, wie es sich anfühlte, wirklich verliebt zu sein, und wie es war, wenn jemand einem das Herz brach.

Die Liebe und das Leid waren zusammen mit einer Reise und viel zu schweren Koffern in Jonas Geist miteinander verbunden.

Jona hatte keinen großen Freundeskreis. Viele ihrer Schulfreunde waren weggezogen, oder man hatte sich auseinandergelebt. Festgestellt, dass die einzige Verbindung die Vergangenheit war. Jeder Satz begann mit: »Weißt du noch …« oder »Erinnerst du dich noch …« Die Verabredungen wurden seltener, und irgendwann hörten sie ganz auf.

Jonas einzige richtige Freundin war ihre Nachbarin Muriel. Muriel war Ernährungsberaterin, die sich selber hauptsächlich von Fish and Chips ernährte, ein Päckchen Camel am Tag rauchte und zu viel Gin trank.

Muriel war geschieden. Sie wohnte zusammen mit ihrem siebenjährigen Sohn Mike und einer fetten Katze in dem Appartement neben Jona.

Vor vier Monaten hatte Muriel Lance kennengelernt. Sie hatte Lance von ihrer Kindheit, ihrem schlechten Verhältnis zu ihren Eltern, ihrer gescheiterten Ehe und diversen Affären erzählt. Nur ihren Sohn Mike hatte sie verschwiegen. Sie wollte den richtigen Moment abpassen. Aus Erfahrung wusste sie, dass ein Kind

Männer abschrecken konnte, und so schob sie diese Unterhaltung vor sich her. Die meisten Wochenenden verbrachte Mike bei seinem Vater, aber wenn Muriel mit Lance unter der Woche ausging und die Wahrscheinlichkeit bestand, dass er mit zu ihr kommen würde, brachte sie Mike zu Jona.

Es war Montag. Muriel und Mike standen vor der Tür.

»Lance?«, fragte Jona.

»Nein. Mein Ofen ist kaputt, kann ich deinen benutzen?«

»Klar, willst du reinkommen?«

»Ja.«

Jona umarmte Mike und nahm Muriel die Kuchenform aus der Hand.

»Wie viel Grad?«

»Dreihundertfünfzig, vierzig Minuten. Hast du was zu trinken? Wein oder Gin.«

»Wein.«

Jona schob den Kuchen in den Ofen, während Muriel und Mike sich im Wohnzimmer ausbreiteten. Sie kam mit einer Flasche Wein und zwei Gläsern zurück.

»Was willst du trinken, Mike?«

»Kaffee«, sagte er.

»Du trinkst keinen Kaffee«, sagte Muriel.

»Doch, bei Papa trink ich Kaffee.«

Muriel verdrehte die Augen. »Orangensaft oder Wasser?«

»Saft«, sagte er.

Jona brachte Mike ein Glas Saft.

»Hat jemand Geburtstag?«, fragte sie.

»Warum?«

»Kuchen.«

»Nein. Mikes Schule. Alle Eltern müssen einen Kuchen backen, für einen Basar. Und es wird ausdrücklich darauf bestanden, dass man selbst backt und nicht fertig kauft. Diese Lehrer sind schlimmer als die Nazis.«

»Na ja«, sagte Jona.

»Doch, ich sag's dir. Deshalb stecken sie die Kinder in Uniformen. Kann ich eine rauchen?«

»Klar.«

Muriel steckte sich eine Zigarette an. Jona brachte ihr einen Aschenbecher.

»Papa sagt, dass wir sterben, wenn du rauchst.«

»Das ist Blödsinn. Ich darf rauchen, du nicht. Und niemand stirbt. Noch ein Nazi«, sagte Muriel zu Jona. »Ein Nazi, der meinem siebenjährigen Sohn Kaffee gibt.«

»Der Kaffee ist für Kinder«, sagte Mike. »Extra für Kinder. Wer sind die Nazis?«

»O nein«, sagte Muriel, »Niemand. Ich ... Mike, kannst du bitte vergessen, was die Mama gesagt hat?«

Mike schloss die Augen und fasste sich an die Stirn.

»O. k. Kann ich einen Hund haben?«

Muriel lachte. »Der Hund würde Mister Cat auffressen.«

»Einen kleinen Hund? Einen ganz kleinen ...«

»Du Monster«, sagte Muriel.

»Bin ich auch ein Nazi?«, fragte Mike.

»Gut. Du kriegst einen Hund.« Sie sah Jona an und schüttelte ganz leicht den Kopf.

»Wann?«

»Bald.«

»Wann ist bald?«, fragte er.

»Bald ist bald, und jetzt halt den Schnabel.«

»Schlaf ich heute bei dir, Jona?«, fragte Mike.

»Nein«, sagte Muriel, »du schläfst heute zu Hause.«

10

Die Eieruhr klingelte. Der Wein war leer.

»Der Kuchen! Der Kuchen!«, rief Mike und sprang auf.

Alle drei gingen in die Küche. Jona nahm einen Topflappen und holte den Kuchen aus dem Ofen.

»Warum ist der denn so flach?«, sagte Muriel.

»Du hast ihn gebacken.«

»Ich hasse diese Schule«, sagte Muriel.

»Oh, darf man nicht sagen«, sagte Mike, »darf man nicht sagen.«

»Ich schon«, sagte Muriel.

»Riecht gut«, sagte Jona.

»Mama, können wir ihn essen?«

»Nein, der ist für den Basar.«

»Aber er sieht komisch aus«, sagte Mike.

»Vielleicht geht er ja noch auf«, sagte Muriel.

»Ne«, sagte Jona.

»Ich habe so Hunger auf Kuchen, auf den Kuchen«, sagte Mike, »er ist zu hässlich, um ihn zu verkaufen.«

»Er ist nicht hässlich, er ist nur flach.«

»Die anderen Kinder bringen richtigen Kuchen.«

»Das ist richtiger Kuchen.«

»Sieht aus wie …«, begann Jona.

»Wie was?«, fragte Muriel.

»Jedenfalls nicht wie Kuchen.«

»O. k. Dann essen wir den jetzt«, sagte Muriel, »und morgen früh kaufe ich einen. Aber du darfst mich nicht verraten, Mike.«

»Ich sag den Nazis nichts«, sagte Mike.

»Bravo«, sagte Muriel.

»Sollen wir den erst abkühlen lassen?«, fragte Jona.

»Ne«, sagten Muriel und Mike wie aus einem Mund.

Mit Gabeln und Kuchen gingen sie zurück ins Wohnzimmer.

Sie aßen den warmen Kuchen direkt aus der Form. Pusteten, um sich nicht den Mund zu verbrennen.

»Schmeckt gut«, sagte Jona.

Muriel holte eine Flasche Gin und eine Flasche Tonic Water aus ihrem Appartement. Jona legte eine DVD ein. *Dornröschen*, Zeichentrick von 1959. Mike liebte den Film. Er konnte alle Lieder mitsingen.

Er lag auf dem Boden vor dem Fernseher, ganz versunken in das Geschehen auf dem Bildschirm. Jona und Muriel saßen auf dem Sofa und tranken Gin Tonic.

»Du hast Lance immer noch nicht von …«, Jona blickte zu Mike, »… erzählt?« Sie sprach leise.

Muriel schüttelte den Kopf. »Ich warte …«

»… auf den richtigen Moment«, beendete Jona den Satz und lachte.

»Genau.«

»Wie lange willst du warten? Bis Mike volljährig ist und auszieht?«

Muriel sah in ihr Glas, als gäbe der Gin, wenn sie ihn nur lange genug anstarrte, eine Antwort. Muriel blickte auf. »Und was ist mit dir?«

»Mit mir?«, fragte Jona erstaunt.

»Lord Fulton.«

Jona zuckte mit den Schultern.

»Wie lange willst du warten?«

»Das ist doch was ganz anderes«, sagte Jona.

»Na ja. Wie lange dauert euer Telefonflirt nun? Zwei Jahre? Drei?«

»Fast vier. Aber … Es ist doch … Er ist ein Kunde. Er bucht Reisen. Es ist doch nicht …«

»Ein außergewöhnlicher Kunde«, sagte Muriel und lachte.

Muriel hatte recht. Lord Fulton war ein außergewöhnlicher Kunde. Vor vier Jahren hatte er zum ersten Mal im Reisebüro angerufen. Seine Stimme war tief und warm. Er wollte eine Reise nach Peru buchen. Aber anstatt sich über Hotels und Flüge, Daten und Uhrzeiten zu erkundigen, erzählte Lord Fulton ihr eine Geschichte über seine letzte Reise. Es war die erste von vielen Geschichten, die er ihr erzählen würde. Seine Geschichten, die in Zügen und Flugzeugen, in fernen Ländern und Weltmetropolen spielten, handelten stets von der Liebe. Von Begegnungen. Einmal hatte sie Lord Fulton gefragt, ob er reiste, um die Liebe zu finden. Womöglich flirtete sie wirklich ein wenig.

Vielleicht, hatte er geantwortet, und sie konnte ein Lächeln in seiner Stimme hören. Vier Jahre hielt diese Telefonfreundschaft nun an. Er lebte in Schottland, sie hatten sich noch nie gesehen. Wann immer ein attraktiver Mann das Büro betrat, hoffte Jona, es sei Lord Fulton. Aber jedes Mal wurde sie enttäuscht.

Irgendwann würde er sicher einmal nach Bath kommen. Irgendwann würde er vor ihr stehen.

Ab und zu spielte Jona mit dem Gedanken, ihn in Schottland zu besuchen. Aber sobald sie ernsthafter darüber nachdachte, war sie wieder achtzehn Jahre alt. Der Eurostar. Zwei unendlich schwere Koffer. Ein gebrochenes Herz. Und schnell, bevor die alte, nie ganz verheilte Wunde wieder aufbrach, verdrängte sie den Gedanken an eine Reise nach Schottland.

11

Jona saß an dem Mahagoni-Schreibtisch, Keaton in einem der Ohrensessel. Es regnete.

Keaton sah müde aus, alt. ›Er ist über achtzig‹, dachte Jona, ›er darf alt aussehen.‹ Trotzdem sorgte sie sich. Er war ungewöhnlich still. Vor einigen Tagen war er aus Indien zurückgekehrt. Sonst schien er immer erfrischt, lebendig, wenn er von einer Reise zurückkehrte, aber diesmal wirkte er erschöpft.

»Alles in Ordnung?«, fragte Jona.

»Ja. Ich bin nur ein bisschen ausgelaugt.« Seine Augen waren auf das Porträt des blauen Gottes gerichtet. Jona wartete, dass Keaton etwas über Vishnu, den Erhalter sagen würde, aber er schwieg.

»Dein Liebling«, sagte Jona schließlich.

Keaton nickte.

Und dann war es wieder still.

»Wie geht es Ravi?«, fragte Jona.

»So weit«, sagte Keaton.

Die Türe ging auf. Trudy kam herein. Roter Regenschirm, roter Lippenstift. Ihre zierliche Gestalt steckte in einem etwas zu großen Wachsmantel und Regenstiefeln.

»Trudy«, sagte Jona erfreut, »willst du einen Tee?«

»Lass mich erst mal aus den nassen Sachen schlüpfen.« Trudy legte ihren Mantel ab, zog die Stiefel aus.

»Ein Tee wäre schön.« Dann sah sie Keaton an.

»Keat«, sagte Trudy.

»Guten Tag«, sagte er.

»Guten Tag? Was ist das für eine Begrüßung, mein Freund?«

»Schön, dich zu sehen, Trudy. Bin nicht auf der Höhe.«

»Natürlich bist du nicht auf der Höhe. Wir sind alt, wir sollten tot sein«, sagte Trudy.

Keaton lachte.

»Komm, komm, ein paar Jahre haben wir noch«, sagte er und klang endlich wieder wie er selbst.

»Vier Beerdigungen im letzten Monat«, sagte Trudy und setzte sich in den freien Ohrensessel. »Bald ist jeder, den ich gekannt habe, unter der Erde. Wer kommt dann zu meinem Begräbnis? Keiner mehr da.«

Jona reichte Trudy eine Tasse Tee. »Du kommst, mein Kind, nicht wahr?«

»Natürlich«, sagte Jona, »aber es werden noch viele, viele Jahre vergehen.«

Trudy zwinkerte Jona zu. »Wir werden sehen. Aber lass uns von erfreulicheren Dingen sprechen. Wie geht es dir, Jona? Hast du einen Freund? Aufregende Pläne?«

»Nein, Trudy, alles wie immer.«

»Ach, Herzchen. Worauf wartest du nur?«

»Ich warte auf nichts.«

Eine Weile lang schwiegen sie alle drei.

»Ich habe ein paar finanzielle Verluste erlitten«, sagte Keaton.

»Und das bedeutet?«, fragte Trudy.

Keaton zuckte mit den Schultern. »Das Geschäft ist schon lange nicht mehr profitabel ...«

Die Leute buchten ihre Reisen selbst übers Internet. Die Indienreisen mit Keaton als Führer waren zwar beliebt, aber obwohl sie teuer waren, war der Erlös gering.

»Ich weiß nicht, wie lange ... wie lange wir noch weitermachen können ... Shiva tanzt. Im endlosen Tanz zerstört er alles, damit Neues entstehen kann. Aber noch sind wir nicht am Ende«, sagte Keaton, »und jetzt habe ich Hunger. Wen darf ich zum Essen einladen: Trudy?«

Trudy nickte.

»Jona?«

»Nein, ich bleib hier.«

»Komm schon«, sagte Keaton.

Jona schüttelte den Kopf. »Vielleicht ruft jemand an, um eine Reise zu buchen.«

»Wir haben einen Anrufbeantworter.«

»Ich habe keinen Hunger.«

»Dann bis später.«

Trudy zog ihre Montur wieder an, Keaton nahm den Regenschirm, und gemeinsam verließen sie das Ladenlokal.

Jona hatte einen Kloß im Hals. Sie stand auf und betrachtete Vishnu. »Erhalte uns, bewahre uns«, flüsterte sie.

Was würde sie tun, wenn Keatons Reisebüro nicht mehr existierte? Das Büro war mehr ein Zuhause als eine Arbeitsstelle, und Keaton und Trudy so etwas wie ihre Familie. Natürlich war es ihr nicht entgangen, dass immer weniger Menschen ihre Dienste benötigten. Und wahrscheinlich würde der Trend sich fortsetzen. Mit den Jane-Austen-Touren verhielt es sich anders. Jeden Monat stieg die Zahl der Buchungen. Erst vor drei Wochen hat Jona zwei weitere Führer eingestellt. Einen Philosophiestudenten, Anthony, der ganze Passagen von *Emma* auswendig kannte und jeden erhaltenen Briefwechsel von Jane Austen mehrere Male gelesen hatte. Und Fiona, sie studierte Literatur und wollte Schriftstellerin werden. Jane Austen war ihr Vorbild, ihre Heldin.

Keaton behandelte die Jane-Austen-Touren stiefmütterlich. Zu wenig Abenteuer, zu wenig Indien. Er überließ alle Entscheidungen, die die Touren betrafen, Jona.

12

Erhalte uns«, sagte Jona wieder zu dem blauen Gott, als das Telefon klingelte.

»Hallo.« Sie erkannte seine Stimme sofort.

»Lord Fulton … Wie geht es Ihnen?«

»Gut. Sehr gut wäre übertrieben. Und Ihnen?«

»Oh … eigentlich … heute ist ein … Aber eigentlich auch gut.« Sie entschied sich, Lord Fulton nichts von den finanziellen Problemen des Reisbüros zu erzählen. Das wäre unprofessionell, schließlich war Lord Fulton ein Stammkunde.

»Ein schwieriger Tag?«

»Ja.« Und dann, um das Thema zu wechseln, fragte sie ihn, was sie ihn schon oft hatte fragen wollen. Manchmal glaubte sie in seiner Stimme einen leicht amerikanischen Akzent ausmachen zu können.

»Lord Fulton, bilde ich es mir ein, oder haben Sie einen amerikanischen Akzent?«

Er lachte. »Das fällt Ihnen jetzt erst auf? Nach vier Jahren? Meine Mutter war Amerikanerin. Mein Vater Schotte. Bis ich zwölf war, haben wir in den Staaten gelebt.«

»Das haben Sie mir nie erzählt.«

»Wirklich? Mmh …«, machte er und dann, nach einem Moment der Stille, fuhr er fort: »Da habe ich eine Geschichte für Sie.«

Jona lächelte. Seine Geschichten waren die Essenz ihrer Freundschaft. Das Einzige, was Jona fürchtete, war, dass eines Tages eine Lord-Fulton-Geschichte ihr Happy End finden würde.

»Es waren drei Stunden zwischen zwei Flügen«, begann er.

»Ich war in den USA. Zurück an dem Ort, an dem ich meine Kindheit verbracht hatte. Als ich von Bord gegangen war, steuerte ich den verlassen daliegenden kleinen Flughafen an. Es war eine dieser heißen Sommernächte, typisch für den Mittleren Westen. Ich wusste nicht, ob sie noch lebte, ob sie noch in dieser Stadt wohnte oder wie sie jetzt hieß. Es gab damals noch Telefonbücher, auch an öffentlichen Orten, und zu meinem Glück fand ich eines. Also suchte ich nach ihrem Vater, der womöglich inzwischen gestorben war. Nein. Ich fand Richter Harmon Hobbs und die Nummer. Eine Frau meldete sich. Als ich nach Miss Susan Hobbs fragte, lachte sie.

›Sie ist jetzt Mrs Walter Thomas. Wer spricht denn da?‹

Ohne zu antworten, legte ich auf. Ich hatte erfahren, was ich wissen wollte, und ich hatte nur drei Stunden Zeit. Walter Thomas sagte mir nichts. Ob sie nach der Heirat weggezogen war? Doch ich fand auch seinen Namen im Telefonbuch.

›Ja?‹

›Guten Tag. Ist Mrs Thomas da? Hier spricht ein alter Freund von ihr.‹

›Mrs Thomas bin ich.‹

Dieser zauberhafte Klang in ihrer Stimme! Es war noch derselbe wie damals.

›Hier spricht John Fulton. Ich hab dich zuletzt gesehen, als ich zwölf war.‹

›Oh!‹ Sie klang überrascht. Aber ich konnte aus ihrer Stimme weder Freude heraushören, noch hätte ich sagen können, ob sie überhaupt wusste, wer ich war.

›John‹, sagte sie dann. ›Wo bist du denn?‹

Als ich ihr erklärte, dass ich am Flughafen sei und nur wenige Stunden bleiben könne, lud sie mich ein, sie zu besuchen.

Ob sie nicht bald ins Bett gehe, fragte ich sie.

›Du lieber Himmel, nein!‹, beteuerte sie. ›Ich sitze hier allein vor einem Highball.‹

Ich nahm ein Taxi.

Auf der Fahrt ging mir das Gespräch durch den Kopf. Was bedeutete es, dass sie allein war? War sie einsam? Hatte sie sich so zu ihrem Nachteil verändert, dass sie keine Freunde mehr hatte? War ihre Ehe in Gefahr?

Weil sie in meinen Träumen immer noch zehn Jahre alt war, schockierte mich der Highball. Ich musste lächeln: Natürlich war sie längst eine erwachsene Frau.

Ich sah sie schon von Weitem, als das Taxi in die Auffahrt bog. Licht fiel durch die geöffnete Haustür, sodass ich die Umrisse ihrer Gestalt sehen konnte, auch das Glas in ihrer Hand.

Als ich ausgestiegen war, standen wir uns einen Moment lang gegenüber, ratlos und mit großen Augen.

Dann lächelte sie.

›John … du hast dich so verändert. Wirklich erstaunlich.‹

Als wir das Haus betraten, hatte ich plötzlich ein merkwürdiges Gefühl. Die Erinnerung an unsere letzte Begegnung zog vor meinem inneren Auge vorbei. Sie hatte mich wie Luft behandelt. Ich fürchtete, wir könnten uns nichts zu sagen haben.

Es platzte aus mir heraus: ›Du bist so schön geworden, Susan …‹

Das Kompliment vertrieb die Verlegenheit zwischen uns, und die Neugier siegte.

›Einen Highball?‹, fragte sie.

Ich schüttelte den Kopf.

›Bitte denk nicht, ich würde häufiger alleine trinken. Ich war heute Abend nicht in guter Verfassung. Mein Mann sollte heute zurückkehren, aber dann rief er an und sagte, dass er erst in zwei Tagen kommt. Er ist ein freundlicher Mann. Und sieht gut aus. Ähnlich wie du.‹ Sie zögerte. ›Ich habe das Gefühl, es gibt eine andere.‹

›Das kann ich kaum glauben.‹

Sie lächelte, aber in ihren Augen lag Schmerz.

›Früher habe ich mich so gequält wie du‹, sagte ich, ›Doch eines Tages habe ich beschlossen, die Eifersucht für immer aus meinem Leben zu verbannen.‹

›Du hast dich sehr verändert, John. Ich weiß noch, dass mein Vater sagte: Der Junge hat Köpfchen.‹

›Da hast du vermutlich widersprochen.‹

›Es hat mich überrascht. Bis dahin hatte ich gedacht, dass jeder Mensch einen Kopf hat.‹

›Woran erinnerst du dich noch?‹, fragte ich.

Susan stand unvermittelt auf und tat ein paar rasche Schritte von mir weg.

›Das klingt‹, sagte sie vorwurfsvoll, ›als ob ich ein schlimmes Mädchen gewesen wäre.‹

›Das warst du nicht. Du glaubst doch nicht, dass du

das einzige Mädchen warst, das je einen Kuss bekommen hat?‹

›Du kannst es nicht lassen.‹

Unser Ärger verging, und sie sagte: ›Wir haben wirklich Spaß gehabt.‹

›Beim Schlittenfahren.‹

›Genau. Und bei dem Picknick bei Jamesens. Und in Marquette, in jenem Sommer damals …‹, sagte sie.

An die Schlittenfahrt erinnerte ich mich sehr genau – wie ich ihre kühlen Wangen geküsst hatte, während sie lachend zu den Sternen hochgesehen hatte.

›Und bei der Party der Connors, wo ich nicht hingehen konnte, weil ich Fieber hatte‹, sagte ich.

›Das weiß ich nicht mehr.‹

›Du warst aber da. Du hast eine andere geküsst, und ich war so rasend eifersüchtig wie später nie wieder.‹

›Aber warum?‹, fragte ich belustigt. ›Ich habe dich so sehr geliebt. Als wir weggezogen sind, warst du wie eine Pistolenkugel in meinem Bauch.‹

›Warst du so … getroffen?‹

›Mein Gott, natürlich …‹ Wir saßen jetzt ganz nah. Ich spürte, dass ich sie liebte.

›Sprich weiter‹, sagte sie. ›Dass es dich so mitgenommen hat, wusste ich nicht. Ich dachte immer, nur ich hätte gelitten.‹

›Du?‹, entfuhr es mir. ›Weißt du nicht, wie du mich hast abblitzen lassen?‹

›Das weiß ich nicht mehr. Ich hatte den Eindruck, dass du mich hast abblitzen lassen.‹ Ihre Hand legte sich sanft, fast tröstend auf meinen Arm.

›Oben ist ein Fotoalbum, das ich seit Jahren nicht mehr angesehen habe. Ich suche es mal raus.‹

Sie verschwand. Ich dachte darüber nach, wie sehr sich die Erinnerungen zweier Menschen an ein und denselben Abend unterscheiden konnten. Und darüber, dass Susan mich als Frau genauso faszinierte, wie sie es als Kind getan hatte.

Sie kam zurück.

Wir setzten uns nebeneinander auf die Couch und schlugen das Album auf. Susan sah mich glücklich an.

›Ich freue mich so‹, sagte sie. ›Ich freue mich so, dass du hier bist – und dass du dich so schön an mich erinnerst. Ich wünschte, ich es hätte es damals gewusst. Nachdem du weggezogen warst, habe ich dich gehasst.‹

Dann, ganz plötzlich: ›Küss mich.‹

Und ich küsste sie.

Danach schwiegen wir eine Weile.

›Eine gute Ehefrau macht so was nicht‹, sagte sie nach einer Minute. ›Ich glaube, seit meiner Heirat habe ich keine zwei Männer mehr geküsst.‹

Sie wandte sich ab und blätterte eine Albumseite um.

›Das dürfen wir nicht wieder tun‹, sagte sie.

›Und wenn wir uns wieder ineinander verlieben würden?‹, sagte ich.

›Hör auf!‹ Sie lachte nervös. ›Das ist vorbei. Es war ein Augenblick. Einer, den wir vergessen müssen.‹

›Sag deinem Mann nichts.‹

›Warum nicht? Ich sage ihm sonst alles.‹

›Es wird ihm wehtun. Du darfst einem Mann nie solche Sachen sagen.‹

›Gut, ich sag's ihm nicht.‹

Susan blätterte weiter.

›Da bist du!‹, rief sie.

Ich sah hin. Ein kleiner Junge in Badehose auf einem Pier, im Hintergrund ein Segelboot.

›Ich weiß noch ganz genau, an welchem Tag das entstanden ist!‹ Sie lachte.

Ich beugte mich vor, aber ich erkannte mich nicht.

›Das bin nicht ich‹, sagte ich.

›Doch. Es war in Marquette. In dem Sommer, als wir … als wir immer in die Bucht gegangen sind.‹

›Welche Bucht? Ich war nur drei Tage in Marquette.‹ Noch einmal musterte ich das Foto eingehend. ›Das ist John Davis. Wir sahen uns ziemlich ähnlich.‹

Jetzt sah sie mich erschrocken an.

›Aber du bist doch John Davis!‹ Ihre Stimme war lauter geworden. ›Oder – nein: Du bist John Fulton.‹

›Das habe ich dir doch schon am Telefon gesagt.‹

Sie sprang auf.

›Fulton! Davis! Ich muss verrückt geworden sein. Oder ist es der Whiskey? Was habe ich dir bloß erzählt?‹

Ich blätterte weiter in dem Album.

›Überhaupt nichts‹, sagte ich. Fotos, auf denen nicht ich zu sehen war, zogen an mir vorbei – Marquette – eine Bucht – John Davis. ›Du hast mich abblitzen lassen!‹

›Du darfst diese Geschichte niemandem erzählen‹, sagte sie vom anderen Ende des Zimmers her. ›So was spricht sich herum.‹

›Geschichte? Was für eine Geschichte?‹, sagte ich

zögernd. Aber dann dachte ich: Also ist sie doch ein schlimmes kleines Mädchen.

Und mich erfüllte rasende Eifersucht auf den kleinen John Davis – die Eifersucht, die ich für immer aus meinem Leben verbannt hatte.

›Küss mich noch einmal, Susan.‹ Ich fiel vor ihrem Sessel auf die Knie. Aber Susan entfernte sich.

›Du hast gesagt, dass du das Flugzeug kriegen musst.‹

›Ich nehme den nächsten Flug.‹

›Bitte geh‹, sagte sie frostig. ›Versuch dir vorzustellen, wie mir zumute ist.‹

›Aber du tust ja, als würdest du dich nicht an mich erinnern‹, empörte ich mich. ›Als würdest du dich nicht an John Fulton erinnern.‹

›Doch, an dich erinnere ich mich auch. Aber es ist … alles so lange her.‹

Sie rief mir ein Taxi.

Als ich wieder im Flugzeug saß und die Maschine mit Getöse in den Himmel stach, dachte ich darüber nach, was geschehen war.

Für eine kurze Zeit hatte ich in zwei Welten zugleich gelebt. Der Junge, der ich früher gewesen, und der Mann, der ich geworden war, hatten sich zu einer Person verbunden.

Ich habe in diesen Stunden zwischen den Flügen viel verloren. Aber auch gewonnen. Die Vergangenheit war … durfte von da an einfach Vergangenheit sein.«

Das … Das war eine schöne Geschichte. Vielleicht meine liebste von allen, die Sie mir erzählt haben. Sie können gut erzählen.«

Im Hintergrund waren Stimmen zu hören.

»Mrs Crawford. Ich muss los. Und … die Reise. Catania, Sizilien. Ein schönes Hotel, können Sie mir etwas raussuchen?«

»Natürlich.«

»Ich melde mich morgen oder übermorgen.«

Als Jona an dem Abend nach Hause kam, klopfte sie an Muriels Tür. Es war fast eine Tradition, dass sie Muriel jede neue Lord-Fulton-Geschichte erzählte.

Muriel öffnete.

»Jona«, sagte sie. »Hat der Lord sich gemeldet?«

Jona nickte und folgte Muriel in die Wohnung.

Mikes Sachen lagen verstreut herum. Malstifte, Matchbox-Autos, Spielkarten. Ein riesiges Stofftier – ein Krokodil, das zu lächeln schien. Das meiste verschwand in einer Holztruhe aus Zedernholz, wenn Muriel eine Verabredung mit Lance hatte. Nur das Krokodil schleppte Mike immer mit zu Jona.

»Wo ist Mike?«, fragte Jona und setzte sich auf die Couch neben das Krokodil.

»In seinem Zimmer. Er übt Zaubern. Harry Potter. Er will eine verdammte Eule und nach Hogwarts. So viele Wünsche, die ich ihm nicht erfüllen kann.« Muriel hielt ihr Glas hoch, »Gin Tonic? Willst du auch?«

»Gerne«, sagte Jona.

Als Muriel mit den Gläsern zurückkam, setzte sie sich neben Jona.

»Dann lass mal hören«, sagte sie.

Jona nahm einen großen Schluck Gin Tonic und begann. Sie versuchte sich an jedes Wort zu erinnern.

Als sie fertig war, klatschte Muriel.

»Hast du ihm jemals von deiner ersten Liebe erzählt? Paris, Baptiste?«

»Nein«, sagte Jona und dann: »Was wohl aus Susan geworden ist?«

»Wahrscheinlich wohnt sie im selben Haus, ist mit demselben Mann verheiratet und trinkt jeden Abend ein paar Highballs. Oder sie ist geschieden. Susan hat dann auf jeden Fall das Haus bekommen. Und Susan trinkt Highballs.«

»Was genau ist ein Highball?«, fragte Jona.

»Eine Cocktailart in einem hohen Glas mit Eis. Scotch-Soda, Gin Tonic …«

»Also trinken wir gerade einen Highball?«

»Nein. Die Gläser sind zu klein, wir haben kein Eis und mehr Gin als Tonic.«

Beide Frauen schwiegen für einen Moment. »Du musst ihn treffen«, sagte Muriel unvermittelt.

»Wen?«

»Wen? Lord Fulton!«

Jona streichelte das Stoffkrokodil. Natürlich würde sie ihn gerne kennenlernen. Aber was, wenn ihre Begegnung ein Desaster wäre? Dann gäbe es keine Anrufe mehr, keine Geschichten. Außerdem hatte er niemals ein Treffen vorgeschlagen.

Mike platzte ins Zimmer. Auf seine Stirn war mit schwarzer Farbe ein Blitz gemalt, in seiner Hand hielt er einen abgebrochenen Kochlöffel.

»Ist das Edding?«, fragte Muriel und deutete auf Mikes Stirn.

»Das ist eine Narbe«, sagte er, »Mama, ich brauche einen richtigen Zauberstab.«

»Sag deinem Vater, er soll dir einen kaufen.« Sie zwinkerte Jona zu.

»Kann ich ihn anrufen?«

»Morgen.«

»Ich brauch mein Krokodil«, sagte er und griff nach dem Stofftier, das fast genauso groß war wie er.

»Tschüss«, sagte er. Und marschierte, das Krokodil hinter sich herschleifend, in sein Zimmer.

»Ich treffe ihn, wenn du Lance von Mike erzählst«, sagte Jona.

Muriel sah sie an. »Wirklich?«

»Ja. Ich werde mich in den Zug setzen, nach Schottland fahren und … und an seine Tür klopfen.«

Muriel reichte Jona ihre Hand. »O. k. Abgemacht.«

Jona schlug ein.

14

Jona suchte im Internet nach Hotels in Catania. Sie war noch nie auf Sizilien gewesen. Paris war das einzige Mal, dass sie England verlassen hatte.

Als sie noch zur Schule ging, hatten sie und ihr Vater den Sommer immer in Newquay verbracht. Knapp vier

Stunden mit dem Auto von Bath entfernt. Eine Surferstadt an der Nordküste von Cornwall. Weder sie noch Frank standen je auf einem Surfbrett. Sie mieteten dort ein kleines Haus mit einem großen Garten, das einer Mrs Glance gehörte. Jona verbrachte die Nachmittage am Strand, Frank im Garten. Sie spielten Backgammon und Uno. Kauften stapelweise Zeitungen und Magazine. Ein paarmal hatte Frank überlegt, ob sie ihren Sommer irgendwo anders verbringen sollten. Italien, Griechenland, eine tropische Insel. Aber sie entschieden sich doch immer wieder für Newquay. Für das Vertraute.

Am späten Nachmittag kamen Keaton und Trudy ins Büro.

»Wir machen noch ein bisschen weiter«, sagte Keaton mit einem breiten Lächeln im Gesicht.

»Jetzt schmücken wir das tote Schwein mit Diamanten«, sagte Trudy.

»Ist das hier«, Jona breitete die Arme aus, »das tote Schwein?«

»Ja«, sagte Trudy.

»Na, na«, sagte Keaton. »Was wäre ich ohne das hier? Das ist … ist alles.« Er blickte zu dem Porträt seines Lieblingsgottes. »Danke, mein Freund, erhalte uns.«

Trudy ließ sich in einen der Sessel fallen. »Ich sage ja schon gar nichts mehr. Ich bin im Ruhestand.«

Keaton setzte sich in den anderen Sessel. »Danke, Trudy.«

»Für mein Schweigen?«

»Nein, dafür, dass du mit mir nach London gekommen bist.«

»Ach, Keaton«, sagte sie und seufzte. »Du musst dir was überlegen, Keaton. Aufschub, mehr ist es nicht. Du brauchst eine Lösung. Das Ding«, Trudy deutete auf den Computer, »ist dabei, dich komplett zu ersetzen.«

Keaton senkte den Kopf. Er sah aus wie ein gescholtenes Kind.

»Die Jane-Austen-Touren laufen gut«, sagte Jona.

»Das sind doch keine Reisen«, sagte Keaton.

»Vielleicht freut es dich, dass immer mehr und mehr Besucher aus Indien die Tour buchen. Heute hat Phoebe eine Gruppe, achtundzwanzig Personen aus Mumbai.«

»Trotzdem …«, begann Keaton, aber Trudy unterbrach ihn.

»Und was tut sich sonst noch?«, fragte sie Jona.

»Ähm … Ich suche gerade nach einem Hotel in Catania für Lord Fulton.«

»Ah, unser schottischer Lord, die treue Seele«, sagte Keaton. »Ich liebe Schottland, war einige Male dort. In Strathpeffer. Ein kleiner Ort in den Highlands nahe dem Loch Fannich. Bezaubernd. Lange her …«, sagte Keaton.

»Ich war in Glasgow und am Loch Ness«, sagte Trudy.

»O ja«, sagte Keaton, »ich war auch am Loch Ness.«

Jona dachte: Ich war noch nie in Schottland. Ich war nirgends.

»Wir waren zusammen dort, Keat«, sagte Trudy.

»Ich weiß.«

Beide sahen sich an und lachten.

»Was war so lustig?«, fragte Jona.

Aber sie antworteten nicht, sondern lachten noch lauter. In diesem Moment sahen sie aus wie zwei Teenager.

»Ob du es glaubst oder nicht, Jona, Trudy war ein …«, begann Keaton.

»Ein was?«, fragte Trudy amüsiert.

»Wild warst du, Trudy, wild.«

Sie zuckte mit den Schultern. »Das stimmt wohl. Jona, lass uns unsere Geheimnisse. Ich verspreche dir, du willst die Geschichte nicht hören.«

»Wie hieß die Stadt?«, fragte Keaton.

»Drumnadrochit«, sagte Trudy.

»Genau. Da können wir beide nie wieder hin.«

Und wieder brachen sie in schallendes Gelächter aus.

»Erinnerst du dich an … Wie hieß er? Der Autor, der ein Buch über Schottlands Geister geschrieben hat?«, fragte Trudy.

»Oh Marc Harlod, oder Harold«, sagte Keaton.

»Genau. In Schottland spukt es überall«, sagte Trudy an Jona gewandt. »In jeder Burg, in jedem Schloss. So viele Green und White Ladys.«

Und während Trudy von Inverlochy Castle erzählte, in dessen Nähe zwei große Schlachten um Schottlands Unabhängigkeit gefochten wurden, dachte Jona an Lord Fulton.

Sie versuchte, ihn sich vorzustellen. Sah ihn vor ihrem inneren Auge, in einer Burg. Sein Gesicht war nicht zu erkennen.

Sonnenstrahlen, die durch das ausgedachte Fenster der ausgedachten Burg fielen, blendeten Jonas Augen.

In der Ferne waren das Blöken von Schafen und das Wiehern von Pferden zu hören.

Trudys Stimme riss Jona aus ihren Gedanken. »Ein männlicher Geist, eine Geisterarmee und dann eine Frau, Agnes, die als Hexe verbrannt wurde. Das ist eine ganze Menge Geister für ein einziges Schloss.«

Jona nickte.

»Dass du dich an die Geschichte erinnern kannst«, sagte Keaton anerkennend.

»Es hat mich empört. Ein Geist pro Schloss – einverstanden. Aber das ist zu viel. Das macht das Ganze unglaubwürdig. Und das habe ich ... wie hieß er ... Marc gesagt. Und er war ganz aufgebracht. ›Ich berichte doch nur. Ich habe es mir doch nicht ausgedacht‹, hat er gesagt.«

»Du hast ihm ganz schön den Kopf verdreht damals«, sagte Keaton.

»Habe ich das?«

»Oh, Trudy. Unsere Trudy war eine Herzensbrecherin«, sagte Keaton und lachte.

Jona betrachtete Trudy. Es war nicht schwer sich vorzustellen, dass Männer ihr scharenweise zu Füßen gelegen hatten.

»Nie mit Absicht«, sagte Trudy. »Und ich habe nie jemandem etwas versprochen, was ich nicht halten konnte.« Sie lächelte. »Deshalb habe ich nie etwas versprochen. Kein Treffen, keinen Anruf. ›Wir werden sehen‹ war immer meine Antwort. Und jetzt genug von der Vergangenheit.«

Trudy stand auf. »Bring mich nach Hause, Keat. Ich

muss die Füße hochlegen. Wir sollten tot sein, mein Freund. Wir sind viel zu alt.«

Auch Keaton stand auf. »Was redest du denn da? Wir haben gerade unsere Zukunft gesichert.«

Trudy hakte sich bei Keaton ein. »Das tote Schwein mit Diamanten geschmückt … Aufschub. Mehr nicht. Und überhaupt: Ich bin im Ruhestand.«

15

Am nächsten Morgen, bevor Jona die Kaffeemaschine anstellen konnte, klingelte das Telefon.

»Mrs Crawford?«

»Lord Fulton«, sagte sie. Immer wenn sie seine Stimme hörte, durchströmte Wärme ihren Körper. »Wie geht es Ihnen?«

»Gut. Und Ihnen?«

Sollte sie ihm von Keatons finanziellen Schwierigkeiten erzählen? Dass Trudy das Büro als totes Schwein bezeichnet hatte? Sollte sie ihm sagen, dass sie sich gestern Nacht unendlich einsam gefühlt hatte? Dass ihr, nachdem Keaton und Trudy von einer lange zurückliegenden Schottlandreise erzählt hatten, bewusst geworden war, wie wenige Geschichten ihr eigenes Leben hatte? Und dass sie an ihren Vater gedacht hatte, der seine Geschichten am Ende vergessen hatte?

Aber sie sagte: »Es geht mir gut. Ich habe Ihnen drei Hotels in Catania herausgesucht.«

»Danke«, sagte er. »Waren Sie schon einmal auf Sizilien?«

»Ich war in Paris«, sagte Jona und dann, damit er sie nicht für eine Idiotin hielt: »Ich weiß, dass Paris in Frankreich ist.«

Er lachte. »Aber Sie waren sicher schon einmal in London?«

»Natürlich.« Dass sie dort nur auf dem Weg nach Paris umgestiegen war, sagte sie ihm nicht.

»Da fällt mir nämlich eine gute Geschichte ein. Sie begann am Flughafen in London.«

»Bitte erzählen Sie.«

Und er begann.

»An diesem Tag wimmelte es nur so vor Menschen in Heathrow. Nachts hatte es geschneit, die meisten Flüge waren ausgefallen, und der Flugverkehr kam nur langsam wieder in Gang. Es war so ein Tag, an dem man nicht weiß, ob es sich lohnt zu warten oder ob man sich, um nicht am Terminal zu übernachten, nicht gleich nach einer Unterkunft in der Stadt umsehen soll.

Als ich durch die elektrische Schiebetür in die Abfertigungshalle ging, sah ich vor mir nur Hüte und Mützen und Frisuren. Nie zuvor hat mir die Bandbreite möglicher Kopfbedeckungen und Haartrachten so deutlich vor Augen gestanden. Natürlich, dachte ich mir, nirgendwo sonst versammelt sich eine solche Vielfalt von Menschen wie an einem internationalen Flughafen.

Während ich noch Haarklammern, Rastazöpfe und Zickzackrasuren an den diversen Schädeln bewunderte und mich ganz langsam von der Menge in Richtung Check-in-Schalter voranschieben ließ, wandte sich mir plötzlich etwa zwanzig Meter vor mir für einen kurzen

Moment ein Gesicht zu. Es war das Gesicht einer Frau. Warum gerade sie sich zu mir umdrehte, während all die anderen Drängelnden nur im Sinn hatten, so schnell wie möglich in die entgegengesetzte Richtung vorzustoßen, ist eine Frage, die ich mir bis heute stelle. Vielleicht wollte sie auch einfach nur sehen, wer ihr in die Hacken trat.

Jedenfalls war dies die Minute, in der ich aufhörte, an der Liebe auf den ersten Blick zu zweifeln. Auf der Stelle war es um mich geschehen.

Sie war unvergleichlich schön.

Doch kaum dass ich mir über das Wesen ihrer Schönheit richtig bewusst werden konnte – Welche Form hatte ihre Nase? Welche Farbe ihre Lippen? Wie trug sie ihr Haar? –, verschwand ihr Gesicht wieder in einem Meer aus Hinterköpfen.

Mein Flugzeug nach Toronto startete statt am Vormittag erst um acht Uhr abends. Und doch war ich wohl der einzige von Hunderttausenden Passagieren, der sich in den vielen Stunden Wartezeit nicht eine Minute langweilte. Das Gegenteil war der Fall: Atemlos durchstreifte ich die Hallen, in der Hoffnung, die Schöne noch einmal wiederzusehen. Doch es schien mir nicht vergönnt zu sein.

Während ich in der kalten Winterluft die Stufen zum Airbus der kanadischen Fluggesellschaft erklomm, war ich wohl die niedergeschlagenste Person, die jemals nach stundenlangem Ausharren endlich ihre Reise antreten durfte.«

Lord Fulton verstummte.

»Haben Sie sie wirklich nie wiedergesehen?«, fragte Jona.

Er kicherte. »Ich spanne Sie nur auf die Folter. Sie glauben nicht, wie diese Geschichte weitergeht.

Als die Stewardess mich nämlich zu meinem Platz geführt hatte, saß die Schöne, die ich den ganzen Tag lang gesucht hatte, direkt neben mir, auf dem Sitz am Fenster.

Es grenzte an ein Wunder.

Ich malte mir schon aus, wie wir einander in den acht Stunden Flugzeit, die vor uns lagen, näherkommen würden. So ein unverhofftes Rendez-vous über den Wolken ist doch eine höchst romantische Vorstellung. Wir könnten uns mit unseren Plastikbechern zuprosten, unser Abendessen nebeneinander aus Pappkartons einnehmen und uns dabei erzählen, woher wir kommen und wohin es uns verschlägt …

Der einzige Wunsch, der dann aber in Erfüllung ging, war der, ihre Gesichtszüge näher zu studieren.

Denn kaum hatte ich neben der schönen Unbekannten Platz genommen, kippte sie ihren Sitz schon nach hinten, hüllte sich in die Fleecedecke, die für jeden Fluggast bereitlag, und schlief binnen Sekunden tief und fest ein.

So viel jedenfalls kann ich sagen: Ihre Nase war lang und schmal wie der Stiel einer Rose, ihre Lippen waren leuchtend rot, und ihr goldblondes Haar floss ihr in sanften Wellen bis auf die Schultern.

Darüber hinaus weiß ich nichts über sie. Die Schöne verschlief den Getränkeservice, sie verschlief die Essensausgabe, und sie verschlief auch jeden meiner Versuche, sie durch Räuspern oder Niesen oder Gähnen zu wecken.

Sie schlummerte tief wie eine Märchenprinzessin.

Erst als die Rollen des Airbus auf kanadischem Boden aufgesetzt hatten, die Anschnallzeichen erloschen waren und die Gepäckfächer geöffnet wurden, erwachte sie, ergriff ihr Handgepäck, zwängte sich an den Passagieren ringsum vorbei – und verschwand für immer.«

16

Sie haben sie nie wiedergesehen?«, fragte Jona.

»Nein«, sagte Lord Fulton.

»Jede ihrer Geschichten ist so anders. Als ob sie jedes Mal ein anderer wären … Verstehen Sie, was ich meine?«

»Jede Liebe ist auch anders, jede Begegnung«, sagte er.

»Sie wissen so viele Dinge. Die greisen Männer, die schlafenden Frauen zusehen in … in …«

»Kyoto«, sagte er.

»Glauben Sie, dass es die Frauen in Kyoto wirklich gibt, oder ist das ausgedacht?«

»Ich weiß es nicht«, sagte er.

In dem Moment ging die Türe des Reisbüros auf. Eine Gruppe – vier ältere Damen – trat ein. Jona nickte ihnen zu.

»Lord Fulton. Jetzt muss ich auflegen. Ich habe Kunden … Catania«, sagte sie, »die Hotels …«

»Ich melde mich am Dienstag«, sagte er.

»Das ist eine Verabredung«, sagte Jona.

»Das ist eine Verabredung«, bestätige er, »und ich freue mich.«

»Ich mich auch«, sagte Jona. Sie legte auf und wandte sich den vier Damen zu.

»Guten Tag. Wie kann ich Ihnen helfen?«

»Was für ein Geschäft ist das hier?«, fragte eine der vier.

»Ein Reisebüro.«

»Ah … Also, kann man hier nichts kaufen?«

»Doch. Reisen.«

»Sie haben keine Souvenirs? Wir sind aus Plymouth. Wir sind zum ersten Mal in Bath. Maggies Geburtstagsreise.«

Eine andere der Damen winkte. »Ich bin Maggie.«

»Alles Gute zum Geburtstag«, sagte Jona.

»Das Bild«, fragte die Erste und deutete auf das Porträt des Gottes, »das ist nicht zu verkaufen?«

»Nein.«

»Wer ist das?«, fragte die Dame.

»Der Gott Vishnu. Der Erhalter. Immer dann, wenn das Chaos überhandzunehmen droht, steigt er herab und rettet uns.«

»Den könnten wir gut gebrauchen«, sagte Maggie und lachte.

Am Abend klopfte Jona an Muriels Tür.

»Ich habe eine neue Geschichte«, sagte sie.

»Komm rein. Mike ist bei seinem Vater, und Lance ist krank.«

Muriel mixte zwei Gin Tonic.

»Lass hören«, sagte sie und reichte Jona ein Glas.

Und Jona erzählte.

»Er hat sie nie wiedergesehen«, schloss sie die Geschichte.

Muriel runzelte die Stirn. »Ein Romantiker, dein guter Lord …«

»Ja«, sagte Jona. »Und das gefällt mir irgendwie. Glaubst du an die Liebe auf den ersten Blick?«

Muriel überlegte. »Auf gewisse Weise ja. Aber … Der … Der Anfang ist leicht, was danach kommt, das ist das Schwere. Blake, Mikes Vater: Als ich ihn kennengelernt habe … Er hat mich von den Socken gehauen. Wirklich. Großartiger Anfang. Und jetzt bete ich jeden Abend, dass er vom Bus überfahren wird. Oder ins Koma fällt und erst wieder aufwacht, wenn Mike achtzehn ist.« Sie lachte. »Wahrscheinlich nicht gut fürs Karma, solche Gebete. Und Lance, es … Ich kann mir eine Zukunft mit ihm vorstellen. Und doch … Mike ist der wichtigste Mensch in meinem Leben. Wenn Lance nicht mit mir zusammen sein will, weil ich Mike habe, dann ist Lance nicht der tolle, kluge, lustige, großzügige, warmherzige Mann, für den ich ihn halte. Und … Ich … ich habe Angst, dass … Ich weiß auch nicht.«

Jona nickte.

»Aber ich werde es tun«, sagte Muriel, »und dann fährst du nach Schottland und besuchst den Lord.«

Jona nickte.

17

Am Montag um die Mittagszeit kam Trudy ins Büro. Ihr zuvor graublondes schulterlanges Haar war jetzt ein kupferroter Bob.

»Sag nichts, Jona. Dieser Friseur gehört verhaftet. Ich habe um eine kleine Veränderung gebeten. Jetzt sehe ich aus wie eine gealterte Hafenprostituierte.«

»Nein, es sieht richtig gut aus.«

»Lüg nicht, mein Kind, aber genug von meinen Haaren. Deshalb bin ich nicht hier.«

Trudy setzte sich in einen der Sessel. Ihr Blick schweifte durch den Raum, ruhte für einen kurzen Moment auf jedem Möbelstück, den Bildern, den Schwertern, und verharrte dann auf Jona. »Das Geschäft … alles, was wir in London erreicht haben, ist ein Aufschub. Im besten Falle kann das hier noch ein oder zwei Jahre weitergehen. Keaton will das nicht wahrhaben. Aber Jona, du musst darauf vorbereitet sein. Du hast noch ein langes Leben vor dir.«

Jona spürte, wie ihre Wangen heiß wurden und ihr Tränen in die Augen schossen. Trudy stand auf, ging zu Jona und streichelte ihr über den Kopf.

»Na, na. Wer wird denn da weinen?«, sagte sie sanft.

Jona wischte sich mit dem Handrücken die Tränen fort. »Ich … Ich kann mir einfach nicht vorstellen, etwas anderes zu machen, als … als für Keat zu arbeiten.«

»Ich weiß, ich weiß. Oder wir finden eine Lösung.«

»Die Jane-Austen-Touren laufen gut. Vielleicht können wir das irgendwie ausbauen …«

»Mmh«, machte Trudy.

Sie schwiegen, beide ihren eigenen Gedanken nachhängend.

»Ich habe Hunger«, sagte Trudy, »hol deine Jacke, wir gehen mittagessen. Garrick's Head.«

Garrick's Head war Trudys Lieblingslokal. Im 18. Jahrhundert war das Pub das Haus von Richard »Beau« Nash. Er war ein Master of Ceremonies in Bath und als solcher für die Veranstaltung und Durchführung verschiedener gesellschaftlicher Ereignisse zuständig. Ein ewiger Junggeselle, ein Frauenheld. Sein pompöses Auftreten hatte ihm den Spitznamen »Der König von Bath« beschert.

Es hieß, dass es in dem Haus spukte. Der Geist von Beaus einstiger Geliebten Juliana Popjoy gehe dort um.

Benannt war das Garrick's Head nach dem im 18. Jahrhundert berühmten Schauspieler David Garrick.

Sie nahmen an einem der Tische Platz, bestellten die Suppe des Tages, Brot und ein Bier.

»Da ist was dran an deiner Idee mit den Jane-Austen-Touren«, sagte Trudy und trank einen Schluck Bier.

Jona nickte. Sie spürte, dass sie etwas auf der Spur war. Einer Lösung, die Keaton wahrscheinlich nicht wirklich gefallen würde, aber einer Lösung nichtsdestotrotz.

Trudy bestellte ein zweites Bier.

»Was hättest du gemacht, wenn du nicht für Keat gearbeitet hättest?«, fragte Jona.

Trudy überlegte.

»Ich weiß es nicht. Es war nicht so, dass ich einen

Plan hatte. Keaton … Es war ein Zufall, dass wir uns kennengelernt haben, und dann hat sich eins zum anderen gefügt. Ich war sehr jung. Ich wusste nicht, was ich wollte. Aber ich wusste sehr genau, was ich nicht wollte.«

Obwohl Jona Keaton und Trudy ihr ganzes Leben lang kannte, hatte sie niemals nach den genauen Umständen dieser Freundschaft gefragt.

»Ihr … wart ihr jemals ein Paar?«

»Keaton und ich?«, fragte Trudy amüsiert.

»Ja.«

Trudy schüttelte den Kopf. »Nein. Wir waren immer nur Freunde. Sind Freunde. Eine besondere Freundschaft. Wir würden füreinander alles tun und haben eine Menge füreinander getan. Und so viel zusammen erlebt. Keaton hat mir ein Leben ermöglicht, das … Meine Unabhängigkeit. Ich habe die Welt gesehen, Abenteuer erlebt. Damals, als ich jung war. Es war schwieriger für Frauen. Ich hatte ein wunderschönes Leben …«

»Du lebst doch noch, Trudy«, sagte Jona sanft.

»O ja, aber ich … Ich brauche keine Abenteuer mehr. Füße hochlegen. Ein Buch lesen, das ist genug. Wie heißt es in der Bibel: *Ein jegliches hat seine Zeit, und alles Vorhaben unter dem Himmel hat seine Stunde.*« Trudy lächelte. »Aber du, mein Herzchen, du solltest ein paar Abenteuer erleben.«

Kurz war Jona versucht, Trudy von Lord Fulton zu erzählen. Sie hatte weder gegenüber Keaton noch Trudy jemals seine Geschichten erwähnt. Aber würden diese Telefonate in Trudys Augen als ein Abenteuer bestehen?

»Immer wenn ich etwas gewagt habe, ist etwas Gutes dabei herausgekommen. Zumindest eine gute Geschichte«, sagte Trudy und lachte. »Wir können von Reisen träumen oder sie erleben.«

»Das klingt nach Keaton«, sagte Jona.

»Oscar Wilde«, sagte Trudy.

18

Nach dem Mittagessen verabschiedeten sich die beiden Frauen voneinander. Trudy machte sich auf den Heimweg, und Jona ging ins Büro zurück. Sie druckte die Datei *Catania-Hotels – L. F.* aus. Ihre Gedanken wanderten von Lord Fulton zu Jane Austen. Sie griff nach Stift und Papier und rief nacheinander alle fünf Tourführer an. Sie fragte zuerst, was für Leute an den Touren teilnahmen, denn sie selbst bekam die Gruppen nie zu Gesicht, die Buchungen erfolgten per E-Mail und telefonisch.

Viele englische, deutsche, amerikanische, und auffallend mehr und mehr indische Touristen, sagten sie.

Dann erkundigte sich Jona, wonach die Leute vor und nach der Tour fragten.

Restaurant- und Hotelempfehlungen. Was man sonst noch in Bath besichtigen sollte.

Jona fragte, ob die Leute erwähnten, wie sie auf Fairchilds Reisebüro aufmerksam geworden waren, denn in Bath gab es verschiedene Veranstalter von Städtetouren. Soweit Jona wusste, waren sie die einzigen, die explizit Jane-Austen-Touren anboten. Die anderen Touren waren allgemeiner. Bath-Sehenswürdigkeiten.

Zeitungsannoncen, Prospekte, Internetanzeigen, das war nicht überraschend, denn Jona war verantwortlich für Annoncen und hatte die Prospekte in Auftrag gegeben. Doch dann sagte Phoebe: Ravi. Die Touristen aus Indien erzählten von Ravi. Nicht nur englische Touristen wandten sich an ihn, sondern auch indische, die sich über England informieren wollten. Die letzte Gruppe aus Mumbai hatte eigentlich gar nicht nach Bath kommen wollen, sondern nach London. Aber Ravi hat ihnen Bath ans Herz gelegt.

»Danke, Fibi«, sagte Jona und legte auf. Sie sah auf die Uhr. In Mumbai war es viereinhalb Stunden später. Also früher Abend. Sie suchte Ravis Nummer heraus und rief an.

Ravi bestätigte, dass mehr und mehr wohlhabende Inder nach England reisten. Während sie sprachen, entwickelten sie eine Idee. Eine Zweigstelle in Indien, spezialisiert auf Luxusreisen nach England. London, Bath, Oxford, Cambridge, Newquay, Liverpool, Reading.

»Wir beide könnten die Touren führen«, sagte Ravi. »Ich komme mit den Leuten nach England, und dann legen wir los, Jona.«

Und ohne nachzudenken, ihren Widerwillen gegen das Reisen vergessend, sagte sie: »Ja.«

Sie beendeten das Telefonat mit dem Plan, Keaton in ein paar Tagen die Idee zu unterbreiten. Jona würde mögliche Reiserouten ausarbeiten. Und Ravi würde nach einem Standort suchen und überlegen, wie man das Ganze organisieren würde.

Beschwingt verließ Jona am Abend das Büro. Muriel stand vor ihrer Wohnungstür.

»Da bist du ja endlich«, sagte sie ohne eine Begrüßung. »Heute erzähle ich es ihm.«

»Was?«, fragte Jona verwirrt. Ihre Gedanken kreisten noch um die Zweigstelle in Mumbai.

»Lance. Mike. Ich treffe Lance gleich.«

»Willst du kurz reinkommen?«, fragte Jona. »Und wo ist Mike?«

»Bei seinem Vater.« Muriel sah auf die Uhr. »Ja. Ich hab noch ein paar Minuten.«

Jona holte eine Flasche Wein und zwei Gläser. Muriel trug einen engen Rock, Stiefel und perfektes Make-up.

»Du siehst wirklich gut aus«, sagte Jona.

Muriel erhob ihr Glas. »Danke. Ich hab richtig Schiss.«

»Auf dich«, sagte Jona. Sie stießen an.

»Und du kannst schon mal Koffer packen«, sagte Muriel.

»Schottland.«

Jona verschluckte sich und hustete.

»Du kannst dein Versprechen nicht brechen«, sagte Muriel.

Jona nickte. »Ich hab keinen Koffer. Und ich …«

»Jona«, sagte Muriel drohend.

»Nein … Ja …«, stammelte sie, »wenn du es wirklich tust, dann fahre ich.«

Jona umarmte Muriel zum Abschied und wünschte

ihr viel Glück. Zurück im Wohnzimmer goss sie sich ein zweites Glas Wein ein. Natürlich wollte sie, dass Muriel Lance von Mike erzählte und dass Lance gut reagieren würde. Aber ein kleines bisschen hoffte sie auch, dass ihre Freundin kneifen würde. Die Vorstellung, nach Schottland zu reisen und an Lord Fultons Tür zu klopfen, ließ sie erschauern. Hatte das nicht etwas Stalkermäßiges? Schließlich hatte er sie nicht eingeladen, hatte nie direkt den Wunsch geäußert, sie wirklich kennenzulernen. Ja, er flirtete mit ihr, erzählte ihr Geschichten. Warum hatte er sie nie in Bath besucht? Zugegeben, sie hatte ihn auch nie eingeladen. Sie versuchte sich auf ihren Plan, den sie mit Ravi geschmiedet hatte, zu konzentrieren. Aber die Vorstellung des Lords, das unbestimmte Bild des Mannes, der ihr mal so vertraut war und dann wieder ganz fremd, unterbrach ihren Gedankenfluss. Sie trank ein drittes Glas und ließ ihre Gedanken frei.

19

Als sie am Morgen ihre Wohnung verließ, lag ein Zettel vor ihrer Tür.

Er will Mike kennenlernen.
Ich habe vier Koffer, du kannst dir einen aussuchen.
X Muriel

Jona steckte die Notiz in ihre Hosentasche und eilte Richtung Büro.

Der unverwechselbare Geruch von Keatons Parfüm, Caron Pour Un Homme, das er seit Jahrzehnten benutzte, hing in der Luft. Zedernholz und Moschus, Zitrone.

Keaton war nicht da, aber eine Nachricht lag auf ihrem Schreibtisch.

Habe mit Ravi telefoniert. Eine ausgezeichnete Idee.
Danke.
K

Sie steckte auch diese Notiz in ihre Hosentasche.

Zwei Blättchen Papier, die so viel ändern konnten.

Jona öffnete ihre E-Mails.

Eine Nachricht von Ravi.

Keaton hat angerufen, ich konnte nicht anders und habe ihm alles erzählt. Er ist begeistert.
Ravi

Jona lächelte. Sie holte die Unterlagen mit den Hotels in Catania hervor. Lord Fulton hatte gesagt, er würde heute anrufen. Eine Verabredung.

Das Lächeln in ihrem Gesicht wurde noch breiter.

Zehn Minuten später klingelte das Telefon.

»Hallo«, sagte sie.

»Hallo«, sagte er.

»Wie geht es Ihnen?«, fragte Jona.

»Sehr gut, und Ihnen, Mrs Crawford?«

»Gut«, sagte Jona, »soll ich Ihnen von den Hotels in

Catania erzählen? Sie haben mir noch gar nicht gesagt, wann Sie reisen wollen.«

»Ich … ähm … meine Pläne haben sich geändert. Ich werde nicht nach Catania fahren.«

»Oh …«, machte Jona.

»Es tut mir leid, dass Sie sich jetzt die ganze Arbeit umsonst gemacht haben. Es … Vielleicht sollte ich fahren, damit Ihre Mühe nicht …«

Jona lachte. »Es war nicht viel Arbeit. Sie müssen nicht nach Catania.«

»Gut«, sagte er, »da bin ich erleichtert. Wie kann ich Sie entschädigen?«

Seien Sie nett zu mir, wenn ich uneingeladen vor Ihrer Tür stehe, dachte sie. Aber sie sagte: »Wie wäre es mit einer Geschichte?«

Lord Fulton lachte.

»Gerne«, sagte er und räusperte sich.

»Anfang der neunziger Jahre lud man mich nach Warschau ein, wo ich einen Vortrag über schottische Schlösser halten sollte. Ich beschloss, zuvor ein paar Tage in Berlin zu verbringen, um mir anzusehen, welche Spuren die langjährige Teilung in der Stadt hinterlassen hatte. Es war ein äußerst eindrücklicher Aufenthalt.

Als ich an einem Gleis des Bahnhofs Zoologischer Garten stand, um meine Weiterfahrt anzutreten, überraschte mich der schäbige Zustand des Zuges, der mich nach Warschau befördern sollte. Offensichtlich stammte das Gefährt noch aus sowjetischer Zeit und sollte wohl weiterverwendet werden, bis es ganz in sich zusammenfiel.

Was das für den Komfort der Fahrgäste bedeutete, wurde mir rasch klar, als ich meinen Sitzplatz eingenommen hatte. Die Polster waren hart und abgewetzt und strömten einen Geruch nach altem Staub aus, als hätte in hundert Jahren niemand das Abteil gelüftet. Auf einem der Fensterplätze und dem benachbarten Sitz hatte sich eine grauhaarige Deutsche ausgebreitet und fütterte ihren Ehemann, der ihr gegenüber Platz genommen hatte, mit Apfelschnitzen aus ihrer metallenen Vesperdose. Vermutlich war es den älteren Herrschaften draußen zu kühl, um das Fenster zu öffnen, aber sie taten auch gut daran, es zu unterlassen, denn die Schiebevorrichtung machte einen so ausgefransten Eindruck, dass man nicht sicher sein konnte, ob sich die Scheibe je wieder würde schließen lassen.

Mir blieb also ein Sitz gleich neben der Tür zum Gang, was mich aber keineswegs störte, denn mir gegenüber saß eine reizende junge Polin. Sie war groß und dunkelhaarig, trug ein elegantes burgunderfarbenes Kostüm und war mit reichlich Goldschmuck behängt.

Der Zug fuhr los, und bald musste ich feststellen, dass er nicht eben dahinglitt wie eine gut geölte Maschine, sondern vielmehr Kilometer um Kilometer vorwärtsstotterte. Mal gelang es ihm, an Fahrt aufzunehmen, dann wieder drosselte er abrupt sein Tempo, und bei jedem dieser Manöver öffnete sich langsam die Abteiltür, um kurz darauf mit einem lauten Knall wieder zuzuschlagen.

Die junge Polin war bereits eingeschlafen, und weil ich schon fürchtete, sie würde durch das Knallen der

Tür aufwachen, stellte ich irgendwann meinen Fuß in die Öffnung. Es war eine mehr als unbequeme Haltung, und an Schlafen war natürlich nicht zu denken.

Als der Schaffner an die Scheibe klopfte und mit dröhnender Stimme nach unseren Fahrscheinen fragte, schreckte meine hübsche Mitreisende aus dem Schlaf hoch. Ihr Blick fiel auf meinen Fuß, und auf ihrem Gesicht breitete sich ein herzzerreißendes Lächeln aus.

›Ich habe geschlafen‹, sagte sie. ›Dank Ihnen.‹

Das war der Beginn einer schönen kleinen Romanze, die sich im Speisewagen fortsetzte. Ich lud sie zu einem Glas polnischen Wodka und einem Teller Pierogi ein, und als wir beim Kaffee angelangt waren, bat ich sie, in Warschau zu meinem Vortrag über schottische Schlösser zu kommen.

Natürlich ist sie nicht gekommen.

Dennoch behalte ich diese Zugreise, eine meiner schönsten, in liebevoller Erinnerung«, beendete er die Geschichte.

»Haben Sie darauf gehofft, dass sie zu Ihrem Vortrag kommt?«, fragte Jona.

Er überlegte. »Vielleicht. Aber so, so ist die Polin mir in Erinnerung geblieben. So war es ein perfekter Flirt.«

»Vielleicht hätten Sie sie geheiratet, wenn sie zu Ihrem Vortrag gekommen wäre. Vielleicht wäre es der Beginn einer großen Liebe gewesen«, sagte Jona.

Lord Fulton lachte. »Vielleicht … aber dann würden wir beide jetzt nicht telefonieren.«

Jona spürte, dass sie rot wurde, und war froh, dass er sie nicht sehen konnte.

»Das wäre schade«, sagte Jona.

»Sehr schade«, sagte er.

Sie sprachen noch eine ganze Weile miteinander. Sie redeten über die Theorie des Unglücklichseins. Jona gab ihm recht, auch sie glaubte, dass das Unglücklichsein vom Herzen her käme. Und dass man über dieses Gefühl, so wie über alle Gefühle, keine wirkliche Macht hatte.

20

Wieder wartete Muriel vor Jonas Wohnungstür.

Ungeschminkt, im Jogginganzug und mit einem Koffer in der Hand.

»Verreist du?«, fragte Jona.

»Der ist für dich.«

Muriel strahlte. Jona schloss die Wohnungstür auf. Muriel folgte ihr.

»Erzähl. Was hat Lance gesagt?«

Muriel stellte den Koffer ab und ließ sich auf Jonas Couch fallen.

»Dass er sich gedacht hat, dass ich ihm etwas verschweige. Und dass er sich freut, Mike kennenzulernen.« Sie grinste. »Willst du fliegen oder Zug fahren?«

»O Gott«, sagte Jona.

»Keine Widerrede. Du solltest Zug fahren. Dein Paris-Trauma überwinden.«

Jona setzte sich neben Muriel.

»Vielleicht«, sagte sie. »Ich … Was ist, wenn … wenn er … Ich meine, ist das nicht ein bisschen … Wenn ich mit meinem Koffer vor …«

»Den Koffer lässt du im Hotel.«

»Ja«, sagte Jona. »Daran habe ich nicht gedacht.«

Sie sahen sich an und lachten.

»Ich habe ein bisschen recherchiert … Im Internet«, sagte Muriel.

»So? Was hast du recherchiert?«

»Ein paar Informationen über deinen Lord. Viel ist es nicht … Lord John Fulton lebt in der Nähe des Dorfes Plockton in den Highlands.«

»Das weiß ich.«

»Er hat einen Teil seiner Kunstsammlung dem Nationalmuseum in Edinburgh gestiftet und eine große Summe für die Erweiterung eines Kinderhospitals in Inverness gespendet. Jedes Jahr vergibt er ein Stipendium an der University of Edinburgh für Studenten der Medizin. Dein Lord ist ein wahrer Samariter. Ich habe ein Bild von seinem Haus gefunden.«

Muriel holte einen Ausdruck in Schwarz-Weiß aus ihrer Hosentasche.

»Kein Schloss, keine Burg, aber schön.«

Jona betrachtete das Bild. Ein helles großes Haus mit Giebeldach.

»Hast du auch seine Adresse?«, fragte Jona. »Ich kenne nur die Nummer seiner PO Box.«

»Ich wette, dass jeder ihn dort kennt. Plockton ist winzig.«

»Was du alles weißt«, sagte Jona und lachte. Ihr Blick fiel auf den Koffer. Nicht mal halb so groß wie die Monster, die sie nach Paris geschleppt hatte. »Ich mach es«, sagte sie unsicher; und dann bestimmt: »Ich mache es. Ich fahre nach Schottland mit dem Zug und dem Koffer.« Es klang wie eine Prophezeiung.

»Ja«, sagte Muriel.

»Hol uns eine Flasche Alkohol. Mein Vorrat ist aufgebraucht«, sagte Jona.

»Was für Alkohol?«

»Egal.«

Muriel ging in ihre Wohnung und kam mit einer Flasche Champagner zurück. »Zur Feier des Tages. Ein Geschenk meiner Ex-Schwiegereltern.«

Sie tranken, und Jona erzählte von den Schwierigkeiten des Reisebüros, von der Idee der Zweigstelle in Indien. Jonas Wangen glühten, während sie sprach. »Ist das nicht komisch? Jahrelang geschieht nichts, und jetzt fahre ich nach Schottland, um einen Mann zu treffen, und werde indische Touristen durch England führen. Und …«

Sie sah Muriel an. »Ich fahre morgen, sonst mache ich es am Ende doch nicht.«

Muriel nickte. »Wir sind ganz schön mutig, wir beide«, sagte sie.

Jona lachte. Mutig war wohl das letzte Wort, das ihr Wesen beschrieb. Bisher zumindest.

Sie dachte an Paris und fragte sich, wo wohl ihre zwei Koffer gelandet waren. Wahrscheinlich im Fundbüro. Und dann?

Was wurde aus Fundstücken, die nie abgeholt wurden?

»Hast du bei deiner Recherche auch ein Foto von ihm gefunden?«, fragte sie unvermittelt.

»Vom Lord? Nein«, sagte Muriel.

Jona versuchte sich wie so viele Male sein Gesicht vorzustellen, Augen zu der Stimme zu finden. Aber kein Bild wollte entstehen.

»Ich muss Keaton sagen, dass ich mir die Woche freinehme. Ich frage Trudy, ob sie mich vertreten kann. Wie spät ist es?«

Muriel sah auf ihre Uhr. »Halb zehn.«

Jona rief Trudy an, beantwortete alle ihre Fragen ausweichend, verriet aber, dass sie verreisen würde und dass der Grund ein Mann sei.

Trudy war ganz außer sich vor Freude, und Jona versprach, ihr mehr zu erzählen, sobald sie zurück sei.

21

Muriel und Jona saßen an Jonas Küchentisch und tranken Kaffee. Jonas Reise sollte am nächsten Abend um sieben Uhr dreizehn beginnen.

Wie ein Gedicht hatte sie die Verbindung – eine bessere gab es nicht – auswendig gelernt.

Der Titel des Sonetts lautete:

Der lange Weg nach Schottland.

7 Uhr 13 Bath Spa Gleis 2 – Zug Richtung London Paddington

8 Uhr 9 Ankunft in Reading

8 Uhr 15 Reading Gleis 13 – Zug Richtung Manchester

10 Uhr 32 Ankunft in Stafford

10 Uhr 40 Stafford Gleis 3 – Zug Richtung Preston

Umsteigen in Crewe an Gleis 6
Abfahrt 11 Uhr 45 Nachtzug nach Iverness

Ankunft am Morgen um 8 Uhr 45 in Iverness

Weiter um 8 Uhr 55 nach Plockton

Ankunft in Plockton um 11 Uhr 17

Kurz hatte sie überlegt, ob es nicht doch sinnvoller wäre zu fliegen. Aber sie wollte mit einem Koffer im Zug sitzen. Die Erinnerung an Paris, an Baptiste mit etwas anderem, hoffentlich Besserem, zu überschreiben. Ihr war, als hätte sie schon zu viel versäumt, weil der Schmerz dieser ersten großen Enttäuschung sie gelähmt hatte. Ihr jeden Wagemut genommen hatte.

Jetzt buchten Muriel und sie ein Zimmer in einem Bed and Breakfast in Plockton.

Muriel hatte sich freigenommen, um den Tag mit Jona zu verbringen und sie am Abend zum Bahnhof zu begleiten.

Sie bestellten Pizza. Muriel verschlang ein Stück nach dem anderen, Jona bekam keinen Bissen herunter.

»Ich bin Ernährungsberaterin und esse Pizza und Pommes, trinke zu viel Alkohol und rauche. Und du arbeitest in einem Reisebüro und hast seit zwanzig Jahren Bath nicht verlassen«, sagte Muriel.

Die beiden sahen sich an und lachten.

Später packten sie Jonas Koffer. Eine Jeans, eine Wollhose. Drei Pullover. Grau, schwarz und rosa. Kaschmir.

Eine Bluse, einen Rock, Strumpfhose. Socken. Unterwäsche. Ein Paar halbhohe Schnürschuhe.

»Das reicht, oder?«, fragte Jona.

»Ja.«

»Als ich nach Paris gefahren bin, habe ich vierzehn Paar Schuhe und Schlittschuhe eingepackt. Es war Sommer.«

Jona schloss den Koffer.

»Was sage ich, wenn er vor mir steht?«

»Wie wäre es mit ›Guten Tag, Lord Fulton‹.«

Die beiden lachten.

»Guten Tag ist ein … ein Anfang«, sagte Jona.

Muriel druckte den Fahrplan aus und gab Jona das Bild von Lord Fultons Haus.

Sie schrieb die Nummer eines Taxiunternehmens auf und gab sie Jona.

»Was würde ich ohne dich tun?«, sagte Jona und nahm Muriels Hand in ihre.

»Was würde ich ohne dich tun?«, sagte Muriel.

Jona wurde ganz leicht. Egal was geschehen würde, sie hatte Muriel. Eine Freundin, eine wahrhafte Freundin.

Bevor sie ein Taxi riefen, ging Muriel in ihre Wohnung und packte in einen Jutebeutel eine Wasserflasche, eine Dose Cola, ein paar Proteinbars, eine Tüte Chips und ein Päckchen Skittles.

»Reiseproviant.«

Es war bereits dunkel draußen, als sie die Bahnhofshalle betraten. Am Ticketschalter kaufte Jona ihre Fahrkarte.

»Da haben Sie eine lange Reise vor sich«, sagte der schnauzbärtige Mann am Schalter.

Sie gingen zu Gleis 2.

Als der Zug einfuhr, umarmten die beiden sich.

»Ich wünsche dir ein Abenteuer, meine Freundin«, flüsterte Muriel.

Jonas Herz klopfte, aber es war keine Panik, sondern das Gefühl, verdammt lebendig zu sein.

22

Jona betrat ein Abteil, in dem nur eine alte Dame saß. Kurze lockige Haare, silberfarben mit einem Violettstich. Ihre Beine waren so kurz, dass sie in der Luft baumelten. Auf dem Sitz neben ihr stand eine Katzenbox aus geflochtener Weide.

»Guten Abend«, sagte die Alte.

Jona erwiderte ihren Gruß, verstaute den Koffer auf der Ablage über den Sitzen und nahm Platz.

»Das ist Putschi«, sagte die Alte, »Und ich bin Betty.«

»Jona«, sagte Jona.

Betty sah Jona an und fuhr in vertraulichem Ton fort:

»Putschi war beim Arzt. Dr. Riley ist nach Bath gezogen. Ich wohne in London. Und Dr. Riley hatte seine Praxis in London. Aber jetzt ist er nach Bath gezogen. Putschi mag keine Veränderung. Ich würde alles für Putschi tun.«

Jona lächelte und nickte verständnisvoll, sie konnte Putschis Gefühle nachvollziehen. Veränderungen waren nicht einfach.

»Fahren Sie nach London?«, fragte Betty.

»Nein.«

»Wohin geht die Reise?«, hakte Betty nach.

»Schottland«, sagte Jona.

»Loch Ness?«

»Plockton.«

»Mein Enkel Simon wohnt in Schottland am Loch Ness. In einem Wohnmobil. Er war so ein guter Junge, und dann hat er das Studium abgebrochen, und jetzt sitzt er da und wartet darauf, das Monster zu sehen.« Betty beugte sich näher zu Jona. »Hat ein paar Schrauben locker, der Junge. Er sagt, er sei ein Forscher. Man weiß nicht, ob man lachen oder weinen soll.«

»Hat er Nessie gesehen?«, fragte Jona.

»Er sagt, Ja.« Betty schüttelte den Kopf. »Und dann haben sie einen Film über ihn gedreht. Und ich dachte, na ja, wenn sie einen Film über ihn machen, vielleicht ist er wirklich eine Art Forscher. Die BBC.« Betty lachte einmal laut auf. »Es war ein Film über Verrückte. Leute, die Begegnungen mit Aliens hatten, ein Vampirjäger und dann Simon. Also die Welt ist voller Spinner. Man weiß nicht, ob man lachen oder weinen soll«, sagte sie wieder. »Da sitzt der Junge den ganzen Tag am See und wartet auf Nessie. Kameras um ihn herum aufgebaut. Und manchmal springt er rein und taucht unter. Er hat eine richtige Ausrüstung mit Sauerstoffflasche und allem. Touristen kommen. Nicht um das Monster zu sehen, sondern um Simon, den Nessie-Forscher zu sehen. Er hält Vorträge – das muss ich ihm lassen, er weiß wirklich alles über das Monster. Über jede angebliche Sichtung ... Die Touristen geben ihm ein paar Pounds. Davon lebt er ... Sein Vater wollte, dass er Architekt wird, so wie er. Väter wollen ja immer, dass die Söhne in ihre Fußstapfen treten. Ich glaube, das ist ein großes Unglück in dieser Welt«, sagte Betty weise.

»Haben Sie Ihren Enkel besucht am Loch Ness?«, fragte Jona.

»Nein. Putschi kann nicht so weit reisen, und ich vertraue niemandem, auf Putschi aufzupassen. Falls sie vor mir stirbt und der Junge immer noch da am See sitzt, fahre ich hin.«

»Wie alt ist Putschi?«

»Neun.«

»Wie alt werden Katzen?«, fragte Jona.

»Oh, wenn sie gesund sind, dann können sie auch achtzehn oder noch älter werden. Mein Onkel hatte eine Katze, einen Kater, um genau zu sein. Er hat einundzwanzig Jahre gelebt. Er ist überfahren worden. Wer weiß, wie alt er sonst geworden wäre.«

Und dann schwiegen beide. Jona holte einen Proteinriegel aus ihrem Jutebeutel. Ihr Magen knurrte, sie hatte den ganzen Tag noch nichts gegessen. Der Riegel schmeckte nach staubiger Schokolade und Kokosnuss. In Gedanken ging Jona die Zugverbindung durch.

8 Uhr 9 Ankunft in Reading auf Gleis 13.

8 Uhr 15 Zug Richtung Manchester auch auf Gleis 13.

Sie musste nicht das Gleis wechseln. Einfach stehen bleiben und rein in den nächsten Zug.

Die Abteiltür ging auf. »Fahrkarten bitte«, sagte der Kontrolleur. Er knipste Bettys Fahrschein ab. Dann sah er auf Jonas Ticket.

»Da müssen Sie gleich raus«, sagte er, und wie auf Kommando dröhnte es durch den Lautsprecher: »Nächste Station Reading.«

»Gute Reise«, sagt der Schaffner und verließ das Abteil.

Jona hievte ihren Koffer runter.

»Der hätte Ihnen ruhig helfen können mit dem Gepäck«, sagte Betty.

»Der Koffer ist nicht schwer. Nett, Sie kennengelernt zu haben, Betty.«

»Gleichfalls, gleichfalls. Und falls Sie doch am Loch Ness vorbeikommen und Simon sehen, dann sagen Sie ihm … Sagen Sie ihm einen schönen Gruß von seiner Oma Betty.«

Jona nickte.

»Und sagen Sie ihm, dass er nach Hause kommen soll.«

»Mach ich«, sagte Jona, »auf Wiedersehen.«

23

Die zweistündige Fahrt nach Stafford verlief ereignislos.

Sie teilte ihr Abteil mit einem Paar mittleren Alters. Beide lasen ein Buch von Agatha Christie. Er *Das Eulenhaus*, sie *Die Schattenhand*.

Die Lippen der Frau formten lautlos die Worte, die sie las. Der Kaffeewagen kam vorbei. Jona kaufte einen Becher Kaffee und ein Snickers. Der Kaffee war stark und lauwarm.

Kurz vor Stafford verließ sie das Abteil, ohne sich von dem Paar zu verabschieden.

Wieder musste sie das Gleis nicht wechseln.

Eine knappe Stunde dauerte die Fahrt von Stafford nach Crewe.

Und dann stieg sie in den Nachtzug nach Iverness. Sie hatte einen Classic Room für sich alleine gebucht. Zwei Betten übereinander. Ein kleines Waschbecken. Jona legte ihren Koffer auf das obere Bett und setzte sich auf das untere.

Es schien eine Ewigkeit her zu sein, dass sie den Zug in Bath bestiegen hatte, dabei waren gerade erst fünf Stunden vergangen, nur zweihundertfünfzig Kilometer trennten sie von zu Hause. Die Zeit verändert ihren Charakter, wenn man unterwegs ist, dachte Jona.

Ihr Magen knurrte wieder. Sie aß die Packung Skittles, bis auf die gelben, die mochte sie nicht.

Sie hatte noch immer Hunger und ging durch die engen Gänge des Nachtzuges in den Speisewagen.

Fast alle Plätze waren belegt. Sie stand einen Moment lang unschlüssig da, wollte schon zurück in ihr Abteil, als jemand ihr zurief: »Hier ist noch ein Platz, Miss. Kommen Sie.«

Ein korpulenter Mann mit einem Schnauzbart wie von einem Walross winkte ihr zu. Sie nickte. Nahm ihm gegenüber Platz.

»Oh da habe ich ja Glück, dass ich eine so angenehme Begleitung gefunden habe. Ich esse nicht gerne alleine. Es ist doch viel zivilisierter, mit jemand zusammen zu speisen.« Er streckte seine Hand aus. »Walter Price, aber meine Freunde nennen mich Wally.«

»Jona Crawford«, sagte Jona und schüttelte seine Hand.

Ein Kellner reichte ihnen die Speisekarte.

»Jona, nehmen Sie die Haggis, Tatties and Neeps. Man will es nicht glauben, aber es schmeckt ganz ausgezeichnet hier.«

»Ist das Schaf?«, fragte Jona.

»Schafsmagen gefüllt mit Innereien. Schottisches Traditionsgericht. Aber glauben Sie mir, es schmeckt großartig hier. Ich lade Sie ein.«

»Oh, das ist nicht nötig«, sagte Jona.

»Ich bestehe darauf.«

Der Kellner kam zurück, und Walter bestellte zweimal Haggis und eine Flasche Rotwein. Als der Kellner mit ihrer Bestellung abmarschierte, fragte Walter: »Sie mögen doch Rotwein?«

»Ja«, sagte Jona. Der joviale dicke Mann amüsierte sie.

»Und was führt Sie nach Schottland?«, fragte Walter.

»Ich besuche jemanden.« Sie würde Wally nicht von Lord Fulton erzählen. »Und Sie?«, fragte Jona.

Der Kellner kam mit dem Wein und zwei Gläsern, entkorkte die Flasche und goss einen kleinen Schluck in Walters Glas.

»Ja, ja. Gut«, sagte Walter, nachdem er probiert hatte, und wandte sich dann Jona zu. »Um ihre Frage zu beantworten: Ich habe ein Stück Land am Loch Ness gekauft. Ich glaube, ein ganzes Dorf.« Er lachte laut, sein Körper wackelte. »Und jetzt schaue ich mir an, was ich erstanden habe.« Wieder lachte er.

»Sie haben es ungesehen gekauft?«

»Ja. Es war ein trunkener Abend. Aber ich liebe Schottland. Und von Reue halte ich nichts.«

Das Essen kam, Jona nahm einen kleinen Bissen von dem gefüllten Schafsmagen und versuchte nicht daran zu denken, was sie sich gerade in den Mund schob.

»Gut, oder?«, fragte Walter.

»Ja. Erstaunlicherweise ja.«

Er nickte. »Will man nicht meinen. Gefüllter Schafsmagen im Nachtzug.«

»Und was machen Sie beruflich?«, fragte er.

»Ich arbeite in einem Reisebüro in Bath.«

»Dann sind Sie sicher weit herumgekommen in der Welt.«

»Nicht wirklich«, sagte Jona und lächelte. »Und Sie? Was machen Sie?«

»Investieren«, sagte Walter. »In Ideen, Unternehmen.

Meine erste Frau sagte immer: Du hast mehr Glück als Verstand. Und sie hatte recht.«

»Sind Sie verheiratet?«, fragte er unvermittelt.

»Nein«, sagte Jona.

»Geschieden?«

Jona schüttelte den Kopf.

»Verwitwet?«

»Nein.«

Wally trank einen großen Schluck Wein.

»Ich arbeite mich gerade durch Scheidung Nummer drei. Nach der zweiten habe ich mir geschworen, nie wieder zu heiraten, und habe es doch getan. Aber wie gesagt, von Reue halte ich nichts. Wahrscheinlich werde ich auch ein viertes, ein fünftes Mal heiraten.«

Walter bestellte eine zweite Flasche Wein.

»Aber es gibt doch jemanden in Ihrem Leben … einen Mann? Oder eine Frau?«

»Einen Mann«, sagte Jona bestimmt und dachte an Lord Fulton.

»Sie haben wahrscheinlich Hunderte Verehrer«, sagte Walter.

Jona spürte, wie sie rot wurde. Obwohl Walter genau gar keine Anziehungskraft auf sie ausübte, machte sein Kompliment sie verlegen.

»Nicht Hunderte«, sagte Jona und dann, um das Thema zu wechseln: »Glauben Sie an das Monster von Loch Ness?«

»Nein«, sagte Walter lachend. »Sie?«

Jona schüttelte den Kopf und fuhr dann fort. »Aber falls Sie auf dem Land, das Sie gekauft haben, jemanden sehen, der in einem Wohnwagen lebt und sich als Nessie-Forscher ausgibt, ähm … Simon heißt er, könnten Sie ihm von seiner Oma Betty ausrichten, dass er nach Hause kommen soll?«

Walter sah sie belustigt an. »Ein Nessie-Forscher?«

Jona nickte.

»Was es alles gibt … Und Sie kennen ihn?«, fragte Walter.

»Nein. Nur seine Großmutter. Betty.«

Jona und Walter tranken eine dritte Flasche Wein.

Der Speisewagen leerte sich, das Gespräch verebbte. Walter beglich die Rechnung.

»Ich werde dann mal in mein Abteil gehen«, sagte Jona. »Vielen Dank für das Essen.«

»Nichts zu danken, es war mir ein Vergnügen. Ich hoffe, dass wir eines Tages irgendwo wieder zusammen speisen werden«, sagte er. »Ich bleibe noch einen Moment hier sitzen.«

Walter lehnte sich zurück und schloss die Augen. Jona stand auf, drehte sich, als sie am Ende des Speisewagens angelangt war, noch einmal um. Walters Mund war halb geöffnet, er schnarchte leise. Jona war erstaunt, dass jemand so schnell einschlafen konnte. Der dicke Mann sah zufrieden aus. Jona dachte an Lord Fultons wunderschönes Dornröschen, über deren Schlaf er gewacht hatte. Sie musste lachen. Ihr Dornröschen sah aus wie ein Walross und hatte sie dazu gebracht, Schafsmagen zu essen. Sicher fünf Minuten lang blieb Jona stehen.

»Gute Nacht, Wally«, flüsterte sie.

24

Erst als der Zug am Morgen um acht Uhr fünfundvierzig in Iverness eintraf, verließ Jona ihr Abteil.

Ein kalter Wind blies ihr entgegen. Fast am anderen Ende des Bahnsteiges sah sie Walter, ihre Blicke trafen sich. Sie winkten einander zu.

»Gute Reise, Jona aus Bath«, rief er so laut, dass sämtliche Leute ihn anstarrten.

»Gleichfalls«, rief Jona zurück. Sie konnte sein Lachen hören, als sie zu Gleis sechs eilte. Es war das Lachen eines dicken Mannes, der mehr Glück als Verstand hatte.

Sie musste nicht lange auf den Zug nach Plockton warten. Ohne zuerst einen Sitzplatz zu suchen, steuerte Jona die Snackbar an. Sie bestellte Kaffee, ein Sandwich und zwei Flaschen Wasser. Sie fand im nächsten Wagen ein freies Abteil und setzte sich auf den Fensterplatz. Hastig verschlang sie das Sandwich, trank den Kaffee und leerte beide Flaschen Wasser. Die Tür ging auf, und eine vierköpfige Familie kam herein. Vater, Mutter, zwei Jungen, nicht älter als zehn und offenbar eineiige Zwillinge. Sie trugen beide das gleiche T-Shirt: *I love Nessie* stand unter dem Bild eines niedlichen drachenähnlichen Wesens. Die Jungs begannen sich um den anderen freien Fensterplatz zu streiten.

»Ihr könnt den hier auch haben«, sagte Jona und wechselte zu einem der Sitze neben der Türe.

»Das ist sehr nett von Ihnen«, sagte der Vater.

»Vielen, vielen Dank«, sagte die Mutter und forderte ihre Söhne auf, sich ebenfalls zu bedanken.

»Danke«, murmelten die Kinder schüchtern.

Jona lächelte. »Gerne«, sagte sie.

Der Zug fuhr durch schottische Landschaft. Berge, Wälder, Seen, Burgruinen. Wie die Kulisse eines Märchens. Vielleicht, dachte sie, wenn man hier lange genug bleibt, kann man an Seemonster, Drachen und Elfen glauben.

Sie schloss die Augen. Sie hatte nicht gut geschlafen in dem Nachtzug, zu viel Wein.

Wie in weiter Ferne klangen die Stimmen der zwei Jungs. Wortfetzen:

»Nein … Ich hab recht … Kannst du gar nicht. Kann ich wohl …« Und die Ermahnung der Mutter: »Jetzt hört … Seid still …«

Jona war ihrem Ziel ganz nah. Es fühlte sich ganz anders an als ihre Reise nach Paris. Im Halbschlaf lächelte sie bei dem Gedanken an ihren Koffer, der sich so leicht bewegen ließ. Dann dachte sie an Lord Fulton.

Was würde sie sagen, wenn sie ihm gegenüberstand?

Muriels Stimme ertönte in Jonas Kopf. »Wie wär's mit: Guten Tag, Lord Fulton.«

Der Zug erreichte Plockton. Ein kleiner Bahnhof mit nur einem Gleis. Es gab keine Geschäfte, nur eine Bank und einen Parkplatz. Jona entdeckte ein Taxi. Ein rothaariger Mann lehnte an dem Auto.

»Entschuldigung, sind Sie frei?«, fragte Jona.

»Ja. Wo wollen Sie hin?«

Sie nannte ihm den Namen des Bed and Breakfast. Er verstaute ihr Gepäck im Kofferraum.

Weiße Häuschen reihten sich am Ufer des Loch

Carron aneinander. Vor einem zweistöckigen Backsteingebäude hielt der Fahrer an.

»Das ist es.«

Jona bezahlte, der Rothaarige stieg aus, holte ihren Koffer aus dem Gepäckraum und drückte ihr eine Visitenkarte in die Hand. »Falls Sie ein Taxi brauchen.«

»Danke«, sagte Jona und dann: »Kennen … kennen Sie Lord Fulton?«

»Lord Fulton? Klar … Nicht persönlich.« Er lachte kurz. »Jeder kennt ihn hier.«

»Und Sie wissen, wo er wohnt?«

Der Taxifahrer nickte.

»Dann … dann werde ich Sie später anrufen. Ich möchte Lord Fulton besuchen.«

»Sind Sie verwandt mit ihm?«

»Nein. Ähm … befreundet.«

Er betrachtete Jona genauer. »Rufen Sie an, und ich komme.«

Jona nahm ihren Koffer und betrat das Haus.

An der Rezeption, einer schmalen Holztheke, saß eine korpulente Frau mit einem breiten Lächeln.

»Willkommen, willkommen«, sagte sie, so erfreut, als hätte sie seit Jahren auf Jonas Ankunft gewartet.

»Guten Tag. Jona Crawford. Ich habe hier ein Zimmer gebucht.«

»Ich bin Anne«, sagte die Frau. »Dann lassen Sie uns mal sehen.« Anne schlug ein in grünes Leder gebundenes Buch auf. »Ja. Mrs Crawford. Zimmer acht. Es ist das schönste, das wir haben. Erster Stock, das Badezimmer haben wir gerade erst renoviert.« Sie nahm einen der Schlüssel, die hinter ihr an einem Brett hingen, und reichte ihn Jona.

Anne deutete auf den angrenzenden Raum, in dem runde Tische standen. »Frühstück ist von acht bis zehn. Brauchen Sie Hilfe mit dem Koffer?«

»Nein, der ist ganz leicht.«

»Prima. Treppe hoch und nach links. Zimmer acht. Am Ende des Ganges. Ich bin immer hier, falls Sie etwas brauchen.«

Jona bedankte sich, nahm den Schlüssel und stieg die Treppe hinauf.

Sie schloss ihr Zimmer auf. Ein Doppelbett, rosafarbene Bettwäsche. Über dem Bett hing ein Ölgemälde: Eine Burg auf einem Berg.

Ein Nachttisch, ein Schrank – beide aus hellem Holz. Ein kleiner Sekretär aus Nussbaum, auf dem ein Wasserkocher, zwei Tassen und eine Schale mit Teebeuteln standen.

Das Badezimmer war blau gekachelt. Dusche, Waschbecken, Toilette. Jona ließ sich auf das Doppelbett fallen und holte ihr Handy aus der Tasche. Sie wollte Muriel anrufen. *No service* stand auf dem Display.

Sie steckte das Telefon wieder ein. Vielleicht war es ein Zeichen, dass sie es alleine schaffen würde. Ohne Ratschläge, ohne Zuspruch.

Sie sah auf den Digitalwecker, der auf dem Nachttisch stand: Es war zwölf Uhr mittags.

25

Als Jona aufwachte, wusste sie im ersten Moment nicht, wo sie war. Die Verwirrung hielt nur einige Sekunden. Sie war in Schottland in Plockton.

Es war drei Uhr nachmittags. Jona machte sich einen Tee und holte den letzten Proteinriegel aus dem Jutebeutel. Sie öffnete ihren Koffer. Entschied sich für die schwarze Wollhose und den grauen Kaschmirpullover.

Sie nahm eine heiße Dusche. Band ihre noch nassen Haare zu einem Zopf. Sie zog sich an. Tuschte ihre Wimpern und betrachtete sich im Spiegel. Was würde Lord Fulton sehen? War sie hübsch? Es gab Tage, an denen sie sich mochte, und Tage, an denen sie sich scheußlich fand. Hellbraune glatte Haare. Haselnussbraune Augen mit grünen Sprenkeln. Der Mund ihres Vaters, die Nase ihrer Mutter.

Sie sah jünger aus, als ihre Jahre zählten.

Jona holte zwei Lippenstifte aus ihrem Kulturbeutel. Dunkelrot und rosé. Überlegte kurz. Rosé.

Sie nickte ihrem Spiegelbild aufmunternd zu und verließ das Badezimmer. Aus ihrer Tasche holte sie die Papiere, die Muriel ihr mitgegeben hatte. Den Zettel mit der Nummer des Taxiunternehmens und die Zugverbindung legte sie auf den Nachttisch. Das Bild von Lord Fultons Haus steckte sie in die Tasche. Sie zog ihren Mantel an. Nahm den Schlüssel, atmete tief ein und aus. Sie schloss die Tür hinter sich zu. Und lief die Treppe hinunter.

An der Rezeption stand ein Ehepaar.

»Zimmer fünf«, hörte sie Anne sagen, »es ist das schönste, das wir haben. Erster Stock. Das Badezimmer haben wir gerade erst renoviert.«

Anne erblickte Jona und zwinkerte ihr zu. Jona zwinkerte zurück. Als das Ehepaar abmarschierte, trat Jona an die Theke und holte die Visitenkarte des Fahrers aus der Manteltasche. Anne lächelte.

»Könnte ich Ihr Telefon benutzen? Ich möchte ein Taxi rufen.«

»Aber natürlich.«

Anne reichte ihr ein weißes schnurloses Telefon. Jona wählte. Der Fahrer wusste sofort, wer sie war.

»Bin in zehn Minuten da«, sagte er.

Jona wartete draußen. Der Himmel war wolkenverhangen. Sie sah die Straße hinunter. Zwischen den Häusern standen palmenähnliche Bäume. Im Hintergrund erhob sich ein Berg. Auf dem See segelten Boote. Wie ein Gemälde sah der Ort aus.

Das Taxi kam, und Jona stieg ein.

»Dann zu Lord Fulton?«, fragte der Fahrer.

»Ja«, sagte Jona.

»Ist nicht weit«, sagte er.

Jona schaute aus dem Fenster. Ihr Herz schlug mit jedem Meter, den sie zurücklegten, schneller.

Sie fuhren auf einer Landstraße am See entlang. Keine Häuser weit und breit. Dann hielt der Wagen an.

Eine schmiedeeiserne hohe Toreinfahrt. Halb geöffnet.

»Soll ich Sie bis zum Haus fahren?«

»Nein, nicht nötig. Ich steige hier aus.«

Jona drückte dem Fahrer einen Geldschein in die Hand. »Stimmt so.«

»Danke. Und wenn Sie wieder zurück zum Hotel wollen, dann rufen Sie an.«

Jona stieg aus und wartete, bis das Taxi außer Sichtweite war.

Sie trat durch das Tor. Sie konnte das Haus am Ende der Auffahrt sehen.

Jona holte den Ausdruck aus der Tasche. Es war das gleiche Haus. Lord Fultons Residenz. Imposanter als auf dem Bild.

Jonas erste Schritte waren unschlüssig, der Impuls umzukehren stark.

»O nein«, flüsterte sie, »du bist so weit gekommen … Vorwärts.«

Sie warf die Schultern zurück. Eine Soldatin, die in die Schlacht zog. Mutig, entschlossen. »Vorwärts. Vorwärts.«

Sie erreichte die Haustür. Keine Klingel, kein Namensschild, nur ein sonnenförmiger Türklopfer aus Messing.

Jonas Hand zitterte leicht, als sie den Türklopfer betätigte. Bum. Bum. Bum.

Sie lauschte. Alles war still.

Noch einmal klopfte sie. Bum. Horchte. Und dann hörte sie Schritte.

Eine junge Frau öffnete. Ihre blonden Haare waren zu einem schweren Zopf geflochten. Sie hatte breite Schultern, rote Wangen und trug ein weißes Schürzenkleid, das wie eine Uniform aussah.

»Mrs Fulton?«, fragte Jona.

Die Frau lachte. »Um Gottes willen, nein.«

»Oh … Ähm … Guten Tag, ich bin Jona Crawford. Ist … Ich wollte Lord Fulton besuchen. Ist … ist er zu Hause?«

Die Frau betrachtete Jona interessiert.

»Mrs … Cra…«

»Crawford«, sagte Jona.

»Mrs Crawford, erwartet der Lord Sie?«

Jona schluckte. »Ähm … nein. Nicht direkt. Er … Es ist eine … Ich war in der Gegend und dachte …«

»Kommen Sie rein«, sagte die Frau.

Jona folgte ihr in die Eingangshalle.

»Warten Sie bitte hier, ich sage Lord Fulton Bescheid.«

Die Frau verschwand durch eine der zwei Türen. Ihre Schritte entfernten sich.

Jona sah sich um. Hohe Decken. An den Wänden hingen gerahmte Öllandschaften. Ein See. Ein Fischerdorf. Berge. Alle Bilder ähnelten sich im Stil.

Eine weiße Treppe führte nach oben.

In der Eingangshalle standen ein schwerer Holzschrank und eine gepolsterte Bank. Jona setzte sich. Ihr war schwindelig.

»Mrs Crawford, kommen Sie«, sagte die Frau fröhlich.

Jona stand auf, folgte ihr durch die Tür. Ein großes Wohnzimmer, alles in Grün und Gold gehalten. Am Ende des Zimmers eine weitere Tür, die in einen kleineren Raum mit Kamin führte. In dem Kamin brannte ein Feuer. Ein alter Mann in einem Rollstuhl blickte in die Flammen.

»Lord Fulton, hier ist Mrs Crawford.«

Der alte Mann blickte zu ihr. Ein trüber Film ließ seine Augen fast weiß wirken.

»Mrs Crawford«, sagte er, »kennen wir uns?«

Seine Stimme klang anders als am Telefon.

»Ich … Wir … Reisebüro Fairchild. Ich bin … Ich buche Ihre Reisen seit Jahren … und Sie erzählen mir Geschichten«, stammelte Jona und wusste, dass sie wie eine Verrückte klang.

»Ich erzähle Ihnen Geschichten?«, fragte der Lord amüsiert.

»Ja«, sagte Jona leise.

Der Lord wandte sich an die Frau mit dem blonden Zopf. »Katie, bringen Sie Mrs Crawford zu meinem Sohn.«

Jona folgte Katie zurück in die Eingangshalle, die Treppe hinauf, einen Gang entlang. Vor der vierten Tür blieb Katie stehen und klopfte. Ohne auf eine Antwort zu warten, öffnete sie.

»John, Besuch«, sagte sie, schob Jona in das Zimmer und schloss die Türe hinter ihr.

Jona blickte sich um.

Holzboden, Kamin, schwere Holzmöbel. Ein Schreibtisch, auf dem ein Computer stand, der wie ein Fremdkörper wirkte. Ein Bett, ein Ledersofa.

Auf dem Sofa lag ein gut aussehender Mann, nicht älter als Jona selbst. Er hatte dunkelblondes dichtes Haar, helle Augen und ein charmantes Lächeln.

Schwarze Hose, beiges Hemd. Es roch nach brennendem Holz und einem Hauch von Aftershave.

John stand auf. »Hallo«, sagte er und klang erfreut. »Ich bin John.«

»Jona … Jona Crawford.«

Sein Lächeln hielt an. »Jona Crawford?«

»Aus Bath. Reisebüro Fairchild«, sagte sie unsicher.

»Ah … die Dame aus dem Reisebüro.«

Jona war irritiert. Die Dame aus dem Reisebüro … Merkwürdig. Seit vier Jahren sprachen sie am Telefon. Hunderte Male hatte er sie beim Namen genannt. Aber vielleicht lag es daran, dass sie nun vor ihm stand, unangemeldet, ein ganz anderer Zusammenhang. Seine Stimme klang anders. Sein Lächeln war entwaffnend.

»Was für eine Überraschung«, sagte er und umarmte Jona herzlich.

»Ich … Ich war hier in Schottland in der Nähe und dachte … Ich …« Jona zwang sich, den Mund zu halten.

»Wie lange bleiben Sie?«

»Ein paar Tage.«

»Dann müssen wir heute Abend ausgehen. Darf ich Sie zum Essen einladen?«

Jona nickte. Und wieder sein Lächeln. Charmant, zwei Grübchen. Sie war hingerissen.

26

Die meisten Tische waren besetzt. Er saß bereits, als Jona eintrat. Er stand auf, als er sie erblickte. Er sah unfassbar gut aus in dem gedämpften Licht.

Sie tranken Whiskey und Wasser und hatten den Fisch des Tages bestellt. Jonas Furcht, dass er genauer nachfragen würde, was sie in Schottland mache, in Plockton, wie sie sein Haus gefunden hatte, erwies sich als unbegründet.

John erzählte von sich. Von seinem Vater, dessen Gesundheitszustand immer schlechter wurde, von dem Erbe, das er antreten würde. Von den Anwesen, dem Vermögen, der Kunstsammlung, die bald schon ihm gehören würden.

Es war Protzerei, aber auf eine so charmante Art vorgetragen, dass es sie nicht irritierte oder abstieß.

Lord John Fulton junior war anders als am Telefon. Jona versuchte die Stimme, die ihr so viele wunderbare Geschichten erzählt hatte, mit dem Mann, der ihr gegenübersaß, in Einklang zu bringen.

»Du klingst ganz anders als am Telefon. Gar nicht amerikanisch«, sagte sie schließlich.

»Die meisten Leute klingen anders am Telefon«, sagte er und zwinkerte.

»Ich auch?«, fragte Jona.

Er zögerte kurz. »Ja«, sagte er und bestellte mehr Whiskey.

Er hob sein Glas. »Auf dich. Was für eine wunderbare Überraschung. Jona Crawford.«

Sie stießen an und tranken. Jona spürte den Whiskey in ihrem Bauch. Warm und leicht floss er in ihren Körper. Sie fühlte sich mutig. Sie war mit dem Zug nach Schottland gereist. Hatte an Lord Fultons Tür geklopft. Und jetzt saß sie hier mit diesem charmanten, gut aussehenden Mann in einem Restaurant. Und er schien sie zu mögen. Ihre Zunge wurde locker. Bedenken verschwanden.

»Von all den Geschichten, die du mir erzählt hast, war die von Susan meine liebste«, sagte sie.

»Susan?«

»Deine erste Liebe.«

»Ah ja …« Er lächelte. »Susan … Susan.«

»Ich hatte auch eine erste Liebe. Er hieß Baptiste. Ein Franzose. Es war keine glückliche Liebe.«

»Das haben erste Lieben so an sich. Meine war Amanda«, sagte er.

»Ich dachte Susan«, sagte Jona.

John fasste sich an den Kopf. »Natürlich. Susan und dann Amanda.«

»Weißt du, was aus Susan geworden ist«, fragte Jona.

»Tot«, sagte er.

»Oh Gott, das ist … dann ist sie sehr jung gestorben.«

John nickte. »Arme Susan«, sagte er und griff nach Jonas Hand. »Du hast wunderschöne Augen.«

Und dann ging alles sehr schnell. John beglich die Rechnung, und sie fuhren in seinem dunkelgrauen Jaguar die einsame Straße entlang, und schon waren sie in dem Haus seines Vaters, das bald ihm gehören würde. Auf seinem Sofa küssten sie einander. Und er brachte mehr Whiskey. Sie küssten sich und tranken.

Bis Jona sagte: »Vielleicht sollte ich jetzt ein Taxi rufen und zurück zum Hotel.«

»Bleib hier über Nacht. Wir haben Gästezimmer.«

Er lächelte.

»Ich habe keine Zahnbürste.«

»Wir haben Gästezahnbürsten, Gästepyjamas ... Um diese Zeit gibt es keine Taxen in Plockton.«

»O. k.«, sagte Jona.

Er küsste sie wieder, und dann führte er sie, ganz Gentleman, in das Gästezimmer, das ein eigenes Bad hatte. Er gab ihr eine Zahnbürste und einen Pyjama.

»Gute Nacht«, sagte Jona.

Als sie im Bett lag, drehte sich alles. Sie konnte keinen klaren Gedanken fassen, schloss die Augen und schlief bald schon ein.

Sie wachte auf. Ihr Mund war trocken, draußen war es noch dunkel. Jona stand auf. Sie öffnete die Tür und horchte. Von unten waren Stimmen zu hören. Es war, als würde sie eine vertraute Melodie hören. Ohne nachzudenken, stieg sie die Treppe hinab, durch die Eingangshalle. Die Stimmen wurden lauter.

Ihr Herz zog sich zusammen. Die Tür zu dem Zimmer stand offen. Sie sah Lord Fulton in seinem Rollstuhl am Kamin. Eine Stehlampe brannte. Auf einem Sessel saß ein junger Mann, ein Buch in der Hand. Sein Äußeres war unscheinbar, aber seine Stimme erkannte sie sofort.

Sie trat ein.

»Lord Fulton?«, sagte sie.

Der Mann mit dem Buch blickte auf und sagte nichts.

»Ja?«, fragte der Lord im Rollstuhl.

»Wer ... wer sind Sie?«, fragte Jona den jungen Mann.

»Mrs Crawford«, sagte er. Auch er hatte ihre Stimme erkannt. »Was ... was ... Ich ...«

Lord Fulton blickte mit seinen halb blinden Augen von einem zum anderen.

»Peter?«, fragte er, »was geht hier vor sich?«

»Ich … Lord Fulton, bitte entschuldigen Sie mich … Ich …«

Er stand auf und ging auf Jona zu.

»Mrs Crawford, bitte darf ich Ihnen alles erklären?«

Jona war verwirrt.

»Ja«, sagte sie.

»Bitte kommen Sie mit.«

Er führte sie zur Haustür, öffnete sie.

»Ich habe keine Schuhe an.«

»Oh«, sagte er.

»Warten Sie.«

Jona lief die Treppen hinauf, zog ihre Schuhe an und schlüpfte in ihren Mantel.

27

Sie verließen das Haus, gingen in einen Garten.

Einen schmalen, schwach beleuchteten Pfad entlang. Hinter zwei mächtigen Eichenbäumen stand ein Cottage, aus dem gleichen Stein erbaut wie das Haupthaus. Er öffnete die Tür, schaltete das Licht an.

»Bitte kommen Sie herein.«

Jona folgte ihm.

»Bitte nehmen Sie Platz.«

Sie setzte sich auf ein grünes Sofa, er setzte sich neben sie. Er senkte den Kopf.

»Mein Name ist Peter … Peter Young«, sagte er leise.

»Ich bin Lord Fultons Assistent und ein Freund seines Sohnes. Ich bin in Chicago aufgewachsen und zur Schule gegangen und habe dann in Edinburgh studiert. Literatur. Ich habe viele Ferien hier verbracht. Lord Fulton war wie ein Vater zu mir. Nach dem Studium wusste ich nicht so recht, wie es weitergehen sollte. Ich wollte ein Buch schreiben, aber ich musste auch Geld verdienen. Lord Fulton hat mir angeboten, hier zu leben und zu schreiben. Ich helfe ihm mit alltäglichen Dingen. Besorgungen. Büroarbeiten. Als seine Augen immer schlechter wurden, bin ich sein Vorleser geworden.«

Er lächelte verlegen. »Das Buch hat mittlerweile sechsundvierzig Fassungen. Es … es ist nicht sehr gut«, sagte er entwaffnend.

»Und was ist mit den Geschichten, die Sie mir erzählt haben? Susan?«, fragte Jona, »Gab es Susan? Haben Sie …«

Peter schüttelte den Kopf.

»Es ist eine Geschichte von F. Scott Fitzgerald. ›Drei Stunden zwischen zwei Flügen‹. Ich habe sie ziemlich abgeändert. Lord Fulton hat ein paar Lieblingsgeschichten, die er immer und immer wieder hören will. Ich habe sie aus der Erinnerung erzählt.«

Jona nickte.

»Die Schöne im Flugzeug?«

»›Dornröschens Flugzeug‹ von Gabriel García Márquez«, sagte Peter.

»Waren Sie jemals in Warschau?«

»Nein. Die Geschichte heißt ›Der perfekte Flirt‹ von Julian Barnes. Darin geht es aber um Prag. Die Reisen habe ich für John junior gebucht … Ich … Vielleicht habe ich mir immer gewünscht, er zu sein. Einen Vater wie Lord Fulton zu haben.«

Ganz anders als der echte Sohn erzählte er von Lord Fultons Leistungen. Von dem Stipendium, das er vergab. Von der Güte und Weisheit des Mannes im Rollstuhl.

»Ich wollte Ihnen die Wahrheit sagen, aber …«

Er stand auf, ging zu dem Schreibtisch und hielt ein Stapel Papier hoch.

»Ich habe angefangen, Ihnen einen Brief zu schreiben. Aber ich wusste nicht, wie ich mich erklären konnte … Der Brief hat vierunddreißig Fassungen. Er ist nicht gut. Ich wollte nicht, dass die Telefonate aufhören«, sagte er.

Er setzte sich neben sie. »Oft habe ich überlegt, nach Bath zu fahren und Ihnen alles zu erklären. Ich habe John junior von Ihnen erzählt und um Rat gebeten. Er … er hat Erfolg bei den Frauen.«

»Was hat er Ihnen geraten?«

»Sie zu vergessen«, sagte Peter. »Ich habe es versucht, aber dann habe ich doch wieder angerufen.«

Er schluckte. »Ich verstehe, wenn Sie nie wieder mit mir sprechen wollen. Und ich werde Sie nicht fragen, was Sie im Pyjama in Lord Fultons Haus machen«, sagte er und sah sie mit großen Augen an.

Einen Moment schwiegen beide.

»Ich bin hierher gefahren, um Sie, um Lord Fulton nach all den Jahren persönlich kennenzulernen. Ihre Stimme. Ihre Geschichten … Unsere Telefonate. Ich …

Und Ihr Freund John … Er hat mich … Wir waren essen. Ich dachte, dass er Sie sind oder Sie … Ich dachte, er wäre der Mann, mit dem ich telefoniert habe. Lord Fulton. Aber …«

Jona stand auf. »Ich bin verwirrt. Ich hole meine Sachen und fahre ins Hotel.«

Sie stand auf und lief aus dem Cottage. Die Haustür der Fultons war unverschlossen. Sie stand in der Eingangshalle.

»Mrs Crawford.« Es war die Stimme des alten Lords.

»Kommen Sie bitte.«

Jona zögerte. Sie wollte weglaufen, aber es wäre zu unhöflich gewesen. Wenn ein alter, fast blinder Lord einen herbeirief, folgte man.

Er wollte alles ganz genau wissen, und Jona erzählte. Sie erzählte Lord Fulton von den Telefonaten, ihrer Reise, dem Abend mit John junior.

Lord Fulton hörte aufmerksam zu, und erst als Jona ihre Geschichte beendete, sagte er: »Lernen Sie Peter kennen. Er ist ein wunderbarer Mensch. Mein Sohn ist mein Sohn. Ich liebe ihn, aber … Er wird das ganze Erbe verprassen, meine Kunstsammlung verkaufen. Nichts Gutes wird im Namen Fulton geschehen. Aber er ist mein Sohn, mein einziger Sohn. Doch er ist nicht Ihr Sohn, Mrs Crawford, Sie müssen ihn nicht lieben.« Er lachte leise. »Peter hat alle Eigenschaften, die man sich in einem Menschen wünschen kann. Verzeihen Sie ihm seinen Schwindel, lernen Sie ihn kennen. Mein Sohn, wenn Sie sich auf ihn einlassen, wird … wird Ihr Herz brechen oder es mit Unachtsamkeit behandeln.«

Epilog

Ein Jahr später

Jona und Keaton standen am Flughafen und verabschiedeten sich von Ravi und der Reisegruppe aus Mumbai.

Draußen stiegen sie in ein Taxi. Zuerst hielt der Fahrer an Keatons Haus.

»Bis morgen, Jona«, sagte er.

»Bis morgen«, sagte sie.

Das Taxi fuhr weiter.

Die Fassade des Hauses war braun, die Haustür rot. Kein dunkles Rot, sondern leuchtend.

Jona hatte sofort gewusst, dass sie das Haus nehmen würde, als sie die knallrote Tür vor zwei Monaten zum ersten Mal gesehen hatte.

Drei Zimmer, Bad, Küche und ein kleiner mit Unkraut bewachsener Garten hinterm Haus.

Der Weg zum Büro war nun länger, aber die meiste Zeit führte sie sowieso Reisegruppen aus Indien durch England.

Glenn, zweiundzwanzig Jahre alt, saß jetzt an ihrem Platz neben Trudy, die aus dem Ruhestand zurückgekehrt war.

Jona schloss die Tür auf.

»Ich bin zu Hause«, sagte sie.

Eine Tür ging auf, und Peter kam auf sie zugelaufen, stolperte fast über einen der noch nicht ausgepackten Umzugskartons.

Er umarmte sie und küsste sie.

»Wie war es?«

»Gut«, sagte sie. »Und hier?«

»Kapitel zwei ist fertig.«

Am Abend kamen Muriel und Mike zum Essen. Muriel hatte Lance vor wenigen Wochen verlassen und ihm das Herz gebrochen.

Peter hatte Spaghetti Bolognese gekocht, Mikes Lieblingsessen.

»Ich habe jemanden kennengelernt«, sagte Muriel und lächelte. »Kann Mike am Freitag bei euch übernachten?«

»Hurra«, rief Mike.

»Klar«, sagten Jona und Peter wie aus einem Mund.

Dann lachte Jona.

»Armer Lance«, sagte sie.

»Manche Geschichten haben kein Happy End«, sagte Muriel und zwinkerte.

Peter strahlte übers ganze Gesicht.

Dann sagte er:

»Und manche schon.«

F. Scott Fitzgerald

Liebe in der Nacht

Val war begeistert von diesen Worten. Irgendwann an diesem frischen, goldenen Aprilnachmittag waren sie ihm in den Sinn gekommen, und jetzt sagte er sie sich immer wieder von Neuem vor: »Liebe in der Nacht; Liebe in der Nacht.« Er probierte sie in drei Sprachen – Russisch, Französisch und Englisch – und fand, dass sie im Englischen am besten klangen. In jeder dieser Sprachen war eine andere Art Liebe, eine andere Art Nacht gemeint – die englische Nacht schien ihm die wärmste und weicheste, die Sterne am Himmel die feinsten und funkelndsten. Die Liebe im Englischen war für ihn die fragilste, romantischste – ein weißes Kleid, ein helles Gesicht darüber, Augen, die Lichtflecken waren wie tiefes Wasser. Und wenn ich hinzufüge, dass es schließlich eine französische Nacht war, an die er dachte, dann sehe ich, dass ich doch weiter ausholen und die Geschichte von Anfang an erzählen muss.

Val war halb Russe, halb Amerikaner. Seine Mutter war die Tochter von Morris Hasylton, jenem Hasylton, der 1892 in Chicago die Weltausstellung mitfinanzierte, und sein Vater – siehe den Gothaischen Hofkalender, Ausgabe 1910 – Fürst Pawel Sergej Boris Rostow, Sohn des Fürsten Wladimir Rostow, Enkel eines Großherzogs – »Pferdegesicht« Sergej – und Neffe vierten Grades des Zaren. Man sieht also, diese Seite der Familie machte durchaus Eindruck – das Haus in Sankt Petersburg, das Jagdschlösschen bei Riga und die zu groß geratene Villa – ein Palast eher – am Mittelmeer. Hier in dieser Villa in Cannes verbrachten die Rostows den Winter – und es kam gar nicht gut an, wenn man die Fürstin daran erinnerte, dass diese Villa an der Riviera, vom Marmorbrunnen – nach Bernini – bis zu den goldenen Likörgläsern – nach dem Dinner – mit amerikanischem Gold bezahlt war.

Natürlich waren die Russen ein fröhliches Völkchen, auf dem Kontinent vor dem Krieg, als alles noch eine einzige große Gala war. Von den drei Nationen, denen damals Südfrankreich als Vergnügungspark diente, hatten sie zum Leben im Überfluss das größte Geschick. Die Engländer waren zu praktisch veranlagt, und die Amerikaner warfen zwar mit Geld um sich, wussten aber doch nichts von romantischer Lebensart. Die Russen hingegen – die waren so galant wie die Südländer, und reich noch dazu! Wenn die Rostows Ende Januar in Cannes eintrafen, orderten die Restaurants telegraphisch im Norden die Etiketten für die Lieblingsmarken des Fürsten und klebten sie auf ihren Champagner, die Juweliere legten die üppigsten Stücke beiseite, um sie ihm – jedoch nicht der Fürstin – zu zeigen, und die orthodoxe Kirche wurde für die Saison gefegt und geschmückt, damit der Fürst nach heimischem Ritus die Vergebung seiner Sünden erflehen konnte.

Selbst das Mittelmeer war gefällig und erglühte an den Frühlingsabenden in tiefem Weinrot, und die Fischerboote, Segel wie die Brust eines Rotkehlchens, schaukelten malerisch in der Ferne.

Irgendwie, wenn auch eher in der Art einer Ahnung, wusste der junge Val, dass alles zum Wohl und Nutzen seiner Familie so eingerichtet war. Es war ein Paradies der Privilegierten, diese kleine weiße Stadt über dem Wasser, eines, in dem er tun und lassen konnte, was er wollte, weil er reich war und jung und das indigoblaue Blut Peters des Großen in seinen Adern floss. Im Jahr 1914, in dem unsere Geschichte beginnt, war er gerade erst siebzehn, aber er hatte sich bereits mit einem jungen Mann, vier Jahre älter als er, duelliert und hatte eine kleine kahle Narbe oben auf seinem stattlichen Haupt zum Beweis.

Aber was seinem Herzen am nächsten ging, war die Frage nach der Liebe in der Nacht. Es war ein schöner, unbestimmter Traum, den er hegte, etwas, das ihm eines Tages widerfahren würde, etwas Einmaliges, Unvergleichliches. Er hätte nicht mehr dazu sagen können als dass ein bezauberndes, unbekanntes Mädchen beteiligt sein würde, und über ihnen sollte der Rivieramond scheinen.

Das Seltsame an all dem war nicht, dass er sich eine solche Romanze erhoffte und sie schon vorab geradezu verklärte, denn jeder junge Mann mit auch nur einer Spur Phantasie hegt solche Hoffnungen, sondern dass sich dieser Traum tatsächlich erfüllte. Und als es so weit war, da war es so unerwartet, ein solches Durcheinander der Eindrücke und Gefühle, der seltsamsten Sätze, die ihm über die Lippen kamen, der Bilder, der Laute, der Augenblicke, die plötzlich da waren, plötzlich verloren, plötzlich vergangen, dass er kaum verstand, was überhaupt geschah. Vielleicht hielt es sich in seinem Herzen, gerade weil es so unbestimmt war, gerade deswegen blieb es so unvergesslich.

Die Liebe lag in der Luft, überall um ihn her in jenem Frühling – die Liebschaften seines Vaters zum Beispiel, die vielfältig waren und indiskret und von denen Val zuerst aus dem erfuhr, was er vom Klatsch und Tratsch der Dienerschaft hörte, bis er Gewissheit bekam, als er eines Nachmittags im Salon unverhofft auf seine amerikanische Mutter stieß, die das Bild seines Vaters an der Wand anbrüllte. Auf dem Bild trug sein Vater eine weiße Uniform mit pelzbesetztem Dolman und erwiderte den Blick seiner Frau gleichmütig, als wolle er sagen: »Aber meine Liebe, hast du geglaubt, du heiratest in eine Familie von Gottesmännern?«

Val hatte sich fortgestohlen, überrascht, verwirrt – und erregt. Er fand die Sache nicht so schockierend, wie ein amerikanischer Junge seines Alters sie gefunden hätte. Schon seit Jahren wusste er, wie das Leben der Wohlhabenden auf dem Kontinent aussah, und nahm seinem Vater nur eines übel: dass er seine Mutter zum Weinen gebracht hatte.

Rings um ihn her war die Liebe – die untadelige und die illegitime gleichermaßen. Wenn er um neun Uhr abends, zu einer Zeit, zu der die Sterne schon hell genug strahlten, um es mit dem Licht der Laternen aufzunehmen, über die Strandpromenade spazierte, dann spürte er die Allgegenwart der Liebe. In den Straßencafés flirrten die neuesten Kleider, frisch aus Paris, und ein süßer Duft wehte herüber, aus Blumen und Chartreuse und Zigaretten und gerade erst gebrühtem Kaffee – und noch ein weiteres Aroma spürte er, vermischt mit all dem, den geheimnisvollen und betörenden Duft der Liebe. Hände berührten juwelenglitzernde Hände auf den weißen Tischplatten. Bunte Kleider und gestärkte Hemden drehten sich umeinander im Takt, Streichhölzer wurden gezückt, entzündeten ein wenig bebend ganz langsam eine Zigarette. Auf der anderen Seite des Boulevards schlenderten die nicht ganz so schicken Liebespaare, junge Franzosen, Angestellte aus den Läden von Cannes, mit ihren Freundinnen im Halbdunkel unter den Bäumen, aber nur selten wanderte Vals Blick in ihre Richtung. Das Schwelgen der Musik, die strahlenden Farben, die leisen Stimmen – all das war Teil seines Traums. Das war das Dekor, das dazugehörte zur Liebe in der Nacht.

Aber so sehr er sich auch anstrengte, die wild entschlossene Miene aufzusetzen, die man von einem jungen russischen Herrn erwartete, wenn er allein durch die Straßen spazierte, fühlte Val sich allmählich unglücklich. Die Abenddämmerungen des Aprils waren denen des März gefolgt, und es war ihm nicht gelungen, von den warmen Frühlingsabenden guten Gebrauch zu machen. Die sechzehn- oder siebzehnjährigen Mädchen seiner Bekanntschaft waren zwischen Abenddämmerung und Schlafengehenszeit stets wohlbehütet – wir reden hier, das darf man nicht vergessen, von der Zeit vor dem Krieg –, und die anderen, die ihm gern Gesellschaft geleistet hätten, kränkten sein romantisches Sehnen. So verging der April – eine Woche, zwei Wochen, drei Wochen …

Bis sieben Uhr hatte er Tennis gespielt und sich eine ganze weitere Stunde auf dem Platz herumgetrieben, sodass es nun schon halb neun war, als ein müdes Droschkenpferd oben auf dem Hügel anlangte, wo die Fassade der Rostowschen Villa schimmerte. Die Scheinwerfer der Limousine seiner Mutter glommen gelb in der Auffahrt, und die Fürstin, noch mit dem Knöpfen ihrer Handschuhe beschäftigt, erschien eben in der hell erleuchteten Tür. Val warf dem Kutscher zwei Francs zu und ging zu ihr hin, um ihr einen Kuss auf die Wange zu hauchen.

»Komm mir nicht zu nahe«, fuhr sie ihn an. »Eben hast du noch Geld angefasst.«

»Aber doch nicht mit dem Mund, Mutter«, gab er lachend zurück.

Die Fürstin sah ihn ungeduldig an.

»Ich bin ärgerlich«, sagte sie. »Wieso musst du gerade heute Abend so spät kommen? Wir speisen auf einer Jacht, und du solltest ebenfalls mitkommen.«

»Was für eine Jacht?«

»Amerikaner.« Immer lag eine leichte Ironie in ihrer Stimme, wenn sie von ihrem Geburtsland sprach. Ihr Amerika war das Chicago der Neunziger, und für sie war und blieb es das zugige Obergeschoss eines Schlachthauses. Selbst die Eskapaden von Fürst Pawel schienen ihr kein zu hoher Preis dafür, dass sie dem entkommen war.

»Zwei Jachten«, fuhr sie fort; »wir wissen nicht einmal welche. Die Einladung war sehr unbestimmt. Eine Unverschämtheit, wenn man es recht überlegt.«

Amerikaner. Seine Mutter hatte Val beigebracht, auf Amerikaner herabzublicken, aber sie ihm zu verleiden, das hatte sie nicht geschafft. Die amerikanischen Männer achteten einen, selbst wenn man erst siebzehn war. Er mochte die Amerikaner. Zwar war er durch und durch Russe, aber eben doch nicht ganz – der Prozentsatz betrug, wie bei einer berühmten Seife, ungefähr neunundneunzig und dreiviertel Prozent.

»Ich komme mit«, sagte er. »Ich beeile mich auch, Mutter. Ich –«

»Wir sind sowieso schon zu spät.« Die Fürstin wandte sich an ihren Mann, als der in der Tür erschien. »Und jetzt will Val auch noch mit.«

»Geht nicht«, antwortete Fürst Pawel knapp. »Viel zu spät.«

Val nickte. So nachsichtig russische Aristokraten auch mit sich selbst sein mochten, im Umgang mit ihren Kindern waren sie immer bewundernswert streng. Es gab keine Widerrede.

»Tut mir leid«, sagte er.

Fürst Pawel schnaubte. Der Lakai, in rot-silberner Livree, öffnete den Schlag der Limousine. Aber mit dem Schnauben war die Sache zu Vals Gunsten entschieden, denn an diesem Tag, zu dieser Stunde, hegte die Fürstin Rostow einen gewissen Groll gegen ihren

Gatten, und das gab ihrem Wort in häuslichen Dingen Gewicht.

»Wenn ich es mir überlege, du solltest doch auch kommen, Val«, sagte sie kühl. »Für jetzt ist es zu spät, aber du kommst nach dem Dinner dazu. Die Jacht ist entweder die Minnehaha oder die Privateer.« Sie stieg ein. »Es wird wohl die sein, auf der es höher hergeht – die Jacht der Jacksons –«

»Wenn er Verstand hat«, brummte der Fürst kryptisch und meinte, dass Val die Jacht schon finden würde, wenn er sein Köpfchen einsetzte. »Lass dich vorher von meinem Diener anschauen. Krawatte von mir, nicht diese lächerliche Kordel, die du in Wien umhattest. Werd erwachsen. Höchste Zeit.«

Die Kiesel knirschten, als die Limousine gemächlich die Auffahrt hinunterfuhr, und Val blieb mit hochroten Ohren zurück.

II

Es war düster im Hafen von Cannes, oder besser gesagt es wirkte düster nach dem Glanz der Promenade, die Val eben hinter sich gelassen hatte. Drei kümmerliche Hafenlaternen funkelten trübe über ungezählten Fischerbooten, wie Muschelschalen auf den Strand getürmt. Weiter draußen auf dem Wasser gab es weitere Lichter, wo eine Reihe schlanker Jachten würdig und gemächlich auf den Wellen schaukelte, und noch weiter draußen hatte der üppige Vollmond die Rundung des Wassers zu einem perfekten Tanzboden geformt. Dann und wann ein Zischen, ein Knarzen, ein Blubbern, wenn ein Ruderboot sich in dem seichten Gewässer bewegte, ein diffuser Schatten, der durch das Labyrinth der festgemachten Fischer- und Motorboote glitt. Vorsichtig bewegte Val sich über den samtweichen Strand und stolperte über einen schlafenden Bootsführer; er roch das strenge Aroma von Knoblauch und billigem Wein. Er packte den Mann an den Schultern, schüttelte ihn wach und blickte ihm in die erschrockenen Augen.

»Wissen Sie, wo die Minnehaha liegt? Und die Privateer?«

Als sie in die Bucht hinausglitten, starrte er, im Heck ausgestreckt, ein wenig missbilligend den Rivieramond an. Sicher, der Mond war genau richtig. Der Mond passte oft, in fünf von sieben Nächten. Die milde Nachtluft war, wie sie sein sollte, schmerzlich betörend, und auch die Musik war da, sie wehte in vielfältigen Strömen vom Ufer herüber, von vielfältigen Orchestern. Nach Osten hin lag im Dunkeln das Kap von Antibes, dann Nizza und jenseits Monte Carlo, wo der Abend erfüllt war vom Klimpern des Goldes. Eines Tages würde auch er all das genießen, jedes kleine Vergnügen kennen, jeden Erfolg – wenn er längst zu alt und zu weise war und es ihm nichts mehr bedeutete.

Aber aus dem heutigen Abend – aus diesem Silberstreif, der wie eine Strähne lockigen Haars zum Mond hin wehte, aus den leise funkelnden Lichtern von Cannes hinter ihm, der unwiderstehlichen, unbeschreiblichen Liebe, die in dieser Luft lag – aus all dem würde nichts werden, der Abend würde vergeudet sein für immer.

»Welches denn nun?«, fragte der Bootsführer plötzlich.

»Welches von was?«, entgegnete Val und setzte sich auf.

»Welches Boot?«

Er zeigte nach vorn. Val folgte dem Finger und sah, dass sich über ihnen wie ein graues Schwert der Bug einer Jacht erhob. Er war so mit seinen Sehnsüchten beschäftigt gewesen, er hatte gar nicht bemerkt, dass sie schon eine halbe Meile zurückgelegt hatten.

Er las die Messingbuchstaben über seinem Kopf. Es war die Privateer, aber es brannten nur wenige Lichter an Bord, es gab keine Musik, keine Stimmen, nur hin und wieder das murmelnde Plätschern der kleinen Wellen, wenn sie an die Bordwand schwappten.

»Das andere«, sagte Val. »Die Minnehaha.«

»Bleiben Sie doch noch.«

Val erschrak. Die Stimme, leise und sanft, war von oben aus dem Dunkel gekommen.

»Wozu die Eile?«, fragte die sanfte Stimme. »Ich dachte schon, jemand kommt mich besuchen, da bin ich nun wirklich enttäuscht.«

Der Bootsführer zog die Ruder aus dem Wasser und sah Val unschlüssig an. Aber Val schwieg, und so stieß der Mann die Ruder wieder ein und steuerte das Boot hinaus ins Mondlicht.

»Warten Sie!«, rief Val.

»Auf Wiedersehen«, sagte die Stimme. »Kommen Sie wieder, wenn Sie länger bleiben können.«

»Aber ich bleibe doch noch«, antwortete er atemlos.

Er gab entsprechendes Kommando, und das Ruderboot kehrte zum Fuß der kleinen Kajütleiter zurück. Jemand Junges, jemand in einem undeutlich zu erkennenden weißen Kleid, jemand mit einer anmutigen tiefen Stimme hatte aus dem samtenen Dunkel tatsächlich nach ihm gerufen. »Hätte sie Augen!«, murmelte Val vor sich hin. Der romantische Ton gefiel ihm, ganz leise wiederholte er es – »Hätte sie Augen«.

»Was sind Sie?« Sie war jetzt geradewegs über ihm; sie blickte hinunter, er schaute zu ihr auf, als er nun die Leiter erklomm, und als ihre Blicke sich trafen, da mussten sie beide lachen.

Sie war sehr jung, schlank, beinahe zerbrechlich, in einem Kleid, das in seiner hellen Schlichtheit ihre Jugend betonte. Zwei fahldunkle Flecken auf ihren Wangen zeigten, wo sie bei Tage gerötet waren.

»Was sind Sie?«, fragte sie noch einmal, trat einen Schritt zurück und lachte wiederum, jetzt wo sein Kopf über der Bordkante erschien. »Das will ich wissen, denn jetzt machen Sie mir Angst.«

»Ich bin ein Gentleman«, antwortete Val und verneigte sich.

»Aber was für eine Art Gentleman? Da gibt es alle möglichen Sorten. Einmal – einmal in Paris saß ein farbiger Gentleman an dem Tisch neben unserem, und da –« Sie hielt inne. »Sie sind kein Amerikaner, oder?«

»Ich bin Russe!«, antwortete er, als verkünde er ihr,

dass er ein Erzengel sei. Er überlegte kurz, dann fügte er hinzu: »Und der glücklichste Russe, den Sie sich vorstellen können. Den ganzen Tag, den ganzen Frühling schon habe ich davon geträumt, mich in einer Nacht wie dieser zu verlieben, und jetzt hat der Himmel mir Sie geschickt.«

»Einen Augenblick!«, rief sie, mit einem kleinen Japser. »Jetzt bin ich sicher, dass es sich bei diesem Besuch um ein Missverständnis handelt. Auf so etwas lasse ich mich nicht ein. Bitte!«

»Verzeihung.« Er sah sie verwirrt an, begriff nicht, dass er zu viel für selbstverständlich gehalten hatte. Dann nahm er Haltung an.

»Mein Fehler. Wenn Sie gestatten, werde ich mich verabschieden.«

Er wandte sich ab. Die Hand schon an der Reling.

»Nein, warten Sie«, sagte sie und strich sich eine Haarsträhne unbestimmter Farbe aus dem Gesicht. »Wenn ich es mir recht überlege, können Sie Unsinn reden, so viel Sie wollen, nur hierbleiben sollen Sie. Ich bin unglücklich, und da will ich nicht allein sein.«

Val zögerte; etwas an dieser Sache verstand er nicht. Er hatte sich vorgestellt, dass ein Mädchen, das im Dunkeln einem fremden Mann etwas zurief, und sei es auch nur vom Deck einer Jacht aus, doch gewiss einer Romanze nicht abgeneigt war. Und er wäre sehr gern geblieben. Dann fiel ihm wieder ein, dass er ja zwei Jachten zur Auswahl hatte.

»Ich nehme an, das Dinner ist auf dem anderen Boot«, sagte er.

»Das Dinner? Oh, ja, das ist auf der Minnehaha. Da wollten Sie hin?«

»Ich wollte dorthin – aber das ist lange her.«

»Wie heißen Sie?«

Er war im Begriff, ihr seinen Namen zu sagen, doch dann hatte er eine Eingebung und stellte stattdessen eine Frage.

»Und Sie? Wieso sind Sie nicht auf der Party?«

»Ich wollte lieber hierbleiben. Mrs. Jackson hatte gesagt, es kämen auch Russen – das sind Sie, nehme ich an.« Sie betrachtete ihn interessiert. »Sie sind noch sehr jung, nicht wahr?«

»Ich bin viel älter, als ich wirke«, antwortete Val steif. »Das sagen die Leute mir immer. Es gilt als bemerkenswert.«

»Wie alt sind Sie?«

»Einundzwanzig«, log er.

Sie lachte.

»Was für ein Unsinn. Sie sind höchstens neunzehn.«

Sein Ärger war so deutlich zu sehen, dass sie ihn sogleich beschwichtigte. »Das macht doch nichts! Ich bin selbst erst siebzehn. Womöglich wäre ich zu der Party gegangen, wenn ich gewusst hätte, dass es da auch jemanden jünger als fünfzig gibt.«

Der Themenwechsel war ihm willkommen.

»Aber Sie sind lieber hier sitzen geblieben, um im Mondschein zu träumen.«

»Ich habe über Fehler nachgedacht.« Sie ließen sich nebeneinander in zwei Liegestühlen nieder. »Das ist ein faszinierendes Thema – die Frage nach Fehlern.

Frauen sinnen nur selten über Fehler nach – sie sind viel eher bereit, sie zu vergessen, als die Männer. Aber *wenn* sie einmal nachsinnen –«

»Sie haben einen Fehler begangen?«, erkundigte sich Val.

Sie nickte.

»Etwas, das sich nicht wiedergutmachen lässt?«

»Ich fürchte ja«, antwortete sie. »Sicher bin ich mir nicht. Das war es, worüber ich nachdachte, als Sie dazukamen.«

»Vielleicht kann ich irgendwie behilflich sein«, bot Val an. »Vielleicht ist Ihr Fehler doch noch wieder gutzumachen.«

»Das können Sie nicht«, antwortete sie unglücklich. »Lassen Sie uns also nicht daran denken. Ich bin den Gedanken an meinen Fehler leid und würde mir viel lieber von Ihnen von dem munteren Treiben in Cannes erzählen lassen, davon, wie lustig es heute Abend dort zugeht.«

Sie blickten beide hinüber zum Ufer, zu der Reihe geheimnisvoller, verführerischer Lichter, wie Spielzeughäuser mit Kerzen darin, aber in Wirklichkeit waren es die großen eleganten Hotels, der erleuchtete Uhrenturm in der Altstadt, der verschwommene Schimmer des Café de Paris, die Stecknadelspitzen der Villenfenster, die sich den Hügel hinaufzogen bis zum Dunkel des Himmels.

»Was wohl alle dort machen?«, flüsterte sie. »Ich stelle mir vor, es muss etwas Großartiges sein, aber was es ist, das verstehe ich nicht so recht.«

»Alles dort drüben dreht sich um die Liebe«, antwortete Val leise.

»Das ist die Erklärung?« Sie schaute lange hin, mit einem seltsamen Ausdruck in den Augen. »Dann will ich heim nach Amerika«, sagte sie. »Es gibt zu viel Liebe hier. Ich will schon morgen fahren.«

»Das heißt, Sie fürchten sich vor der Liebe?«

Sie schüttelte den Kopf.

»Das ist es nicht. Es ist nur – für mich gibt es hier keine Liebe.«

»Und für mich auch nicht«, fügte Val leise hinzu. »Es ist traurig, dass wir zwei an einem so schönen Ort sitzen, an einem so schönen Abend, und doch haben wir – nichts.«

Er beugte sich zu ihr hinüber, mit einer beseelten, doch beherrschten Verliebtheit in den Augen – und sie wich zurück.

»Erzählen Sie mir mehr von sich«, entgegnete sie rasch. »Wenn Sie Russe sind, wo habe Sie dann so gut Englisch gelernt?«

»Meine Mutter ist Amerikanerin«, gab er zu. »Mein Großvater war ebenfalls Amerikaner, da hatte sie keine andere Wahl.«

»Dann sind Sie ja auch Amerikaner!«

»Ich bin Russe«, versicherte Val ihr nachdrücklich.

Sie sah ihn eindringlich an, lächelte und beschloss, nicht deswegen zu streiten. »Also müssen Sie«, fuhr sie diplomatisch fort, »wohl auch einen russischen Namen haben.«

Aber in diesem Augenblick wollte er ihr seinen

Namen nicht sagen. Ein Name, und wenn es auch der Name Rostow war, hätte den Zauber dieser Nacht vertrieben. Hier waren sie nur zwei leise Stimmen, zwei helle Gesichter – und das war genug. Er war überzeugt, ohne einen Grund für diese Überzeugung, aber mit einem Instinkt, der seine Gedanken bereits beflügelte, dass er schon binnen ganz kurzem, in einer Minute, in einer Stunde, zum ersten Mal der Wahrheit der Liebe begegnen würde. Im Vergleich zu der Regung in seinem Herzen bedeutete sein Name nichts.

»Sie sind schön«, sagte er unvermittelt.

»Woher wissen Sie das?«

»Weil für Frauen das Mondlicht das schwierigste Licht überhaupt ist.«

»Sehe ich hübsch aus im Mondlicht?«

»Sie sind das bezauberndste Wesen, das mir je begegnet ist.«

»Oh.« Darüber dachte sie nach. »Natürlich hätte ich Sie nie an Bord lassen dürfen. Ich hätte mir denken können, worauf die Rede kommen würde – bei solchem Mond. Aber ich kann doch nicht ewig hier so sitzen und hinüber zum Ufer starren. Dafür bin ich zu jung. Finden Sie nicht auch, dass ich zu jung dafür bin?«

»Viel zu jung«, stimmte er feierlich zu.

Plötzlich wurde ihnen beiden bewusst, dass die Musik sich verändert hatte, dass sie mehr aus der Nähe kam, Musik, die über das Wasser herüberzuschweben schien, keine hundert Meter entfernt.

»Hören Sie!«, rief sie. »Das kommt von der Minnehaha. Sie sind mit dem Dinner fertig.«

Einen Moment lang hörten sie schweigend zu.

»Danke«, sagte Val unvermittelt.

»Wofür?«

Es war ihm kaum bewusst, dass er gesprochen hatte. Er dankte den Bläsern für ihre leisen und tiefen Töne, ihren Gesang im Nachtwind, der See für ihr warmes murmelndes Klagen und das Plätschern am Bug, den Sternen, die ihre Milch über sie ausgossen, und schließlich war ihm, als trage ihn eine Substanz straffer gespannt als Luft.

»So bezaubernd«, flüsterte sie.

»Was machen wir nun damit?«

»Müssen wir etwas damit machen? Ich dachte, wir könnten einfach hier sitzen und uns freuen –«

»Das glaube ich Ihnen nicht«, unterbrach er sie, mit ruhiger Stimme. »Sie wissen, dass wir etwas damit machen müssen. Ich werde mich jetzt in Sie verlieben – und Ihnen wird es gefallen.«

»Ich kann nicht«, antwortete sie ganz leise. Jetzt hätte sie gern gelacht, eine Bemerkung gemacht, leichthin, kühl, mit der sie die Sache wieder in das sichere Fahrwasser eines belanglosen Flirts gebracht hätte. Aber dazu war es jetzt zu spät. Val wusste, dass die Musik zu Ende brachte, was der Mond begonnen hatte.

»Ich will Ihnen die Wahrheit sagen«, sagte er. »Sie sind meine erste Liebe. Ich bin siebzehn – genauso alt wie Sie, nicht älter.«

Es war etwas ganz und gar Entwaffnendes an dieser

Tatsache, dass sie beide gleich alt waren. Allein schon dadurch konnte sie dem Schicksal, das sie zusammengebracht hatte, nicht entgehen. Die Liegestühle knarzten, und er spürte den leisen, flüchtigen Hauch eines Parfüms, als sie sich nun fanden, plötzlich, wie die Kinder.

III

Später konnte er nicht mehr sagen, ob er sie nur einmal geküsst hatte oder mehrere Male, obwohl es gewiss eine ganze Stunde war, die sie dort beisammensaßen und die er ihre Hand hielt. Am meisten überraschte ihn an der Liebe, dass anscheinend nichts Wildes, Leidenschaftliches daran war – Bedauern, Begehren, Verzweiflung –, nein, es war das schwindelerregende Versprechen eines solchen Glücks auf dieser Welt, in diesem Leben, wie er es nie zuvor gekannt hatte. Die erste Liebe – es war ja nichts als die erste Liebe. Wie mochte sie dann erst in ihrer vollen Blüte sein, ihrer Vollkommenheit! Er wusste ja nicht, dass das, was er damals erlebte, diese unwirkliche, unschuldige Mischung aus Verzückung und Frieden etwas war, das sich nie, nie mehr, ein zweites Mal erleben ließ.

Die Musik war schon seit einer ganzen Weile verstummt, als schließlich die Laute eines herannahenden Ruderboots das sanfte Plätschern der Wellen durchbrach. Unvermittelt sprang sie auf und spähte angestrengt hinaus auf die Bucht.

»Hören Sie!«, sagte sie hastig. »Ich will, dass Sie mir Ihren Namen sagen.«

»Nein.«

»Bitte.« Ihr Ton war flehentlich. »Morgen reise ich ab.«

Er antwortete nicht.

»Ich will nicht, dass Sie mich vergessen«, sagte sie. »Ich heiße –«

»Ich vergesse Sie nicht. Ich verspreche Ihnen, ich werde die Erinnerung für alle Zeit in meinem Gedächtnis bewahren. Welche Frau auch immer ich noch lieben werde, ich werde sie stets an Ihnen messen, meiner ersten Liebe. So lange ich lebe, wird die Erinnerung an Sie in meinem Herzen lebendig sein.«

»Ich will, dass Sie die Erinnerung bewahren«, murmelte sie stockend. »Ach, das hier hat mir mehr bedeutet als Ihnen – viel mehr.«

Sie stand so nahe bei ihm, dass er ihren warmen, frischen Atem auf seiner Wange spürte. Noch einmal näherten sie sich einander. Er griff ihre Hände, umfasste die Handgelenke – das schien ihm das Angemessene – und küsste sie auf die Lippen. Es war der richtige Kuss, fand er, ein romantischer Kuss – nicht zu flüchtig und nicht zu viel. Trotzdem lag eine Art Versprechen darin, von anderen Küssen, die er hätte bekommen können, und es war doch ein Stich ins Herz, als er hörte, wie das Ruderboot sich nun näherte, und begriff, dass ihre Familie zurück war. Der Abend war vorüber.

»Und das ist erst der Anfang«, sagte er sich. »Mein ganzes Leben wird sein wie diese Nacht.«

Jetzt sprach sie mit leiser, schneller Stimme, und er hörte angespannt zu.

»Eines müssen Sie noch wissen – ich bin verheiratet. Seit drei Monaten. Das war der Fehler, über den ich nachdachte, als der Mond Sie hier herausbrachte. Sie werden das gleich verstehen.«

Sie verstummte, als das Boot an der Kajütleiter anlegte und eine Männerstimme aus dem Dunkeln heraufklang.

»Bist du das, Liebling?«

»Ja.«

»Was ist das für ein anderes Boot, das hier wartet?«

»Einer von Mrs. Jacksons Gästen, der aus Versehen hier herauskam, und ich habe ihn gebeten zu bleiben und mir eine Stunde Gesellschaft zu leisten.«

Einen Augenblick später erschienen das schüttere weiße Haar und das müde Gesicht eines Mannes von sechzig Jahren über der Bordkante. Da verstand Val, und zu spät ging ihm auf, wie viel sie ihm bedeutete.

IV

Als im Mai die Saison an der Riviera endete, verschlossen die Rostows und alle anderen Russen ihre Villen und zogen für den Sommer in den Norden. Auch die russisch-orthodoxe Kirche schloss ihre Pforten, die Fässer mit den erlesenen Weinen wurden verspundet, das elegante Mondlicht des Frühlings kam, wenn man so sagen will, auf den Speicher, um dort auf ihre Rückkehr zu warten.

»Wir sehen uns im nächsten Jahr«, sagten sie, eine Selbstverständlichkeit.

Aber es sollte anders kommen, sie kehrten nie mehr zurück. Diejenigen, die es nach fünf tragischen Jahren mit Müh und Not wieder in den Süden schafften, waren froh, wenn sie eine Arbeit als Zimmermädchen oder Kammerdiener in den großen Hotels bekamen, in denen sie einst diniert hatten. Viele von ihnen waren natürlich im Krieg oder der Revolution umgekommen; viele verbrachten ihre letzten Jahre als Schnorrer und kleine Ganoven in den großen Städten, und nicht wenige machten ihrem Leben in einer Art dumpfer Verzweiflung selbst ein Ende.

Als 1917 die Kerenski-Regierung zusammenbrach, war Val Leutnant an der Ostfront, versuchte verzweifelt, in seiner Truppe noch Autorität walten zu lassen, als längst keine Spur davon mehr bestand. Er war noch immer damit beschäftigt, als Fürst Pawel Rostow und seine Frau eines regnerischen Morgens die Sünden der Romanows mit ihrem Leben bezahlten – und die beneidenswerte Karriere von Morris Hasyltons Tochter in einer Stadt ihr Ende fand, die einem Schlachthaus tatsächlich noch ähnlicher sah, als es Chicago im Jahr 1892 getan hatte.

Danach kämpfte Val eine Zeit lang in Denikins Armee, bis er schließlich einsah, dass das, wofür er kämpfte, nur noch eine Farce war, der Glanz der russischen Zarenzeit vorüber. Darauf ging er nach Frankreich und musste sich ganz unvermittelt der verwirrenden Frage stellen, wovon er denn von nun an leben sollte.

Da lag der Gedanke, nach Amerika zu gehen, natürlich nahe. Zwei Verwandte, eine Art Tanten, mit denen seine Mutter sich vor vielen Jahren zerstritten hatte, lebten immer noch in vergleichsweisem Wohlstand dort. Aber die Vorstellung schien ihm, so wie seine Mutter ihn erzogen hatte, unmöglich, und er hätte auch nicht mehr das Geld für die Überfahrt gehabt. Er konnte nur hoffen, dass eine Konterrevolution ihm die Rostowschen Reichtümer in Russland zurückerstatten würde, und bis dahin musste er irgendwie sehen, wie er in Frankreich am Leben blieb.

Und so ging er also in die kleine Großstadt, die er am besten von allen kannte. Er ging nach Cannes. Mit seinen letzten zweihundert Francs kaufte er sich eine Fahrkarte dritter Klasse, und bei der Ankunft überließ er seinen Abendanzug einem Herrn, der mit dergleichen Dingen handelte und gern gefällig war, und erhielt im Gegenzug Geld für Unterkunft und Verpflegung. Später bereute er, dass er den Anzug verkauft hatte, denn der hätte ihm zu einer Stelle als Kellner verhelfen können. Aber er fand stattdessen Arbeit als Taxifahrer und war genauso glücklich, oder besser gesagt genauso unglücklich, dabei.

Manchmal fuhr er Amerikaner, die auf der Suche nach einer Mietvilla waren, und wenn das vordere Fenster des Passagierabteils aufgeklappt war, wehten kuriose Gesprächsfetzen zu ihm heraus.

»– gehört, der Bursche sei ein russischer Fürst.« …

»Psst!« … »Doch, der hier vorne.« … »Sei still, Esther« – und dann ein unterdrücktes Lachen.

Wenn der Wagen hielt, reckten seine Fahrgäste ein wenig die Hälse, um ihn anzusehen. Anfangs machte es ihn schwer unglücklich, wenn junge Frauen so etwas taten, aber bald hatte er sich daran gewöhnt. Einmal fragte ein lustig besäuselter Amerikaner ihn, ob die Geschichte stimme, und lud ihn zum Essen ein, ein andermal ergriff eine ältere Frau, als sie aus dem Taxi ausstieg, seine Hand, schüttelte sie heftig und steckte ihm dabei einen Hundertfrancschein hinein.

»Siehst du, Florence, jetzt kann ich zu Hause erzählen, dass ich einem russischen Fürsten die Hand geschüttelt habe.«

Der beschwipste Amerikaner, der ihn zum Essen eingeladen hatte, hatte Val anfangs für einen Zarensohn gehalten, und er musste ihm erklären, dass »Fürst« in Russland einfach nur ein Ehrentitel für einen Adligen war. Aber er konnte nicht verstehen, dass eine Persönlichkeit wie Val nicht draußen in der Welt echtes Geld verdiente.

»Wir sind hier in Europa«, erwiderte Val mit ernster Stimme. »Hier wird man nicht einfach reich. Entweder man erbt ein Vermögen oder man spart es über viele Jahre an, und über vielleicht drei Generationen steigt eine Familie in eine höhere Gesellschaftsschicht auf.«

»Ihr müsst euch etwas ausdenken, was die Leute haben wollen – so wie wir das machen.«

»Das geht in Amerika, weil die Leute das Geld haben,

etwas zu wollen. Alles, was die Leute hier wollen, hat sich schon vor langer Zeit jemand ausgedacht.«

Doch ein Jahr später, mit der Hilfe eines jungen Engländers, mit dem er vor dem Krieg Tennis gespielt hatte, bekam Val immerhin einen Posten bei einer englischen Bank, Zweigstelle Cannes. Er schickte Post weiter, besorgte Bahnfahrkarten, organisierte Ausflüge für Reisende, die nie Zeit hatten. Manchmal erschien ein vertrautes Gesicht an seinem Schalter; wenn die anderen Val erkannten, gab er ihnen die Hand, wenn nicht, schwieg er still. Binnen zwei Jahren sprach niemand mehr vom ehemaligen Fürsten, das Schicksal der Russen war inzwischen ein alter Hut – der Wohlstand, in dem die Rostows und ihre Freunde einmal gelebt hatten, vergessen.

Er ging nur wenig unter die Leute. Am Abend machte er einen kleinen Spaziergang auf der Promenade, trank bedächtig ein Glas Bier in einem Café und ging früh zu Bett. Nur selten wurde er eingeladen, denn die anderen fanden sein beklommenes, angespanntes Gesicht bedrückend – und er nahm die Einladungen ohnehin nie an. Er trug jetzt billige französische Anzüge statt der edlen Tweed- und Flanellstoffe, die sie zusammen mit denen für seinen Vater aus England hatten kommen lassen. Was Frauen anbelangte, da kannte er keine einzige. Unter den vielen Gewissheiten, die er mit siebzehn gehabt hatte, war dies die größte gewesen – dass sein Leben voller Liebschaften sein würde. Jetzt, acht Jahre später, wusste er, dass es nicht so war. Irgendwie hatte er nie Zeit für die Liebe gehabt – der Krieg, die Revolution und jetzt seine Armut hatten sich verschworen gegen sein hoffnungsvolles Herz. Der Quell seiner Leidenschaften, der in einer Aprilnacht zum ersten Mal gesprudelt war, war sogleich wieder versiegt, und nur ein winziges Rinnsal blieb noch davon.

Seine glückliche Jugend war zu Ende gewesen, fast bevor sie begann. Er sah sich dabei zu, wie er immer älter wurde, schäbiger, wie er mehr und mehr nur von der Erinnerung an seine wunderbare Jugend lebte. Allmählich wurde er zum Sonderling, jemand, der etwa ein Erbstück hervorzog, eine alte Taschenuhr, und sie den anderen jungen Angestellten zeigte, die sich dann darüber amüsierten und einander zuzwinkerten, wenn er vom Glanz des Rostowschen Namens erzählte.

Das waren die düsteren Gedanken, die ihm an einem Aprilabend des Jahres 1922 durch den Sinn gingen, als er über die Promenade spazierte und den erwachenden Lichtern zusah, ein Zauber, der nie seinen Reiz verlor. Jetzt galt dieser Zauber nicht mehr ihm, aber er war doch immer noch da, und das machte ihn irgendwie froh. Morgen würde er zu seinem Urlaub aufbrechen, in einem billigen Hotel ein Stück weiter die Küste hinunter, wo er baden und sich ausruhen und lesen konnte; dann würde er zurückkommen und wieder ein wenig arbeiten. Schon seit drei Jahren hatte er jedes Jahr seinen Urlaub in den letzten beiden Aprilwochen genommen, vielleicht weil um diese Zeit bei ihm die Sehnsucht, sich zu erinnern, am größten war. Im April war es gewesen, dass das, was zum besten Teil seines Lebens bestimmt war, seinen Höhepunkt gefunden hatte, im romantischen Licht des Mondes. Diese Zeit war ihm heilig – denn was er damals für den Anfang, die Initiation gehalten hatte, war, wie sich herausstellte, schon das Ende gewesen.

Vor dem Café des Étrangers hielt er inne, und einen Moment später überquerte er, einer Eingebung folgend, die Straße und schlenderte hinunter zum Strand. Ein Dutzend Jachten, die bereits im schönen Silberlicht strahlten, lag in der Bucht vor Anker. Er hatte die Boote schon am Nachmittag betrachtet und die Namenszüge an ihrem Bug gelesen – doch nur weil er es immer so hielt. Seit drei Jahren tat er das nun, und der Blick war ihm schon fast zur Gewohnheit geworden.

»Un beau soir«, ließ sich neben ihm eine französische Stimme vernehmen. Es war ein Bootsführer, der Val hier schon oft gesehen hatte. »Die See gefällt Ihnen, Monsieur?«

»Sehr.«

»Mir auch. Aber man kann kaum davon leben, außer in der Saison. Morgen allerdings, da habe ich Glück. Von morgen an bekomme ich guten Lohn einfach nur dafür, dass ich hier sitze und warte, von acht Uhr bis Mitternacht.«

»Das ist doch schön«, gab Val höflich zurück.

»Eine Dame aus Amerika, verwitwet, eine Schönheit; immer in den beiden letzten Aprilwochen kommt sie mit ihrer Jacht hierher. Wenn die Privateer morgen wieder hier einläuft, sind es drei Jahre.«

V

Die ganze Nacht über fand Val keinen Schlaf – nicht weil er hätte überlegen müssen, was er tun würde, sondern weil seine so lange betäubten Gefühle mit einem Male wieder erwacht und lebendig waren. Natürlich konnte er nicht zu ihr hinüberfahren – er als armseliger Versager, dessen Name nun nur noch ein Schatten war –, aber es würde ihn doch für den Rest seines Lebens ein wenig glücklicher machen, dies Wissen, dass sie sich erinnerte. Es gab seiner eigenen Erinnerung eine neue Dimension, verlieh ihr Tiefe wie jene stereoskopischen Brillen, mit denen aus einem flachen Blatt Papier ein dreidimensionales Bild erscheint. Jetzt war er überzeugt, dass er sich nicht getäuscht hatte – es hatte einen Augenblick gegeben, in dem er eine bezaubernde Frau beeindruckt hatte, und sie hatte ihn nicht vergessen.

Schon eine Stunde vor Abfahrtszeit war er am nächsten Tag mit seinem Koffer am Bahnhof, um jeder zufälligen Begegnung auf der Straße aus dem Weg zu gehen. Er suchte sich einen Platz in einem Dritter-Klasse-Abteil des wartenden Zuges.

Irgendwie kam ihm, während er dort saß und wartete, das Leben ganz anders vor – eine Art Hoffnung, schwach und unwirklich, die er vor vierundzwanzig Stunden noch nicht gespürt hatte. Vielleicht konnte er es im Lauf der kommenden Jahre ja doch so weit bringen, dass er eine Chance bekam, ihr noch einmal zu begegnen – wenn er hart arbeitete und energisch jede Gelegenheit, die sich ihm bot, ergriff.

Er wusste von zumindest zwei Russen in Cannes, die ihr Leben neu angefangen hatten, mit nichts außer Phantasie und guten Manieren, und die jetzt erstaunlich gut zurechtkamen. Ein wenig begann das Blut von Morris Hasylton in Vals Schläfen zu pochen, ihm kam wieder in den Sinn, was er so viele Jahre aus seinen Gedanken verbannt hatte – dass Morris Hasylton, der seiner Tochter einen Palast in Sankt Petersburg gebaut hatte, auch mit nichts angefangen hatte.

Zugleich machte sich eine weitere Regung bemerkbar, nicht so fremdartig, nicht so bewegend, aber genauso amerikanisch – der Wunsch zu wissen. Für den Fall – nun, für den Fall, dass ihm das Leben doch noch eine Möglichkeit verschaffte, bei ihr vorzusprechen, wollte er wenigstens ihren Namen wissen.

Er sprang vom Sitz, bekam in seiner Aufregung kaum die Abteiltür auf, war draußen. Seinen Koffer schleuderte er in die Gepäckaufbewahrung, dann rannte er zum amerikanischen Konsulat.

»Heute Morgen ist eine Jacht eingelaufen«, rief er, noch außer Atem, dem erstbesten Angestellten zu, »eine amerikanische Jacht – die Privateer. Ich brauche den Namen der Besitzer.«

»Einen Augenblick, bitte«, antwortete der Angestellte und sah ihn eigentümlich an. »Ich werde mich erkundigen.«

Val schien es eine Ewigkeit, bis der Mann zurückkam.

»Einen Augenblick noch«, sagte dieser zögernd. »Wir – anscheinend müssen wir noch rückfragen.«

»Ist die Jacht gekommen?«

»O ja – die ist hier. So viel ich weiß. Nehmen Sie doch einen Augenblick dort drüben Platz.«

Weitere zehn Minuten vergingen, Val blickte ungeduldig auf die Uhr. Wenn sie sich nicht beeilten, würde er wahrscheinlich seinen Zug verpassen. Er machte eine nervöse Bewegung, als ob er aufstehen wolle.

»Bleiben Sie, bitte«, bat ihn der Angestellte, der erschrocken von seinem Schreibtisch aufsah. »Ich bitte Sie. Bleiben Sie noch einen Moment sitzen.«

Val starrte den Mann an. Wieso war es für einen Büroangestellten so wichtig, ob er wartete oder nicht?

»Ich verpasse meinen Zug«, rief er ungeduldig. »Es tut mir leid, dass ich Ihnen so viel Mühe gemacht habe –«

»Bleiben Sie noch sitzen, bitte! Wir sind so froh, dass wir das endlich erledigen können. Sie müssen wissen, wir warten auf Ihre Anfrage schon seit – ähm – seit drei Jahren.«

Val sprang von seinem Stuhl auf und drückte sich energisch den Hut auf den Kopf.

»Warum haben Sie mir das nicht gesagt?«, schnauzte er den Mann an.

»Wir mussten erst unsere – unsere Auftraggeberin verständigen. Bitte gehen Sie nicht! Es – ah, zu spät.«

Val drehte sich um. Eine schlanke, strahlende Gestalt stand in der Tür, mit dunklen, verängstigten Augen, umrahmt vom Sonnenlicht der Straße draußen.

»Aber –«

Vals Mund stand offen, doch er brachte kein Wort hervor. Sie kam einen Schritt auf ihn zu.

»Ich –« Sie sah ihn hilflos an, ihre Augen füllten sich mit Tränen. »Ich wollte einfach nur Hallo sagen«, hauchte sie. »Seit drei Jahren komme ich hierher zurück, weil ich Hallo sagen wollte.«

Noch immer schwieg Val.

»Sie könnten mir etwas antworten.« Jetzt klang es ungeduldig. »Sie könnten mir etwas antworten, wo ich – wo ich ja fast schon geglaubt habe, dass Sie im Krieg umgekommen sind.« Sie wandte sich an den Angestellten. »Machen Sie uns miteinander bekannt!«, rief sie. »Denn sehen Sie, ich kann doch nicht Hallo zu ihm sagen, wenn wir beide nicht einmal wissen, wie der andere heißt.«

Natürlich muss man solchen Ehen zwischen den Kulturen misstrauen. In Amerika ist es Tradition, dass sie schlecht ausgehen, und wir sind an die typischen Schlagzeilen gewöhnt, »Herzogin gesteht: Würde Adelskrone gegen echt amerikanische Liebe tauschen« oder »Verarmter Graf misshandelt spanische Ehefrau«. Die gegenteiligen Schlagzeilen findet man nie, denn wer würde die schon lesen: »›Unser Schloss ist ein Liebesnest‹, sagt ehemalige Miss Georgia« oder »Herzog und Kaufmannstochter feiern goldene Hochzeit«.

Bisher hat es über die jungen Rostows noch überhaupt keine Schlagzeilen gegeben. Fürst Val ist viel zu sehr mit seiner mondscheinblauen Taxiflotte beschäftigt, als dass er Interviews geben könnte, und leitet die Firma mit großem Geschick. Nur einmal im Jahr verlassen er und seine Ehefrau New York – aber in Cannes gibt es noch immer einen Bootsführer, der selig ist, wenn in einer Nacht Mitte April die Privateer in den Hafen einläuft.

Alexander Puschkin

Der Schneesturm

Ende des Jahres 1811, in der uns allen denkwürdigen Zeit, lebte auf seinem Landgute Neparadowo der wackere Gawrila Gawrilowitsch R. Er war durch seine Gastfreundlichkeit und Gutmütigkeit in der ganzen Gegend bekannt. Die Nachbarn kamen jeden Tag zu ihm auf Besuch, um zu essen und zu trinken oder mit seiner Gattin, Praskowja Petrowna, Boston zu fünf Kopeken den Point zu spielen; viele auch, um ihre Tochter, Marja Gawrilowna, ein schlankes, bleiches siebzehnjähriges Mädchen, zu sehen. Sie galt als reiche Partie, und viele ersehnten sie für sich oder für ihre Söhne.

Marja Gawrilowna war mit französischen Romanen erzogen worden und folglich verliebt. Ihr Auserwählter war ein armer Fähnrich von der Linie, der sich auf Urlaub auf dem Lande aufhielt. Es versteht sich von selbst, dass im Busen des jungen Mannes die gleiche Leidenschaft loderte und dass die Eltern seiner Geliebten, als sie ihre gegenseitige Zuneigung merkten, der Tochter untersagten, an ihn nur zu denken, und ihn bei seinen Besuchen noch unfreundlicher aufnahmen als irgendeinen verabschiedeten Assessor.

Unsere Verliebten tauschten häufig Briefe aus und

sahen sich täglich unter vier Augen im Fichtengehölz oder bei der alten Kapelle. Dort schwuren sie einander ewige Liebe, beklagten ihr Los und schmiedeten allerlei Pläne. Nach den vielen Gesprächen und Briefen gelangten sie (was ja sehr natürlich ist) zu folgendem Schluss: »Da wir ohneeinander nicht atmen können und der Wille der grausamen Eltern unserm Glücke im Wege steht, könnten wir uns da nicht auch ohne ihre Einwilligung behelfen?« Es versteht sich, dass dieser glückliche Gedanke zuerst dem jungen Mann gekommen war und der romantischen Phantasie Marja Gawrilownas außerordentlich zusagte.

Der eingetretene Winter machte ihren Zusammenkünften ein Ende; ihr Briefwechsel wurde aber umso lebhafter. Wladimir Nikolajewitsch beschwor sie in einem jeden seiner Briefe, die Seinige zu werden: sich mit ihm heimlich trauen zu lassen, eine Zeit lang in einem Versteck zu leben und dann den Eltern zu Füßen zu stürzen; die Eltern aber würden sich von der heroischen Treue und dem Unglück der Liebenden rühren lassen und sicherlich sagen: »Kinder! Kommt in unsere Arme.«

Marja Gawrilowna schwankte; viele Fluchtpläne wurden von ihr nacheinander verworfen. Endlich willigte sie ein: An dem für die Entführung bestimmten Tage sollte sie nicht zu Abend essen und sich, Kopfweh vorschützend, in ihr Zimmer zurückziehen. Dann sollte sie mit ihrer Zofe, die in die Verschwörung eingeweiht war, durch den Hinterflur in den Garten gehen, hinter dem Garten einen angespannten Schlitten vorfinden, in diesen einsteigen und etwa fünf Werst weit nach dem Dorf Schadrino direkt zur Kirche fahren, wo Wladimir sie schon erwarten würde.

Die Nacht vor dem entscheidenden Tage konnte Marja Gawrilowna keinen Schlaf finden; sie packte ihre Sachen, band Wäsche und Kleider zu einem Bündel zusammen und schrieb einen langen Brief an ihre Freundin, ein sehr empfindsames junges Mädchen, und einen zweiten an ihre Eltern. Sie nahm von ihnen in den rührendsten Ausdrücken Abschied, entschuldigte ihren Schritt mit der unüberwindlichen Macht der Leidenschaft und schloss mit den Worten, dass sie den Augenblick, in dem sie ihren teuren Eltern zu Füßen fallen dürfte, für den glücklichsten ihres Lebens betrachten würde. Nachdem sie beide mit einem in Tula verfertigten Petschaft, auf dem zwei flammende Herzen, von einer entsprechenden Inschrift umgeben, dargestellt waren, versiegelt hatte, warf sie sich beim Tagesgrauen auf ihr Lager und schlummerte ein, wurde aber fortwährend von furchtbaren Traumbildern aufgeschreckt. Bald schien es ihr, dass ihr Vater gerade in dem Augenblick, da sie in den Schlitten stieg, um zur Trauung zu fahren, sie überraschte, mit schmerzvoller Schnelligkeit über den Schnee schleifte und in ein finsteres, fensterloses Verließ stieße … sie stürzte kopfüber hinab, während ihr Herz sich unaussprechlich zusammenkrampfte; bald sah sie Wladimir blass und verblutend im Grase liegen; im Sterben beschwor er sie mit herzzerreißender Stimme, sich sofort mit ihm trauen zu lassen. Noch viele andere gestaltlose und sinnlose Schreckbilder schwebten eines nach dem andern vor ihren Blicken. Als sie endlich aufstand, war sie blasser als sonst und hatte wirkliches Kopfweh. Vater und Mutter merkten sofort ihre Unruhe; die zärtliche Besorgtheit der Eltern und ihre unaufhörlichen Fragen: »Was hast du, Mascha? Bist du nicht wohl, Mascha?« schnitten sie ins Herz. Sie versuchte, sich zu beruhigen und sorglos zu erscheinen, brachte es aber nicht fertig. Indessen wurde es Abend. Der Gedanke, dass sie den scheidenden Tag zum allerletzten Mal inmitten der Ihrigen begleite, bedrückte sie schwer. Sie war mehr tot als lebendig; im Geiste verabschiedete sie sich schon von allen Personen und Gegenständen, die sie umgaben. Das Abendessen wurde aufgetragen; ihr Herz begann heftig zu pochen. Mit bebender Stimme erklärte sie, dass sie heute nicht zu Abend essen würde, und wünschte den Eltern gute Nacht. Diese küssten sie und gaben ihr, wie jeden Abend, ihren Segen; sie fing dabei beinahe zu weinen an. Als sie in ihr Zimmer kam, ließ sie sich in einen Sessel fallen und brach in Tränen aus. Die Zofe beschwor sie, sich zu beruhigen und Mut zu fassen. Alles war schon bereit. In einer halben Stunde schon sollte Mascha dem Elternhause, ihrem Zimmer und dem stillen Mädchendasein für immer Lebewohl sagen …

Draußen tobte ein Schneesturm; der Wind heulte, die Fensterläden bebten und klopften; alles erschien ihr drohend und unheilkündend. Bald war es im Hause still; alle schliefen. Mascha hüllte sich in ihren Schal, zog sich einen warmen Mantel an, nahm ihr Köfferchen in die Hand und trat auf den Hinterflur. Die Zofe folgte ihr mit zwei Bündeln. Sie gingen in den Garten hinunter. Der Schneesturm wütete noch immer; der Wind blies Mascha ins Gesicht, wie wenn er die junge Missetäterin aufhalten wollte. Mit großer Mühe gelangten sie an das Ende des Gartens. Auf der Straße wartete schon der Schlitten. Die durchfrorenen Pferde wollten nicht mehr ruhig stehen; Wladimirs Kutscher ging vor den Deichselstangen auf und ab und bemühte sich, die Ungeduldigen zu halten. Er half dem Fräulein und der Zofe in den Schlitten zu steigen und die Bündel und das Köfferchen unterzubringen, ergriff die Zügel, und die Pferde rasten dahin. Wir wollen aber das Fräulein der Sorge des Schicksals und der Kunst des Kutschers Terjoschka anvertrauen und uns zu unserm jungen Liebhaber wenden.

Wladimir war den ganzen Tag unterwegs. Am Morgen besuchte er den Priester von Schadrino und einigte sich mit ihm, nicht ohne Mühe. Dann begab er sich auf die Suche nach Trauzeugen zu den benachbarten Gutsbesitzern. Der erste, den er aufsuchte, der vierzigjährige ehemalige Kornett Drawin, willigte mit Freuden ein. Dieses Abenteuer, behauptete er, erinnere ihn an die Husarenstreiche seiner Jugend. Er bewog Wladimir, bei ihm zu Mittag zu essen, und versicherte ihm, dass die zwei noch fehlenden Zeugen sich unschwer finden lassen würden. Gleich nach dem Essen erschienen tatsächlich der Geometer Schmidt, der einen Schnurrbart und Sporen trug, und der Sohn des Landpolizeihauptmanns, ein etwa sechzehnjähriger

Junge, der vor Kurzem bei den Ulanen eingetreten war. Sie nahmen Wladimirs Vorschlag nicht nur an, sondern erklärten sich auch bereit, für ihn ihr Leben aufs Spiel zu setzen. Wladimir schloss sie entzückt in seine Arme und fuhr nach Hause, um die letzten Vorbereitungen zu treffen.

Es dämmerte schon seit geraumer Zeit. Wladimir schickte seinen verlässlichen Terjoschka mit einer Troika und genauer und ausführlicher Instruktion nach Neparadowo, ließ sich den kleinen einspännigen Schlitten geben und fuhr allein ohne Kutscher nach Schadrino, wo nach etwa zwei Stunden auch Marja Gawrilowna eintreffen sollte. Der Weg war ihm gut bekannt, und die Fahrt dauerte gewöhnlich nur zwanzig Minuten.

Kaum hatte aber Wladimir das Dorf verlassen, als sich ein Wind erhob und ein solcher Schneesturm losbrach, dass er nichts mehr sehen konnte. Die Straße war in einem Augenblick unter den Schneemassen verschwunden; ein trüber, gelblicher Nebel, durch den die weißen Schneeflocken flogen, verdeckte den Ausblick; der Himmel floss mit der Erde in eins zusammen; Wladimir sah sich plötzlich mitten im freien Feld und machte vergebliche Versuche, wieder auf die Straße zu gelangen. Das Pferd lief aufs Geratewohl; bald fuhr es in einen Schneehaufen hinein, bald versank es in einen Graben; der Schlitten kippte jeden Augenblick um. Wladimir war nur auf das eine bedacht: die Richtung nicht zu verlieren. Es war aber schon, wie ihm schien, mehr als eine halbe Stunde vergangen, und er hatte das Gehölz von Schadrino noch immer nicht erreicht.

Es vergingen noch zehn Minuten – vom Gehölz war noch immer nichts zu sehen. Wladimir fuhr über ein Feld, das von tiefen Gräben durchzogen war. Der Schneesturm wollte sich nicht legen und der Himmel sich nicht aufklären.

Das Pferd begann müde zu werden, und er selbst kam in Schweiß, obwohl er jeden Augenblick bis an den Gürtel in den Schnee versank.

Bald merkte er, dass er in falscher Richtung fuhr. Wladimir hielt an, überlegte sich seine Lage und kam zur Überzeugung, dass er etwas mehr nach rechts fahren müsse. Er fuhr nach rechts. Das Pferd bewegte vor Müdigkeit kaum die Beine. Er war schon mehr als eine Stunde unterwegs. Schadrino musste ganz in der Nähe sein. Er fuhr aber immer weiter, und das Feld nahm kein Ende. Immer neue Schneehaufen und Gräben; der Schlitten kippte immer wieder um, und er musste ihn immer wieder aufrichten. Die Zeit verging; Wladimir wurde nun ernsthaft unruhig.

Endlich zeigte sich seitwärts etwas Dunkles. Wladimir lenkte das Pferd in diese Richtung. Als er näher kam, sah er, dass es ein Gehölz war. »Gott sei Dank«, sagte er sich. »Jetzt ist es nicht mehr weit.« Er fuhr am Gehölz entlang, denn er hoffte, entweder auf die ihm wohlbekannte Landstraße zu kommen oder das Gehölz zu umbiegen; Schadrino musste ja gleich dahinter liegen. Bald fand er den Weg und fuhr in das Dunkel der Bäume, die der Winter ihres Laubes beraubt hatte.

Der Wind konnte hier nicht mehr so furchtbar wüten; die Straße war eben, das Pferd fasste neuen Mut, und Wladimir beruhigte sich. Er fuhr aber und fuhr, doch von Schadrino war immer noch nichts zu sehen, das Gehölz wollte kein Ende nehmen. Wladimir merkte mit Schrecken, dass er in einen ihm unbekannten Wald geraten war. Verzweiflung bemächtigte sich seiner. Er gab dem Pferd die Peitsche; das arme Tier versuchte Trab zu laufen, wurde aber bald müde und ging schon nach einer Viertelstunde, trotz aller Bemühungen des unglücklichen Wladimirs, wieder im Schritt.

Allmählich lichtete sich das Dickicht, und Wladimir fuhr aus dem Walde heraus. Von Schadrino war nichts zu sehen. Es mochte gegen Mitternacht sein. Tränen traten ihm in die Augen; er fuhr aufs Geratewohl weiter. Der Sturm hatte sich gelegt, die Wolken verzogen sich; vor ihm lag ein von einem weißen, welligen Teppich bedecktes Tal. Die Nacht war ziemlich hell. Er entdeckte in der Nähe ein Dörfchen, das aus vier oder fünf Höfen bestand. Wladimir fuhr auf das Dörfchen zu. Beim ersten Bauernhause sprang er aus dem Schlitten, lief auf ein Fenster zu und begann zu klopfen. Nach einigen Minuten ging der hölzerne Laden auf, und ein alter Mann streckte seinen grauen Bart heraus. »Was willst du?« – »Ist es weit bis Schadrino?« – »Ob es bis Schadrino weit ist?« – »Ja, ja. Ist es weit?« – »Gar nicht weit: an die zehn Werst.« Als Wladimir diese Antwort hörte, fuhr er sich in die Haare und erstarrte wie ein zum Tode Verurteilter. »Und wo kommst du her?«, fuhr der Alte fort.

Wladimir hatte aber nicht den Mut, seine Frage zu beantworten. »Alter«, wandte er sich an ihn, »kannst du mir Pferde nach Schadrino verschaffen?« – »Woher sollen wir Pferde haben?«, antwortete der Bauer. »Kann ich vielleicht einen Führer bekommen, der den Weg nach Schadrino kennt. Ich will ihm bezahlen, soviel er verlangt.« – »Wart einmal«, sagte der Alte, den Fensterladen schließend, »ich will dir meinen Sohn schicken; er wird dich begleiten.« Wladimir begann zu warten. Es war aber noch keine halbe Minute vergangen, als er wieder zu klopfen anfing. Der Laden ging auf, und der graue Bart zeigte sich wieder. »Was willst du?« – »Wo bleibt denn dein Sohn?« – »Gleich kommt er: Er zieht sich die Stiefel an. Friert es dich vielleicht? Komm nur herein und wärme dich.« – »Ich danke. Schicke schneller deinen Sohn heraus.«

Bald knarrte das Tor. Ein Bursche, mit einem dicken Knüttel in der Hand, kam heraus und ging vor dem Schlitten her, den schneeverwehten Weg bald zeigend und bald suchend. »Wie spät ist es?«, fragte ihn Wladimir. »Es wird wohl bald tagen«, antwortete der junge Bauer. Wladimir sprach nun kein Wort mehr. Die Hähne krähten, und es war schon hell, als sie Schadrino erreichten. Die Kirche war geschlossen. Wladimir bezahlte seinen Führer und fuhr zum Geistlichen. Auf dessen Hofe war aber keine Troika zu sehen. Was für eine Nachricht erwartete ihn da!

Kehren wir aber zu den braven Gutsbesitzern von Neparadowo zurück und sehen wir, was bei ihnen vorgeht.

Nichts Besonderes.

Die Alten standen wie jeden Morgen auf und kamen in die gute Stube: Gawrila Gawrilowitsch in Nachtmütze und Flausjacke, Praskowja Petrowna in wattiertem Schlafrock. Als der Samowar aufgetragen war, schickte Gawrila Gawrilowitsch ein Mädchen zu Marja Gawrilowna, sie zu fragen, wie es ihr heute ginge und wie sie geschlafen habe. Das Mädchen kam zurück und meldete, dass das gnädige Fräulein sehr schlecht geschlafen habe, sich aber jetzt schon etwas besser fühle und bald kommen werde. Die Tür ging tatsächlich auf, und Marja Gawrilowna trat ein, um Papa und Mama zu begrüßen.

»Wie ist es mit deinem Kopfweh, Mascha?«, fragte Gawrila Gawrilowitsch. – »Es geht schon besser, Papachen«, antwortete Mascha. – »Es kommt wohl vom Ofendunst«, meinte Praskowja Petrowna. – »Ja, wahrscheinlich, Mamachen«, erwiderte Mascha.

Der Tag verlief glücklich, aber gegen Abend wurde Mascha krank. Man schickte in die Stadt nach einem Arzt. Dieser kam sehr spät und traf die Kranke im Delirium an. Sie hatte heftiges Fieber, und die Ärmste schwebte zwei Wochen lang zwischen Leben und Tod. Niemand im Hause wusste etwas von der geplanten Flucht. Die Briefe, die Mascha am Vorabend geschrieben, hatte sie verbrannt; die Zofe sagte aus Furcht vor dem Zorn der Herrschaft niemandem ein Wort. Der Geistliche, der ehemalige Kornett, der Geometer mit dem Schnurrbart und der kleine Ulan waren diskret und hatten wohl ihre Gründe dafür. Der Kutscher Terjoschka verschnappte sich selbst im Rausche nicht. So wurde das Geheimnis von dem halben Dutzend Mitverschworener treu behütet. Doch Marja Gawrilowna selbst verriet es in ihrem fortwährenden Delirium. Ihre Worte waren aber so wirr, dass die Mutter, die das Krankenzimmer für keinen Augenblick verließ, aus ihnen nur das eine verstehen konnte, dass ihre Tochter sterblich in Wladimir Nikolajewitsch verliebt sei und dass die Erkrankung wahrscheinlich mit dieser Liebe zusammenhänge. Sie beriet sich mit ihrem Gatten und einigen Nachbarn, und alle kamen überein, dass es dem jungen Mädchen wohl vom Schicksal so beschieden sei, dass niemand dem ihm vom Himmel vorausbestimmten Ehegenossen entrinnen könne, dass Armut keine Schande sei, dass man nicht das Geld, sondern den Menschen heirate und so weiter. Moralische Sprichwörter pflegen ungemein nützlich in solchen Fällen zu sein, wo man selbst keinerlei Rechtfertigung zu ersinnen vermag. Das junge Mädchen erholte sich indessen wieder. Wladimir hatte sich schon lange nicht mehr in Gawrila Gawrilowitschs Hause blicken lassen. Die Behandlung, die ihm hier immer zuteil wurde, schreckte ihn wohl ab. Es wurde beschlossen, ihn kommen zu lassen, um ihm das unerwartete Glück: die Einwilligung auf die Ehe zu verkünden. Wie groß war aber das Erstaunen der Gutsbesitzer von Neparadowo, als sie von ihm als Antwort auf die Einladung einen halb verrückten Brief erhielten. Er teilte ihnen mit, dass er seinen Fuß nie wieder über ihre Schwelle setzen würde, und bat sie, den Unglücklichen, für den der Tod nun die einzige Hoffnung sei, zu vergessen. Nach einigen Tagen erfuhren sie, dass Wladimir wieder in sein Regiment eingerückt war. Das geschah im Jahre 1812. Man konnte sich lange nicht entschließen, dies der genesenden Mascha zu melden. Sie sprach nie mehr von Wladimir. Als sie einige Monate später seinen Namen unter denen, die sich bei Borodino ausgezeichnet hatten und schwer verwundet waren, las, fiel sie in Ohnmacht, und man fürchtete schon, dass ihre Krankheit zurückkehren würde. Der Ohnmachtsanfall hatte aber, Gott sei Dank, keine ernsten Folgen.

Sie wurde von einem anderen Kummer heimgesucht: Gawrila Gawrilowitsch verschied und ließ sie als Erbin seines ganzen Besitzes zurück. Die Erbschaft gab ihr aber keinen Trost; sie teilte aufrichtig die Trauer Praskowja Petrownas und schwor, sich niemals von ihr trennen zu wollen. Die beiden verließen Neparadowo, die Stätte trauriger Erinnerungen, und zogen auf ihr ***sches Gut. Die Freier umschwirrten auch hier das hübsche und reiche Mädchen; sie gab aber niemand auch die leiseste Hoffnung. Die Mutter redete ihr manchmal zu, sich einen Ehegenossen zu wählen. Marja Gawrilowna schüttelte aber nur den Kopf und wurde nachdenklich. Wladimir weilte nicht mehr unter den Lebenden: Er war zu Moskau, am Vorabend des Einzuges der Franzosen, gestorben. Sein Andenken schien Mascha heilig zu sein; jedenfalls bewahrte sie alles, was an ihn erinnerte, treulich auf: die Bücher, die er einst gelesen, seine Zeichnungen, Noten und die Verse, die er für sie abgeschrieben. Die Nachbarn, die solches hörten, bewunderten ihre Standhaftigkeit und erwarteten mit Neugier den Helden, der über die rührende Treue der jugendlichen Artemis triumphieren würde.

Der Krieg war indessen ruhmvoll beendet. Unsere Heere kehrten aus dem Auslande zurück. Das Volk eilte ihnen entgegen. Die Regimentskapellen spielten die im Feldzuge eroberten Weisen: »Vive Henri-Quatre«, »Tyroler Walzer« und Arien aus der »Joconde«. Die Offiziere, die als halbe Knaben ins Feld gezogen waren, kehrten, im Pulverdampf der Schlachten zu Männern geworden, mit Ehrenkreuzen geschmückt, heim. Die Soldaten plauderten lustig miteinander, fortwährend deutsche und französische Worte in ihre Rede mischend. Unvergessliche Zeit! Die Zeit des Ruhmes und der Begeisterung! Wie stark pochte das russische Herz beim Klange des Wortes »Vaterland«! Wie süß waren die Freudentränen des Wiedersehens! Wie einmütig verbanden wir das Gefühl des nationalen Stolzes mit der Liebe zum Kaiser! Und für diesen selbst – welche Augenblicke!

Die Frauen, die russischen Frauen waren damals unvergleichlich. Ihre gewöhnliche Kühle war verschwunden. Ihr Entzücken war wahrlich berauschend, als sie die Sieger mit »Hurra!« begrüßten und in die Luft die Häubchen warfen …

Wer von den damaligen Offizieren wird nicht zugeben, dass er von der russischen Frau den besten, den kostbarsten Lohn empfing … Marja Gawrilowna lebte um diese glanzvolle Zeit mit ihrer Mutter im ***schen Gouvernement und sah gar nicht, wie die beiden

Residenzen die zurückgekehrten Truppen feierten. In der Provinz und auf dem flachen Lande war die allgemeine Begeisterung vielleicht noch stärker. Das Erscheinen eines Offiziers in solchen Gegenden war ein wahrer Triumph, und ein Liebhaber in Zivilfrack konnte neben ihm gar nicht aufkommen. Wie gesagt, war Marja Gawrilowna trotz ihrer Kälte nach wie vor von Bewerbern umgeben. Alle mussten aber weichen, als der verwundete Husarenhauptmann Burmin mit dem Georgskreuze im Knopfloch und der »interessanten Blässe«, wie sich die damaligen jungen Damen ausdrückten, im Gesicht auf ihrem Schlosse erschien. Er war an die sechsundzwanzig Jahre alt. Er verbrachte den Urlaub auf seinen Besitzungen, die in der Nähe des Gutes Marja Gawrilownas lagen. Marja Gawrilowna zeichnete ihn vor allen anderen aus. In seiner Gegenwart wich ihre gewöhnliche Versonnenheit einem lebhafteren Gemütszustand. Man kann nicht behaupten, dass sie mit ihm kokettierte, aber ein Dichter, der ihr Benehmen sähe, würde gesagt haben:

»Se amor non é, che dunche?«

Burmin war in der Tat ein liebenswürdiger junger Mann. Er besaß gerade jenen Geist, der den Damen so gut gefällt: den Geist des Anstandes und der Aufmerksamkeit ganz ohne Anmaßung, doch mit gutmütigem Humor. Sein Benehmen Marja Gawrilowna gegenüber war einfach und ungezwungen; doch was sie auch sagen oder tun mochte, seine Seele und seine Blicke folgten ihr. Er schien einen stillen und bescheidenen Charakter zu haben, aber es wurde behauptet, dass er einst ein schlimmer Taugenichts gewesen sei, was ihm übrigens in Marja Gawrilownas Augen durchaus nicht zu schaden vermochte, da sie (wie alle jungen Damen) gern alle Streiche verzieh, die Kühnheit und feuriges Temperament verrieten.

Doch mehr als alles andere … (mehr als seine zärtliche Veranlagung, mehr als seine angenehme Unterhaltungsgabe, als seine interessante Blässe, als sein verwundeter Arm), mehr als das alles war es das Schweigen des jungen Husaren, das ihre Neugier und Phantasie reizte. Sie konnte sich nicht verhehlen, dass sie ihm sehr gefiel; wahrscheinlich hatte auch er bei seinem Geist und seiner Erfahrung schon bemerkt, dass sie ihn vor den andern auszeichnete; wie war es nun zu erklären, dass sie ihn noch immer nicht zu ihren Füßen gesehen und sein Geständnis nicht zu hören bekommen? Was hielt ihn zurück? Schüchternheit, die von wahrer Liebe unzertrennlich ist, Stolz oder die Koketterie eines schlauen Schürzenjägers? Das war ihr ein Rätsel. Als sie sich das alles ordentlich überlegt hatte, sagte sie sich, dass Schüchternheit der einzige Grund seiner Zurückhaltung sein müsse, und sie entschloss sich, ihn durch erhöhte Aufmerksamkeit und, wenn es die Umstände verlangten, selbst durch Zärtlichkeit zu ermutigen. Sie war auf eine höchst unerwartete Lösung gefasst und erwartete mit Ungeduld den Augenblick der romantischen Liebeserklärung. Jedes Geheimnis, ganz gleich welcher Natur, ist den Frauenherzen unerträglich. Ihre strategischen Maßnahmen führten zum erwünschten Erfolg; Burmin versank jedenfalls in so tiefe Nachdenklichkeit, und seine schwarzen Augen blickten mit solchem Feuer auf Marja Gawrilowna, dass der entscheidende Moment ganz nahe zu sein schien. Die Nachbarn sprachen von der Hochzeit als von einer beschlossenen Tatsache, und die gute Praskowja Petrowna freute sich, dass ihre Tochter endlich einen würdigen Bräutigam gefunden habe. Die alte Dame saß einmal im Wohnzimmer, mit einer Grand-Patience beschäftigt, als Burmin ins Zimmer trat und sich sofort nach Marja Gawrilowna erkundigte. »Sie ist im Garten«, antwortete die Mutter, »gehen Sie zu ihr, ich werde Sie hier erwarten.« Burmin ging hinaus, und die alte Dame bekreuzigte sich und dachte: Vielleicht wird die Sache heute zur Entscheidung kommen!

Burmin traf Marja Gawrilowna am Teiche, unter einer Weide, mit einem Buche in der Hand – als echte Romanheldin. Nachdem die ersten Fragen ausgetauscht waren, ließ Marja Gawrilowna das Gespräch absichtlich stocken, die beiderseitige Verlegenheit auf diese Weise dermaßen vergrößernd, dass nur eine plötzliche und entscheidende Erklärung befreiend wirken könnte. So kam es auch: Als Burmin die Schwierigkeit seiner Lage merkte, erklärte er, dass er schon längst eine Gelegenheit gesucht habe, vor ihr sein Herz zu enthüllen, und bat sie um eine Minute Gehör. Marja Gawrilowna machte das Buch zu und senkte zum Zeichen des Einverständnisses die Augen. »Ich liebe Sie«, begann Burmin, »ich liebe Sie leidenschaftlich …« (Marja Gawrilowna errötete und ließ den Kopf noch tiefer sinken.) »Ich handelte leichtsinnig, als ich mich der süßen Gewohnheit, Sie alltäglich zu sehen und zu hören, hingab ...« (Marja Gawrilowna musste an den ersten Brief des St. Preux denken.) »Nun ist es zu spät, mich meinem Schicksale zu widersetzen: Die Erinnerung an Sie, Ihr liebes, unvergleichliches Bild, wird nun die ewige Qual und die ewige Wonne meines Lebens sein; eine schwere Pflicht ist aber noch zu erfüllen: Ich muss Ihnen ein schreckliches Geheimnis enthüllen und damit eine unüberwindliche Schranke zwischen uns errichten ...« – »Diese Schranke hat schon immer bestanden«, unterbrach ihn Marja Gawrilowna lebhaft, »niemals konnte ich die Ihre werden.« – »Ich weiß es«, antwortete er leise, »ich weiß, dass Sie schon einmal geliebt haben; aber der Tod und die drei Jahre der Trauer ... Liebe, gute Marja Gawrilowna, versuchen Sie nicht, mir meinen letzten Trost zu rauben: den Gedanken, dass Sie bereit wären, mein ganzes Glück zu sein, wenn ...« – »Schweigen Sie, um Gottes willen, schweigen Sie. Sie quälen mich.« – »Ja, ich weiß, ich fühle es, dass Sie die Meinige werden würden, aber ich, ich unseligstes Geschöpf – ich bin schon verheiratet.«

Marja Gawrilowna blickte ihn erstaunt an. »Ich bin verheiratet«, fuhr Burmin fort, »seit vier Jahren schon, und ich weiß nicht, wer meine Frau ist, wo sie weilt und ob es mir beschieden ist, sie je wiederzusehen.« »Was sagen Sie?!«, rief Marja Gawrilowna aus. »Wie seltsam. Fahren Sie fort; ich will Ihnen später erzählen, aber fahren Sie um Gottes willen fort.«

»Zu Beginn des Jahres 1812«, erzählte Burmin, »eilte ich nach Wilna, wo sich unser Regiment befand. Als ich eines Abends zur späten Stunde auf eine Station kam und sofort anzuspannen begann, erhob sich ein furchtbarer Schneesturm, und der Stationsaufseher und die Kutscher rieten mir, abzuwarten. Ich folgte ihnen, aber eine unbegreifliche Unruhe bemächtigte sich meiner; mir war es, als ob mich jemand fortwährend stieße. Der Schneesturm wollte sich nicht legen. Ich hielt es nicht länger aus, gab wieder den Befehl anzuspannen und setzte trotz des Sturmes meine Reise fort. Der Kutscher hatte den Einfall, über den Fluss zu fahren, was die Reise um drei Werst abkürzen sollte. Die Flussufer waren vom Schnee verweht. Der Kutscher verpasste die Stelle, wo man wieder auf die Landstraße kommen konnte, und so gerieten wir in eine gänzlich unbekannte Gegend. Der Sturm wütete noch immer. Ich sah einen Lichtschein und ließ auf dieses Ziel fahren. Wir kamen in ein Dorf; in der hölzernen Kirche brannte Licht. Die Kirchentür stand offen; hinter der Kirchenmauer warteten einige Schlitten, und vor dem Eingang gingen Menschen auf und ab. ›Hierher, hierher‹, riefen einige Stimmen. Ich befahl dem Kutscher, vor der Kirche zu halten. ›Mein Gott, wo bliebst du so lange?‹, sagte mir jemand: ›Die Braut ist ohnmächtig; der Pope weiß nicht, was zu tun; wir wollten schon nach Hause fahren. Komm aber schnell her!‹ Ich sprang schweigend aus dem Schlitten und trat in die Kirche, die von zwei oder drei Kerzen schwach erleuchtet war. Ein Mädchen saß auf einer Bank in einer finsteren Ecke; ein anderes rieb ihr die Schläfen. ›Gott sei Dank‹, sagte das letztere: ›Wir haben Sie kaum erwarten können. Sie haben das Fräulein beinahe getötet.‹ Der alte Geistliche ging auf mich zu und fragte: ›Sollen wir beginnen?‹ – ›Ja, beginnen Sie, Hochwürden, beginnen Sie‹, antwortete ich zerstreut. Man hob das Mädchen auf. Es erschien mir recht hübsch … Ein unerklärlicher, unverzeihlicher Leichtsinn … Ich stellte mich neben sie vor den Altar; der Priester hatte große Eile; die drei Männer und die Zofe stützten die Braut und waren mit ihr allein beschäftigt. So traute man uns. ›Küsst euch‹, sagte man uns. Meine Frau wandte mir ihr blasses Gesicht zu. Ich wollte sie schon küssen … Sie schrie aber auf: ›Ach, er ist's nicht, er ist's nicht!‹ und fiel wieder in Ohnmacht. Die Zeugen richteten auf mich ihre erstaunten Blicke. Ich wandte mich um, verließ ungehindert die Kirche, stürzte in den Schlitten und schrie: ›Los!‹« »Mein Gott«, rief Marja Gawrilowna aus. »Und Sie wissen gar nicht, was aus Ihrer armen Frau geworden ist?« »Ich weiß es nicht«, antwortete Burmin, »ich weiß nicht, wie das Dorf heißt, in dem ich getraut wurde, und von welcher Station ich hingekommen war. Damals legte ich meinem verbrecherischen Streich so wenig Bedeutung bei, dass ich gleich, nachdem ich die Kirche verlassen hatte, einschlief und erst am nächsten Morgen auf der dritten Station erwachte. Mein Diener, der mich damals begleitete, starb während des Feldzuges, und so habe ich gar keine Hoffnung, diejenige zu finden, mit der ich den grausamen Streich gespielt habe und die nun so grausam gerächt ist.« »Mein Gott, mein Gott!«, sagte Marja Gawrilowna, seine Hand ergreifend. »Also Sie waren es! Und Sie erkennen mich nicht?« Burmin erbleichte und stürzte ihr zu Füßen …

Oscar Wilde

Das Gespenst von Canterville

I

Als Mr Hiram B. Otis, der amerikanische Gesandte, Schloss Canterville kaufte, sagte ihm ein jeder, dass er sehr töricht daran täte, da dieses Schloss ohne Zweifel verwünscht sei. Sogar Lord Canterville selbst, ein Mann von peinlichster Ehrlichkeit, hatte es als seine Pflicht betrachtet, diese Tatsache Mr Otis mitzuteilen, bevor sie den Verkauf abschlossen.

»Wir haben selbst nicht in dem Schloss gewohnt«, sagte Lord Canterville, »seit meine Großtante, die Herzoginmutter von Bolton, einst vor Schreck in Krämpfe verfiel, von denen sie sich nie wieder erholte, weil ein Skelett seine beiden Hände ihr auf die Schultern legte, als sie gerade beim Ankleiden war. Ich fühle mich verpflichtet, es Ihnen zu sagen, Mr Otis, dass der Geist noch jetzt von verschiedenen Mitgliedern der Familie Canterville gesehen worden ist sowie auch vom Geistlichen unserer Gemeinde, Hochwürden Augustus Dampier, der in King's College, Cambridge, den Doktor gemacht hat. Nach dem Malheur mit der Herzogin wollte keiner unserer Dienstboten mehr bei uns bleiben, und Lady Canterville konnte seitdem des Nachts häufig nicht mehr schlafen vor lauter unheimlichen Geräuschen, die vom Korridor und von der Bibliothek herkamen.«

»Mylord«, antwortete der Gesandte, »ich will die ganze Einrichtung und den Geist dazu kaufen. Ich komme aus einem modernen Lande, wo wir alles haben, was mit Geld zu bezahlen ist; und ich meine, mit all unsern smarten jungen Leuten, die Ihnen Ihre besten Tenöre und Primadonnen abspenstig machen, dass, gäbe es wirklich noch so etwas wie ein Gespenst in Europa, wir dieses in allerkürzester Zeit drüben haben würden, entweder bei Barnum oder auf dem Jahrmarkt.«

»Ich fürchte, das Gespenst existiert wirklich«, sagte Lord Canterville lächelnd, »wenn es auch bis jetzt Ihren Impresarios gegenüber sich ablehnend verhalten hat. Seit drei Jahrhunderten ist es wohlbekannt, genau gesprochen seit 1584, und es erscheint regelmäßig, kurz bevor ein Glied unserer Familie stirbt.«

»Nun, was das anbetrifft, das macht der Hausarzt gerade so, Lord Canterville. Aber es gibt ja doch gar keine Gespenster, und ich meine, dass die Gesetze der Natur sich nicht der britischen Aristokratie zuliebe aufheben lassen.«

»Sie sind jedenfalls sehr aufgeklärt in Amerika«, antwortete Lord Canterville, der Mr Otis' letzte Bemerkung nicht ganz verstanden hatte, »und wenn das Gespenst im Haus Sie nicht weiter stört, so ist ja alles in Ordnung. Sie sollen nur nicht vergessen, dass ich Sie gewarnt habe.«

Wenige Wochen später war der Kauf abgeschlossen, und gegen Ende der Saison bezog der Gesandte mit seiner Familie Schloss Canterville. Mrs Otis, die als Miss Lucretia R. Tappan, W. 53. Straße, New York, für eine große Schönheit gegolten hatte, war jetzt eine sehr hübsche Frau in mittleren Jahren, mit schönen Augen und einem tadellosen Profil. Viele Amerikanerinnen, die ihre Heimat verlassen, nehmen mit der Zeit das Gebaren einer chronischen Kränklichkeit an, da sie dies für ein Zeichen europäischer Kultur ansehen, aber Mrs Otis war nie in diesen Irrtum verfallen. Sie besaß eine vortreffliche Konstitution und einen hervorragenden Unternehmungsgeist. So war sie wirklich in vieler Hinsicht völlig englisch und ein vorzügliches Beispiel für die Tatsache, dass wir heutzutage alles mit Amerika gemein haben, ausgenommen natürlich die Sprache. Ihr ältester Sohn, den die Eltern in einem heftigen Anfall von Patriotismus Washington genannt hatten, was er zeit seines Lebens beklagte, war ein blonder, hübscher junger Mann, der sich dadurch für den diplomatischen Dienst geeignet gezeigt hatte, dass er im Newport Casino während dreier Winter die Françaisen kommandierte und sogar in London als vorzüglicher Tänzer galt. Gardenien und der Gotha waren seine einzigen Schwächen. Im Übrigen war er außerordentlich vernünftig. Miss Virginia E. Otis war ein kleines Fräulein von fünfzehn Jahren, graziös und lieblich wie ein junges Reh und mit schönen, klaren blauen Augen. Sie saß brillant zu Pferde und hatte einmal auf ihrem Pony mit dem alten Lord Bilton ein Wettrennen um den Park veranstaltet, wobei sie mit anderthalb Pferdelängen Siegerin geblieben war, gerade vor der Achillesstatue, zum ganz besonderen Entzücken des jungen Herzogs von Cheshire, der sofort um ihre Hand anhielt und noch denselben Abend unter Strömen von Tränen nach Eton in seine Schule zurückgeschickt wurde. Nach Virginia kamen die Zwillinge, entzückende Buben, die in der Familie, mit Ausnahme des Herrn vom Haus natürlich, die einzigen wirklichen Republikaner waren.

Da Schloss Canterville acht Meilen von der nächsten Eisenbahnstation, Ascot, entfernt liegt, hatte Mr Otis den Wagen bestellt, sie da abzuholen, und die Familie befand sich in der heitersten Stimmung. Es war ein herrlicher Juliabend, und die Luft war voll vom frischen Duft der nahen Tannenwälder. Ab und zu ließ sich die süße Stimme der Holztaube in der Ferne hören, und ein buntglänzender Fasan raschelte durch die hohen Farnkräuter am Weg. Eichhörnchen blickten den Amerikanern von den hohen Buchen neugierig nach, als sie vorbeifuhren, und die wilden Kaninchen ergriffen die Flucht und schossen durch das Unterholz und die moosigen Hügelchen dahin, die weißen Schwänzchen hoch in der Luft. Als man in den Park von Schloss Canterville einbog, bedeckte sich der Himmel plötzlich mit dunklen Wolken; die Luft schien gleichsam stillzustehen; ein großer Schwarm Krähen flog lautlos über ihren Häuptern dahin, und ehe man noch das Haus erreichte, fiel der Regen in dicken, schweren Tropfen.

Auf der Freitreppe empfing sie eine alte Frau in schwarzer Seide mit weißer Haube und Schürze: Das war Mrs Umney, die Wirtschafterin, die Mrs Otis auf Lady Cantervilles inständiges Bitten in ihrer bisherigen Stellung behalten wollte. Sie machte jedem einen tiefen Knicks, als sie nacheinander ausstiegen, und sagte in einer eigentümlich altmodischen Art: »Ich heiße Sie auf Schloss Canterville willkommen.« Man folgte ihr ins Haus, durch die schöne alte Tudorhalle in die Bibliothek, ein langes, niedriges Zimmer mit Täfelung von schwarzem Eichenholz und einem großen bunten Glasfenster. Hier war der Tee für die Herrschaften gerichtet; und nachdem sie sich ihrer Mäntel entledigt, setzten sie sich und sahen sich um, während Mrs Umney sie bediente.

Da bemerkte Mrs Otis plötzlich einen großen roten Fleck auf dem Fußboden, gerade vor dem Kamin, und in völliger Unkenntnis von dessen Bedeutung sagte sie zu Mrs Umney: »Ich fürchte, da hat man aus Unvorsichtigkeit etwas verschüttet.«

»Ja, gnädige Frau«, erwiderte die alte Haushälterin leise, »auf jenem Fleck ist Blut geflossen.«

»Wie grässlich!«, rief Mrs Otis. »Ich liebe durchaus nicht Blutflecke in einem Wohnzimmer. Er muss sofort entfernt werden.«

Die alte Frau lächelte und erwiderte mit derselben leisen, geheimnisvollen Stimme: »Es ist das Blut von Lady Eleanore de Canterville, welche hier auf dieser Stelle von ihrem eigenen Gemahl, Sir Simon de Canterville, im Jahre 1575 ermordet wurde. Sir Simon überlebte sie um neun Jahre und verschwand dann plötzlich unter ganz geheimnisvollen Umständen. Sein Leichnam ist nie gefunden worden, aber sein schuldbeladener Geist geht noch jetzt hier im Schloss um. Der Blutfleck wurde schon oft von Reisenden bewundert und kann durch nichts entfernt werden.«

»Das ist alles Humbug«, rief Washington Otis, »Pinkertons Universal-Fleckenreiniger wird ihn im Nu beseitigen«, und ehe noch die erschrockene Haushälterin ihn davon zurückhalten konnte, lag er schon auf den Knien und scheuerte die Stelle am Boden mit einem kleinen Stumpf von etwas, das schwarzer Bartwichse ähnlich sah. In wenigen Augenblicken war keine Spur mehr von dem Blutfleck zu sehen.

»Na, ich wusste ja, dass Pinkerton das machen würde«, rief er triumphierend, während er sich zu seiner bewundernden Familie wandte; aber kaum hatte er diese Worte gesagt, da erleuchtete ein greller Blitz das düstere Zimmer, und ein tosender Donnerschlag ließ sie alle in die Höhe fahren, während Mrs Umney in Ohnmacht fiel.

»Was für ein schauderhaftes Klima!«, sagte der amerikanische Gesandte ruhig, während er sich eine neue Zigarette ansteckte. »Wahrscheinlich ist dieses alte Land so übervölkert, dass sie nicht mehr genug anständiges Wetter für jeden haben. Meiner Ansicht nach ist Auswanderung das einzig Richtige für England.«

»Mein lieber Hiram«, sprach Mrs Otis, »was sollen wir bloß mit einer Frau anfangen, die ohnmächtig wird?«

»Rechne es ihr an, als ob sie etwas zerschlagen hätte, dann wird es nicht wieder vorkommen«, sagte der Gesandte, und in der Tat, schon nach wenigen Augenblicken kam Mrs Umney wieder zu sich. Aber es war kein Zweifel, dass sie sehr aufgeregt war, und sie warnte Mr Otis, es stände seinem Haus ein Unglück bevor.

»Ich habe mit meinen eigenen Augen Dinge gesehen, Herr«, sagte sie, »dass jedem Christenmenschen die Haare davon zu Berge stehen würden, und manche Nacht habe ich kein Auge zugetan aus Furcht vor dem Schrecklichen, das hier geschehen ist.«

Jedoch Herr und Frau Otis beruhigten die ehrliche Seele, erklärten, dass sie sich nicht vor Gespenstern fürchteten, und nachdem die alte Haushälterin noch den Segen der Vorsehung auf ihre neue Herrschaft herabgefleht und um Erhöhung ihres Gehaltes gebeten hatte, schlich sie zitternd auf ihre Stube.

II

Der Sturm wütete die ganze Nacht hindurch, aber sonst ereignete sich nichts von besonderer Bedeutung. Am nächsten Morgen jedoch, als die Familie zum Frühstück herunterkam, fanden sie den fürchterlichen Blutfleck wieder unverändert auf dem Fußboden.

»Ich glaube nicht, dass die Schuld hiervon am Pinkerton-Fleckenreiniger liegt«, erklärte Washington, »denn den habe ich immer mit Erfolg angewendet – es muss also das Gespenst sein.«

Er rieb nun zum zweiten Mal den Fleck weg, aber am nächsten Morgen war er gleichwohl wieder da. Ebenso am dritten Morgen, trotzdem Mr Otis selbst die

Bibliothek am Abend vorher zugeschlossen und den Schlüssel in die Tasche gesteckt hatte. Jetzt interessierte sich die ganze Familie für die Sache. Mr Otis fing an zu glauben, dass es doch allzu skeptisch von ihm gewesen sei, die Existenz aller Gespenster zu leugnen. Mrs Otis sprach die Absicht aus, der Psychologischen Gesellschaft beizutreten, und Washington schrieb einen langen Brief an die Herren Myers & Podmore über die Unvertilgbarkeit blutiger Flecken im Zusammenhang mit Verbrechen. In der darauffolgenden Nacht nun wurde jeder Zweifel an der Existenz von Gespenstern für immer endgültig beseitigt.

Den Tag über war es heiß und sonnig gewesen, und in der Kühle des Abends fuhr die Familie spazieren. Man kehrte erst gegen neun Uhr zurück, worauf das Abendessen eingenommen wurde. Die Unterhaltung berührte in keiner Weise Gespenster, es war also nicht einmal die Grundbedingung jener erwartungsvollen Aufnahmefähigkeit gegeben, welche so oft dem Erscheinen solcher Phänomene vorangeht. Die Gesprächsthemen waren, wie mir Mrs Otis seitdem mitgeteilt hat, lediglich solche, wie sie unter gebildeten Amerikanern der besseren Klasse üblich sind, wie z.B. die ungeheure Überlegenheit von Miss Fanny Davenport über Sarah Bernhard als Schauspielerin; die Schwierigkeit, Grünkern- und Buchweizenkuchen selbst in den besten englischen Häusern zu bekommen; die hohe Bedeutung von Boston in Hinsicht auf die Entwicklung der Weltseele; die Vorzüge des Freigepäcksystems beim Eisenbahnfahren; und die angenehme Weichheit des

New Yorker Akzents im Gegensatz zum schleppenden Londoner Dialekt. In keiner Weise wurde weder das Übernatürliche berührt noch von Sir Simon de Canterville gesprochen. Um elf Uhr trennte man sich, und eine halbe Stunde darauf war bereits alles dunkel. Da plötzlich wachte Mr Otis von einem Geräusch auf dem Korridor vor seiner Tür auf. Es klang wie Rasseln von Metall und schien mit jedem Augenblick näher zu kommen. Der Gesandte stand sofort auf, zündete Licht an und sah nach der Uhr. Es war Punkt eins. Er war ganz ruhig und fühlte sich den Puls, der nicht im Geringsten fieberhaft war. Das sonderbare Geräusch dauerte fort, und er hörte deutlich Schritte. Er zog die Pantoffeln an, nahm eine längliche Phiole von seinem Toilettentisch und öffnete die Tür. Da sah er, sich direkt gegenüber, im blassen Schein des Mondes, einen alten Mann von ganz gräulichem Aussehen stehen. Des Alten Augen waren rot wie brennende Kohlen; langes graues Haar fiel in wirren Locken über seine Schultern; seine Kleidung von altmodischem Schnitt war beschmutzt und zerrissen, und schwere rostige Fesseln hingen ihm an Füßen und Händen.

»Mein lieber Herr«, sagte Mr Otis, »ich muss Sie schon bitten, Ihre Ketten etwas zu schmieren, und ich habe Ihnen zu dem Zweck hier eine kleine Flasche von Tammanys *Rising Sun*-Lubricator mitgebracht. Man sagt, dass schon ein einmaliger Gebrauch genügt, und auf der Enveloppe finden Sie die glänzendsten Atteste hierüber von unsern hervorragendsten einheimischen Geistlichen. Ich werde es Ihnen hier neben das

Licht stellen und bin mit Vergnügen bereit, Ihnen auf Wunsch mehr davon zu besorgen.«

Mit diesen Worten stellte der Gesandte der Unionstaaten das Fläschchen auf einen Marmortisch, schloss die Tür und legte sich wieder zu Bett.

Für einen Augenblick war das Gespenst von Canterville ganz starr vor Entrüstung; dann schleuderte es die Flasche wütend auf den Boden und floh den Korridor hinab, indem es ein dumpfes Stöhnen ausstieß und ein gespenstisch grünes Licht um sich verbreitete. Als es gerade die große eichene Treppe erreichte, öffnete sich eine Tür, zwei kleine weiß gekleidete Gestalten erschienen, und ein großes Kissen sauste an seinem Kopf vorbei. Da war augenscheinlich keine Zeit zu verlieren, und indem es hastig die vierte Dimension als Mittel zur Flucht benutzte, verschwand es durch die Täfelung, worauf das Haus ruhig wurde.

Als das Gespenst ein kleines geheimes Zimmer im linken Schlossflügel erreicht hatte, lehnte es sich erschöpft gegen einen Mondstrahl, um erst wieder zu Atem zu kommen, und versuchte sich seine Lage klarzumachen. Niemals war es in seiner glänzenden und ununterbrochenen Laufbahn von dreihundert Jahren so gröblich beleidigt worden. Es dachte an die Herzoginmutter, die bei seinem Anblick Krämpfe bekommen hatte, als sie in ihren Spitzen und Diamanten vor dem Spiegel stand; an die vier Hausmädchen, die hysterisch wurden, als es sie bloß durch die Vorhänge eines der unbewohnten Schlafzimmer hindurch anlächelte; an den Pfarrer der Gemeinde, dessen Licht es eines Nachts ausgeblasen, als derselbe einmal spät aus der Bibliothek kam, und der seitdem beständig bei Sir William Gull, geplagt von Nervenstörungen, in Behandlung war; an die alte Madame du Tremoullac, die, als sie eines Morgens früh aufwachte und in ihrem Lehnstuhl am Kamin ein Skelett sitzen sah, das ihr Tagebuch las, darauf sechs Wochen fest im Bett lag an der Gehirnentzündung und nach ihrer Genesung eine treue Anhängerin der Kirche wurde und jede Verbindung mit dem bekannten Freigeist Monsieur de Voltaire abbrach.

Es erinnerte sich der entsetzlichen Nacht, als der böse Lord Canterville in seinem Ankleidezimmer halb erstickt gefunden wurde mit dem Karobuben im Hals und gerade noch, ehe er starb, beichtete, dass er Charles James Fox vermittelst dieser Karte bei Crockfords um 50 000 Pfund Sterling betrogen hatte und dass ihm nun das Gespenst die Karte in den Hals gesteckt habe.

Alle seine großen Taten kamen ihm ins Gedächtnis zurück, von dem Kammerdiener an, der sich in der Kirche erschoss, weil er eine grüne Hand hatte an die Scheiben klopfen sehen, bis zu der schönen Lady Stutfield, die immer ein schwarzes Samtband um den Hals tragen musste, damit die Spur von fünf in ihre weiße Haut eingebrannten Fingern verdeckt wurde, und die sich schließlich in dem Karpfenteich am Ende der Königspromenade ertränkte. Mit dem begeisterten Egoismus des echten Künstlers versetzte es sich im Geiste wieder in seine hervorragendsten Rollen und lächelte bitter, als es an sein letztes Auftreten als »Roter Ruben oder das erwürgte Kind« dachte, oder sein Debüt als »Riese Gibeon, der Blutsauger von Bexley Moor«, und das Furore, das es eines schönen Juliabends gemacht hatte, als es ganz einfach auf dem Tennisplatz mit seinen eigenen Knochen Kegel spielte. Und nach alledem kommen solche elenden modernen Amerikaner, bieten ihm *Rising Sun*-Öl an und werfen ihm Kissen an den Kopf! Es war nicht auszuhalten. So war noch niemals in der Weltgeschichte ein Gespenst behandelt worden. Es schwor demgemäß Rache und blieb bis Tagesanbruch in tiefe Gedanken versunken.

III

Als am nächsten Morgen die Familie Otis zum Frühstück zusammenkam, wurde das Gespenst natürlich des Längeren besprochen. Der Gesandte der Unionsstaaten war selbstverständlich etwas ungehalten, dass sein Geschenk so missachtet worden war.

»Ich habe durchaus nicht die Absicht«, erklärte er, »dem Geist irgendeine persönliche Beleidigung zuzufügen, und ich muss sagen, dass es aus Rücksicht auf die lange Zeit, die er nun schon hier im Haus wohnt, nicht höflich ist, ihn mit Kissen zu bewerfen« – eine sehr wohlangebrachte Bemerkung, bei welcher, wie ich leider gestehen muss, die Zwillinge in ein lautes Gelächter ausbrachen. »Andererseits«, fuhr Mr Otis fort, »wenn er wirklich und durchaus den *Rising Sun*-Lubricator nicht benutzen will, so werden wir ihm seine Ketten fortnehmen müssen; bei dem Lärm auf dem Korridor kann man ganz unmöglich schlafen.«

Die Schlossbewohner blieben jedoch die ganze Woche hindurch ungestört, und das Einzige, was ihre Aufmerksamkeit erregte, war die beständige Erneuerung des Blutflecks auf dem Boden der Bibliothek. Das war jedenfalls sehr sonderbar, da die Tür und das Fenster des Nachts immer fest verschlossen und verriegelt waren. Auch die wechselnde Farbe des Flecks rief die verschiedensten Vermutungen hervor. Denn zuweilen war er ganz mattrot, dann wieder leuchtend oder auch tiefes Purpur, und als einmal die Familie zur Vesper herunterkam, fand sie ihn hell smaragdgrün! Diese koloristischen Metamorphosen amüsierten natürlich die Gesellschaft sehr, und jeden Abend wurden schon Wetten darüber geschlossen. Die Einzige, welche nicht auf diesen und keinen anderen Scherz einging, war die kleine Virginia, die aus irgendeinem unaufgeklärten Grund immer sehr betrübt beim Anblick des Blutflecks war und an dem Morgen, an dem er smaragdgrün leuchtete, bitterlich zu weinen anfing.

Das zweite Auftreten des Gespenstes war am Sonntagabend. Kurz nachdem auch die männlichen Erwachsenen zu Bett gegangen waren, wurden sie plötzlich durch ein furchtbares Getöse in der Eingangshalle aufgeschreckt. Alle stürzten hinunter und fanden dort, dass eine alte Rüstung von ihrem Ständer auf den Steinboden gefallen war, während das Gespenst von Canterville in einem hochlehnigen Armstuhl saß und sich seine Knie mit einer Gebärde verzweifelten Schmerzes rieb. Die Zwillinge hatten ihre Flitzbogen mitgebracht und schossen zweimal nach ihm mit einer Treffsicherheit, die sie sich durch lange sorgfältige Übungen nach ihrem Schreiblehrer erworben hatten. Der Gesandte der Unionstaaten richtete unterdessen seinen Revolver auf den Geist und rief ihm nach kalifornischer Etikette zu: »Hände hoch!«

Der Geist fuhr mit einem wilden Wutgeheul in die Höhe und mitten durch die Familie hin wie ein Rauch, indem er noch Washingtons Kerzenlicht ausblies und sie alle in völliger Dunkelheit zurückließ. Oben an der Treppe erholte sich das Gespenst wieder und beschloss, in sein berühmtes diabolisches Gelächter auszubrechen; das hatte sich ihm bei mehr als einer Gelegenheit schon als nützlich erwiesen. Es soll Lord Rakers Perücke in einer einzigen Nacht gebleicht haben und hat jedenfalls drei der französischen Gouvernanten von Lady Canterville so entsetzt, dass sie vor der Zeit und ohne Kündigung ihre Stellung aufgaben. So lachte es denn also jetzt dieses sein fürchterlichstes Lachen, bis das alte hochgewölbte Dach davon gellte; aber kaum war das letzte grausige Echo verhallt, da öffnete sich eine Tür, und Mrs Otis kam heraus in einem hellblauen Morgenrock.

»Ich fürchte, Ihnen ist nicht ganz wohl«, sagte sie, »und deshalb bringe ich Ihnen hier eine Flasche von Dr. Dobells Tropfen. Wenn es Verdauungsbeschwerden sind, so werden Sie finden, dass sie ein ganz vorzügliches Mittel sind.«

Der Geist betrachtete sie zornrot und wollte sich auf der Stelle in einen großen schwarzen Hund verwandeln, ein Kunststück, wodurch er mit Recht berühmt war und dem der Hausarzt die Geistesgestörtheit von Lord Cantervilles Onkel, Herrn Thomas Horton, zuschrieb. Da hörte er aber Schritte, und das ließ ihn von seinem grausen Vorhaben absehen; er begnügte sich damit, phosphoreszierend zu werden, und verschwand mit einem dumpfen Kirchhofswimmern gerade in dem Moment, als die Zwillinge auf ihn zukamen.

Als der Geist sein Zimmer erreicht hatte, brach er völlig zusammen und verfiel in einen Zustand heftiger Gemütsbewegung. Die Rohheit der Zwillinge und der krasse Materialismus von Mrs Otis waren natürlich außerordentlich verstimmend, aber was ihn am meisten betrübte, war doch, dass er die alte Rüstung nicht mehr hatte tragen können. Er hatte gehofft, dass sogar moderne Amerikaner erschüttert sein würden beim Anblick eines Gespenstes in Waffenrüstung, wenn auch aus keinem andern vernünftigen Grund, so doch aus Achtung vor ihrem Nationalpoeten Longfellow, bei dessen graziöser und anziehender Poesie er selbst so manche Stunde hingebracht hatte, während die Cantervilles in London waren. Und dabei war es noch seine eigene Rüstung! Er hatte sie mit großem Erfolg auf dem Turnier in Kenilworth getragen und darüber von niemand Geringerem als der jungfräulichen Königin selber viel Schmeichelhaftes gesagt bekommen. Und als er die Rüstung heute anlegen wollte, hatte ihn das Gewicht des alten Panzers und Stahlhelmes so erdrückt, dass er darunter zu Boden gestürzt war, sich beide Knie heftig zerschlagen und die rechte Hand verstaucht hatte.

Mehrere Tage lang fühlte er sich nach diesem Vorfall

ernstlich krank und verließ sein Zimmer nur, um den Blutfleck in Ordnung zu halten. Da er sich sonst jedoch sehr schonte, erholte er sich bald wieder und beschloss, noch einen dritten Versuch zu machen, den Gesandten und seine Familie in Schrecken zu jagen. Er wählte zu diesem seinem Auftreten Freitag, den 13. August, und beschäftigte sich den ganzen Tag damit, seine Kleidervorräte zu prüfen, bis er schließlich einen großen weichen Hut mit roter Feder, ein Laken mit Rüschen an Hals und Armen und einen rostigen Dolch wählte. Gegen Abend kam ein heftiger Regenschauer, und der Sturm rüttelte gewaltig an allen Türen und Fenstern des alten Hauses. Das war gerade das Wetter, wie er es liebte. Sein Plan war folgender: Er wollte sich ganz leise zu Washingtons Zimmer schleichen, ihm vom Fußende des Bettes aus wirres Zeug vorschwatzen und sich dann beim Klang leiser geisterhafter Musik dreimal den Dolch ins Herz stoßen. Er war auf Washington ganz besonders böse, weil er wusste, dass dieser es war, der immer wieder den Blutfleck mit Pinkertons Fleckenreiniger entfernte. Wenn er dann den frivolen und tollkühnen Jüngling in den namenlosen Schrecken versetzt hatte, so wollte er sich zu dem Schlafzimmer von Herrn und Frau Otis begeben und dort eine eiskalte Hand Mrs Otis auf die Stirn legen, während er ihrem zitternden Mann die entsetzlichen Geheimnisse des Beinhauses ins Ohr zischelte. Was die kleine Virginia anbetraf, so war er über sie noch nicht ganz im Reinen. Sie hatte ihn nie in irgendeiner Weise beleidigt und war hübsch und sanft. Einige tiefe Seufzer aus dem Kleiderschrank würden mehr als genug für sie sein, dachte er, und wenn sie davon noch nicht aufwachte, so könnte er ja mit zitternden Fingern an ihrem Betttuch zerren. In Bezug auf die Zwillinge war er aber fest entschlossen, ihnen eine ordentliche Lektion zu erteilen. Das Erste war natürlich, dass er sich ihnen auf die Brust setzte, um das erstickende Gefühl eines Albdrückens hervorzurufen. Dann würde er, da ihre Betten dicht nebeneinanderstanden, in der Gestalt eines grünen, eiskalten Leichnams zwischen ihnen stehen, bis sie vor Schrecken gelähmt waren, und zum Schluss wollte er mit weiß gebleichten Knochen und einem rollenden Augapfel ums Zimmer herumkriechen als »Stummer Daniel oder das Skelett des Selbstmörders«. Diese Rolle hatte bei mehr als einer Gelegenheit den allergrößten Effekt gemacht und schien ihm ebenso gut zu sein wie seine berühmte Darstellung des »Martin, des Verrückten, oder das verhüllte Geheimnis«.

Um halb elf Uhr hörte er die Familie zu Bett gehen. Er wurde noch einige Zeit durch das Lachgebrüll der Zwillinge gestört, die mit der leichtfertigen Heiterkeit von Schuljungen sich augenscheinlich herrlich amüsierten, ehe sie zu Bett gingen; aber um ein Viertel zwölf Uhr war alles still, und als es Mitternacht schlug, machte er sich auf den Weg. Die Eule schlug mit den Flügeln gegen die Fensterscheiben, der Rabe krächzte von dem alten Eichbaum, und der Wind ächzte durch das Haus wie eine verlorene Seele, aber die Familie Otis schlief, unbekümmert um das nahende Verhängnis, und durch und trotz Regen und Sturm hörte man das regelmäßige Schnarchen des Gesandten der Union. Da trat der Geist leise aus der Vertäfelung hervor, mit einem bösen Lächeln um den grausamen, faltigen Mund, sodass sogar der Mond sein Gesicht verbarg, als er an dem hohen Fenster vorüberglitt, auf dem das Wappen des Gespenstes und das seiner ermordeten Frau in Gold und Hellblau gemalt waren. Leise schlurfte er weiter, wie ein böser Schatten; die Dunkelheit selber schien sich vor ihm zu grausen, wie er vorbeihuschte. Einmal kam es ihm vor, als hörte er jemand rufen; er stand still; aber es war nur das Bellen eines Hundes auf dem nahen Bauernhof, und so schlich er weiter, während er wunderliche Flüche aus dem sechzehnten Jahrhundert vor sich hin murmelte und dann und wann mit dem rostigen Dolch in der Luft herumstach. Nun hatte er die Ecke des Korridors erreicht, der zu des unglücklichen Washington Zimmer führte. Einen Augenblick blieb er da stehen, und der Wind blies ihm seine langen grauen Locken um den Kopf und spielte ein phantastisches und groteskes Spiel mit den unheimlichen Falten des Leichentuchs. Da schlug die Uhr ein Viertel, und er fühlte, jetzt sei die Zeit gekommen. Er lächelte zufrieden vor sich hin und machte einen Schritt um die Ecke; aber kaum tat er das, da fuhr er mit einem jammervollen Schreckenslaut zurück und verbarg sein erblasstes Gesicht in den langen knochigen Händen: Gerade vor ihm stand ein entsetzliches Gespenst, bewegungslos wie eine gemeißelte Statue und fürchterlich wie der Traum eines Wahnsinnigen! Der Kopf war kahl und glänzend, das Gesicht rund und fett und weiß, und grässliches Lachen schien seine Züge in ein ewiges Grinsen verzerrt zu haben. Aus den Augen kamen rote Lichtstrahlen, der Mund war eine weite Feuerhöhle, und ein scheußliches Gewand, seinem eigenen ähnlich, verhüllte mit seinem schneeigen Weiß die Gestalt des Riesen. Auf seiner Brust war ein Plakat befestigt mit einer sonderbaren Schrift in alten ungewöhnlichen Buchstaben, wohl irgendein Bericht wilder Missetaten, ein schmähliches Verzeichnis schauerlicher Verbrechen, und in seiner rechten Hand hielt das Ungeheuer eine Keule von blitzendem Stahl.

Da der Geist noch nie in seinem Leben ein Gespenst gesehen hatte, so war er natürlich furchtbar erschrocken, und nachdem er noch einen zweiten hastigen Blick auf die entsetzliche Erscheinung geworfen hatte, floh er zu seinem Zimmer zurück, stolperte über sein langes Laken, als er den Korridor hinunterraste, und ließ schließlich noch seinen Dolch in die hohen Jagdstiefel des Gesandten fallen, wo ihn der Kammerdiener am nächsten Morgen fand. In seinem Zimmer angekommen, warf er sich auf das schmale Feldbett und verbarg sein Gesicht unter der Decke. Nach einer Weile jedoch rührte sich der tapfere alte Canterville-Charakter doch wieder, und der Geist beschloss, sobald der Tag graute, zu dem andern Geist zu gehen und ihn anzureden. Kaum begann es zu dämmern, da machte er sich auf und ging zur Stelle, wo seine Augen zuerst das grässliche Phantom erblickt hatten, denn er fühlte, es sei doch schließlich angenehmer, zwei Gespenster zusammen zu sein als eines allein, und dass er mit Hilfe dieses neuen Freundes erfolgreich gegen die Zwillinge zu Felde ziehen könne. Als er jedoch an die Stelle kam, bot sich ihm ein fürchterlicher Anblick. Dem Gespenst war jedenfalls ein Unglück passiert, denn in seinen hohlen Augen war das Licht erloschen, die glänzende Keule war seiner Hand entfallen, und es selber lehnte in einer höchst unbequemen gezwungenen Stellung an der Wand. Er stürzte vorwärts und zog es am Arm, da fiel zu seinem Entsetzen der Kopf ab, rollte auf den Boden, der Körper fiel in sich zusammen, und er hielt in seinen Händen eine weiße Bettgardine mit einem Besenstiel und einem Küchenbeil, während zu seinen Füßen ein hohler Kürbis lag! Unfähig, diese wunderbare Veränderung zu begreifen, packte er mit wilder Hast das Plakat, und da las er im grauen Licht des Morgens die fürchterlichen Worte:

Das Otis-Gespenst.
Der einzig wahre und originale Spuk.
Vor Nachahmung wird gewarnt.
Alle anderen sind unecht.

Jetzt war ihm alles klar. Man hatte ihn zum Besten gehabt, und er war hereingefallen! Der alte wilde Canterville-Blick kam in seine Augen; er kniff den zahnlosen Mund zusammen, und indem er seine knochigen Hände hoch in die Höhe warf, schwur er in der pittoresken Phraseologie des alten Stiles: Wenn Chanticleer zum zweiten Mal in sein lustiges Horn stieße, würden entsetzliche Bluttaten geschehen und Mord würde auf leisen Sohlen durchs Haus schleichen.

Kaum hatte er diesen furchtbaren Schwur zu Ende geschworen, als vom roten Ziegeldach eines Bauernhofes der Hahn krähte. Das Gespenst lachte ein langes, dumpfes, bitteres Lachen und wartete. Stunde auf Stunde verrann, aber der Hahn krähte aus irgendeinem Grund nicht wieder. Endlich ließ ihn um halb acht das Kommen der Hausmädchen seine grausige Nachtwache aufgeben, und er ging in sein Zimmer, in tiefen Gedanken über seinen vergeblichen Schwur und sein vereiteltes Vorhaben. Er schlug in verschiedenen alten Ritterbüchern nach, was er außerordentlich liebte, und fand, dass noch jedes Mal, wo dieser Schwur getan, Chanticleer ein zweites Mal gekräht hatte.

»Zum Teufel mit dem faulen Hahn«, brummte er, »hätte ich doch den Tag erlebt, wo ich mit meinem sicheren Speer ihm durch die Gurgel gefahren wäre, und da würde er, wenn auch schon im Sterben, für mich zweimal haben krähen müssen!«

Hierauf legte er sich in einem bequemen bleiernen Sarg zur Ruhe und blieb da bis zum späten Abend.

IV

Am folgenden Tage war der Geist sehr schwach und müde. Die Aufregungen der letzten vier Wochen fingen an, ihn anzugreifen. Seine Nerven waren völlig kaputt, und beim geringsten Geräusch fuhr er erschrocken in die Höhe. Fünf Tage lang blieb er still auf seinem Zimmer und fand sich darein, die ewige Sorge um den Blutfleck aufzugeben. Wenn die Familie Otis den Fleck nicht zu haben wünsche, so war sie ihn auch nicht wert. Das waren überhaupt augenscheinlich Leute von ganz niederer Bildung und völlig unfähig, den Wert eines Hausgespenstes zu würdigen. Die Frage nach überirdischen Erscheinungen und der Entwicklung der Himmelskörper war natürlich eine ganz andere Sache, aber die ging ihn nichts an.

Seine heilige Pflicht war es, einmal in der Woche auf dem Korridor zu spuken und jeden ersten und dritten Mittwoch im Monat von dem großen bunten Glasfenster aus in die Halle hinab wirres Zeug zu schwatzen: Von diesen beiden Verpflichtungen konnte er sich ehrenhalber nicht frei machen. Gewiss war ja sein Leben ein äußerst böses gewesen, aber anderseits musste man zugeben, dass er in allen Dingen, die mit dem Übernatürlichen zusammenhingen, außerordentlich gewissenhaft war. Mit dieser Gewissenhaftigkeit wanderte er also an den folgenden drei Freitagen wie gewöhnlich zwischen zwölf und drei Uhr die Korridore auf und ab, gab aber schrecklich darauf acht, dass er weder gehört noch gesehen wurde. Er zog die Stiefel aus und trat so leise wie möglich auf die alten wurmstichigen Böden, er trug einen weiten schwarzen Samtmantel und gebrauchte den *Rising Sun*-Lubricator gewissenhaft, um seine Ketten damit zu schmieren. Dies letzte Vorsichtsmittel benutzte er, wie ich zugeben muss, erst nach vielen Schwierigkeiten. Eines Abends jedoch, während die Familie gerade beim Essen saß, schlich er sich in Mr Otis' Schlafzimmer und holte sich die Flasche. Zuerst fühlte er sich wohl ein wenig gedemütigt, aber schließlich war er doch vernünftig genug einzusehen, dass diese Erfindung etwas für sich hatte, und jedenfalls diente sie bis zu einem gewissen Grade seinen Zwecken. Aber trotz alledem ließ man ihn noch immer nicht ganz unbelästigt. Beständig waren Stricke über den Korridor gespannt, über die er im Dunkeln natürlich fiel, und eines Abends, als er gerade als »Schwarzer Isaak oder der Jäger vom Hogleywald« angezogen war, stürzte er plötzlich heftig zu Boden, weil er auf einer Schleifbahn von Butter, welche die Zwillinge vom Tapetenzimmer bis zur Eichentreppe hergerichtet hatten, ausgeglitten war. Diese letzte Beleidigung brachte ihn so in Wut, dass er beschloss, noch eine letzte Anstrengung zu machen, um seine Würde und seine gesellschaftliche Stellung zu sichern, und dies sollte damit geschehen, dass er den frechen jungen Etonschülern die nächste Nacht in seiner berühmten Rolle als »Kühner Ruprecht oder der Graf ohne Kopf« erscheinen wollte.

Seit mehr als siebzig Jahren war er nicht in dieser Rolle aufgetreten, seit er damals die hübsche Lady Barbara Modish so damit erschreckt hatte, dass sie plötzlich ihre Verlobung mit dem Großvater des jetzigen Lord Canterville auflöste und stattdessen mit dem schönen Jack Castletown nach Gretna Green floh, indem sie erklärte, um keinen Preis der Welt in eine Familie hineinheiraten zu wollen, die einem abscheulichen Gespenst erlaube, in der Dämmerung auf der Terrasse spazieren zu gehen.

Der arme Jack wurde später vom Lord Canterville im Duell am Wandsworthgehölz erschossen, und Lady Barbara starb, noch ehe das Jahr vergangen war, in Tunbridge Wells an gebrochenem Herzen; so war also damals sein Erscheinen von größtem Erfolg gewesen. Aber es war mit dieser Rolle sehr viel Mühe verbunden, wenn ich so sagen darf in Hinsicht auf eines der größten Geheimnisse des Übernatürlichen, und er brauchte volle drei Stunden für die Vorbereitungen.

Endlich war alles fertig, und er war sehr zufrieden mit seinem Aussehen. Die großen ledernen Reitstiefel, die zum Kostüm gehörten, waren ihm zwar ein bisschen zu weit, und er konnte nur eine der beiden großen Pistolen finden, aber im Ganzen genommen war er doch befriedigt von sich, und um ein Viertel nach ein Uhr glitt er aus der Wandtäfelung hervor und schlich den Korridor hinab. Als er das Zimmer der Zwillinge erreicht hatte, das, wie ich erwähnen muss, wegen seiner Vorhänge auch das blaue Schlafzimmer genannt wurde, fand er die Tür nur angelehnt. Da er nun einen effektvollen Eintritt wünschte, so stieß er sie weit auf – schwupp! da fiel ein schwerer Wasserkrug gerade auf ihn herunter und durchnässte ihn bis auf die Haut. Im gleichen Augenblick hörte er unterdrücktes Gelächter vom Bett herkommen. Der Schock, den sein Nervensystem erlitt, war so stark, dass er, so schnell er nur konnte, zu seinem Zimmer lief; den nächsten Tag lag er an einer heftigen Erkältung fest im Bett.

Sein einziger Trost bei der Sache war, dass er seinen Kopf nicht bei sich gehabt hatte, denn wäre dies der

Fall gewesen, so hätten die Folgen doch sehr ernst sein können. Jetzt gab er alle Hoffnung auf, diese ordinären Amerikaner überhaupt noch zu erschrecken, und begnügte sich in der Regel damit, in Pantoffeln über den Korridor zu schleichen, mit einem dicken rotwollenen Tuch um den Hals, aus Angst vor Zugluft, und einer kleinen Armbrust, im Fall ihn die Zwillinge angreifen sollten.

Aber der Hauptschlag, der gegen ihn geführt wurde, geschah am 19. September. Er war in die große Eingangshalle gegangen, da er sich dort noch am unbehelligtesten wusste, und unterhielt sich damit, spöttische Bemerkungen über die lebensgroßen Platinfotografien des Gesandten und seiner Frau zu machen, welche jetzt an der Stelle der Canterville-Ahnenbilder hingen. Er war einfach, aber ordentlich gekleidet, und zwar in ein langes Laken, das da und dort bräunliche Flecken von Kirchhofserde aufwies, hatte seine untere Kinnlade mit einem Stück gelber Leinwand hochgebunden und trug eine kleine Laterne und den Spaten eines Totengräbers. Eigentlich war es das Kostüm von »Jonas, dem Grablosen, oder der Leichenräuber von Chertsey Barn«, eine seiner hervorragendsten Rollen, welche die Cantervilles allen Grund hatten zu kennen, weil durch sie der ewige Streit mit ihrem Nachbarn Lord Rufford verursacht worden war. Es ging so gegen ein Viertel auf drei Uhr morgens, und allem Anschein nach rührte sich nichts. Als er jedoch langsam in die Bibliothek schlenderte, um doch mal wieder nach den etwaigen Spuren des Blutflecks zu sehen, da sprangen aus einer dunklen Ecke plötzlich zwei Gestalten hervor, welche ihre Arme wild emporwarfen und ihm »Buh!« in die Ohren brüllten.

Von panischem Schrecken ergriffen, der unter solchen Umständen nur selbstverständlich erscheinen muss, raste er zu der Treppe, wo aber schon Washington mit der großen Gartenspritze auf ihn wartete; da er sich nun von seinen Feinden so umzingelt und fast zur Verzweiflung getrieben sah, verschwand er schleunigst in den großen eisernen Ofen, der zu seinem Glück nicht angesteckt war, und musste nun auf einem höchst beschwerlichen Weg durch Ofenrohre und Kamine in sein Zimmer zurück, wo er völlig erschöpft, beschmutzt und verzweifelt ankam.

Nach diesem Erlebnis wurde er nie mehr auf einer solchen nächtlichen Expedition getroffen. Die Zwillinge warteten bei den verschiedensten Gelegenheiten auf sein Erscheinen und streuten jede Nacht den Korridor ganz voll Nussschalen, zum großen Ärger ihrer Eltern und der Dienerschaft, aber es war alles vergebens. Augenscheinlich waren die Gefühle des armen Gespenstes derart verletzt, dass es sich nicht wieder zeigen wollte. In der Folge nahm dann Mr Otis sein großes Werk über die Geschichte der Demokratischen Partei wieder auf, das ihn schon seit Jahren beschäftigte; Mrs Otis organisierte ein wunderbares Preiskuchenbacken, das die ganze Grafschaft aufregte; die Jungen gaben sich dem Vergnügen von Lacrosse, Euchre, Poker und andern amerikanischen Nationalspielen hin; und Virginia ritt auf ihrem hübschen Pony im Park spazieren, begleitet von dem jungen Herzog von Cheshire, der die letzten Wochen der großen Ferien auf Schloss Canterville verleben durfte. Man nahm allgemein an, dass der Geist das Schloss verlassen habe, ja, Mr Otis schrieb sogar einen Brief in diesem Sinn an Lord Canterville, der in Erwiderung desselben seine große Freude über diese Nachricht aussprach und sich der werten Frau Gemahlin auf das Angelegentlichste empfehlen ließ.

Die Familie Otis hatte sich aber getäuscht, denn der Geist war noch im Haus, und obgleich fast ein Schwerkranker, so war er doch keinesfalls entschlossen, die Sache ruhen zu lassen, besonders als er hörte, dass unter den Gästen auch der junge Herzog von Cheshire sich befinde, dessen Großonkel Lord Francis Stilton einst um 1 000 Guineen mit Oberst Carbury gewettet hatte, dass er mit dem Geist Würfel spielen wollte, und der am nächsten Morgen im Spielzimmer auf dem Boden liegend in einem Zustand hilfloser Lähmung gefunden wurde. Obgleich er noch ein hohes Alter erreichte, so war er niemals wieder imstande gewesen, etwas anderes als »zwei Atout« zu sagen. Die Geschichte war seinerzeit allgemein bekannt, obgleich natürlich aus Rücksicht auf die beiden vornehmen Familien die größten Anstrengungen gemacht wurden, sie zu vertuschen, aber der ausführliche Bericht mit allen näheren Umständen ist in dem dritten Band von Lord Tattles *Erinnerungen an den Prinzregenten und seine Freunde* zu finden. Der Geist war natürlich sehr besorgt, zu zeigen, dass er seine Macht über die Stiltons noch nicht verloren hätte, mit denen er ja noch dazu entfernt verwandt war, da seine rechte Cousine in zweiter Ehe mit dem Sieur de Bulkeley vermählt war, von dem, wie allgemein bekannt, die Herzöge von Cheshire abstammen.

Demgemäß traf er Vorkehrungen, Virginias kleinem Liebhaber in seiner berühmten Rolle als »Vampirmönch oder der blutlose Benediktiner« zu erscheinen. Dies war eine so fürchterliche Pantomime, dass Lady Startup an jenem verhängnisvollen Neujahrsabend 1764 vor Schreck von einem Gehirnschlag getroffen wurde, an dem sie nach drei Tagen starb, nachdem sie noch schnell die Cantervilles, ihre nächsten Verwandten, enterbt und ihren ganzen Besitz ihrem Londoner Apotheker vermacht hatte. Im letzten Moment aber hinderte den Geist die Angst vor den Zwillingen, sein Zimmer zu verlassen, und der kleine Herzog schlief friedlich in seinem hohen Himmelbett im königlichen Schlafzimmer und träumte von Virginia.

V

Wenige Tage später ritten Virginia und ihr goldlockiger junger Ritter über die Brockleywiesen spazieren, wo sie beim Springen über eine Hecke ihr Reitkleid derart zerriss, dass sie, zu Hause angekommen, es vorzog, die Hintertreppe hinaufzugehen, um nicht gesehen zu werden. Als sie an dem alten Gobelinzimmer vorüberkam, dessen Tür zufällig halb offen stand, meinte sie, jemanden drinnen zu sehen, und da sie ihrer Mama Kammermädchen darin vermutete, das dort zuweilen arbeitete, so ging sie hinein, um gleich ihr Kleid ausbessern zu lassen. Zu ihrer ungeheuren Überraschung war es jedoch das Gespenst von Canterville selber! Es saß am Fenster und beobachtete, wie das matte Gold des vergilbten Laubes durch die Luft flog und die roten Blätter einen wilden Reigen in der langen Allee tanzten. Es hatte den Kopf in die Hand gestützt, und seine ganze Haltung drückte tiefe Niedergeschlagenheit aus. Ja, so verlassen und verfallen sah es aus, dass die kleine Virginia, deren erster Gedanke gewesen war, zu fliehen und sich in ihr Zimmer einzuschließen, von Mitleid erfüllt, sich entschloss zu bleiben, um das arme Gespenst zu trösten. Ihr Schritt war so leicht und seine Melancholie so tief, dass es ihre Gegenwart erst bemerkte, als sie zu ihm sprach.

»Sie tun mir so leid«, sagte sie, »aber morgen müssen meine Brüder nach Eton zurück, und wenn Sie sich dann wie ein gebildeter Mensch betragen wollen, so wird Sie niemand mehr ärgern.«

»Das ist ein einfältiges und ganz unsinniges Verlangen einem Geist gegenüber«, antwortete er, indem er erstaunt das hübsche kleine Mädchen ansah, das ihn anzureden wagte. »Ich muss mit meinen Ketten rasseln und durch Schlüssellöcher stöhnen und des Nachts herumwandeln, wenn es das ist, was Sie meinen. Das ist ja mein einziger Lebenszweck.«

»Das ist überhaupt kein Lebenszweck, und Sie wissen sehr gut, dass Sie ein böser, schlechter Mensch gewesen sind. Mrs Umney hat uns am ersten Tag unseres Hierseins gesagt, dass Sie Ihre Frau getötet haben.«

»Nun ja, das gebe ich zu«, sagte das Gespenst verärgert, »aber das war doch eine reine Familienangelegenheit und ging niemand anderen etwas an.«

»Es ist sehr unrecht, jemand umzubringen«, sagte Virginia, die zeitweise einen ungemein lieblichen puritanischen Ernst besaß, mit dem sie von irgendeinem Vorfahren aus Neuengland belastet war.

»O wie ich die billige Strenge abstrakter Moral hasse! Meine Frau war sehr hässlich, hat mir niemals die Manschetten ordentlich stärken lassen und verstand nichts vom Kochen. Denken Sie nur, einst hatte ich einen Kapitalbock im Hogleywald geschossen, und wissen Sie, wie sie ihn auf den Tisch brachte? Aber das ist ja jetzt ganz gleichgültig, denn es ist lange her, und ich kann nicht finden, dass es nett von ihren Brüdern war, mich zu Tode hungern zu lassen, bloß weil ich sie getötet hatte.«

»Sie zu Tode hungern? O lieber Herr Geist, ich meine Sir Simon, sind Sie hungrig? Ich habe ein Butterbrot bei mir, möchten Sie das haben?«

»Nein, ich danke Ihnen sehr, ich nehme jetzt nie mehr etwas zu mir; aber trotzdem ist es sehr freundlich von Ihnen, und Sie sind überhaupt viel netter als alle anderen Ihrer abscheulich groben, vulgären, unehrlichen Familie.«

»Schweigen Sie!«, rief Virginia und stampfte mit dem Fuß. »Sie sind es, der grob, abscheulich und gewöhnlich ist, und was die Unehrlichkeit betrifft, so wissen Sie sehr wohl, dass Sie mir alle Farben aus meinem Malkasten gestohlen haben, um den lächerlichen Blutfleck in der Bibliothek stets frisch zu machen! Erst nahmen Sie alle die roten, sogar Vermillon, und ich konnte gar keine Sonnenuntergänge mehr malen, dann nahmen Sie Smaragdgrün und Chromgelb, und schließlich blieb mir nichts mehr als Indigo und Chinesisch-Weiß, da konnte ich nur noch Mondscheinlandschaften malen, die immer solchen melancholischen Eindruck machen und gar nicht leicht zu malen sind. Ich habe Sie nie verraten, obgleich ich sehr ärgerlich war, und die ganze Sache war ja überhaupt lächerlich; denn wer hat je im Leben von grünen Blutflecken gehört.«

»Ja, aber was sollte ich tun?«, sagte der Geist kleinlaut. »Heutzutage ist es schwer, wirkliches Blut zu bekommen, und als Ihr Bruder nun mit seinem Fleckenreiniger anfing, da sah ich wirklich nicht ein, warum ich nicht Ihre Farben nehmen sollte. Was nun die besondere Färbung betrifft, so ist das lediglich Geschmackssache; die Cantervilles z.B. haben blaues Blut, das allerblaueste in England: Aber ich weiß, ihr Amerikaner macht euch aus dergleichen nichts.«

»Darüber wissen Sie gar nichts, und das Beste wäre, Sie wanderten aus und vervollkommneten drüben Ihre Bildung. Mein Vater wird nur zu glücklich sein, Ihnen freie Überfahrt zu verschaffen, und wenn auch ein hoher Zoll auf Geistiges jeder Art liegt, so wird es doch auf dem Zollamt keine Schwierigkeiten geben, denn die Beamten sind alle Demokraten. Wenn Sie erst mal in New York sind, so garantiere ich Ihnen einen großen Erfolg. Ich kenne eine Menge Leute, die 1000 Dollar dafür geben würden, einen Großvater zu haben, und noch unendlich viel mehr für ein Familiengespenst.«

»Ich glaube, mir würde Amerika nicht gefallen.«

»Wahrscheinlich, weil wir keine Ruinen und Altertümer haben«, sagte Virginia spöttisch.

»Keine Ruinen? Keine Altertümer?«, erwiderte der Geist. »Sie haben doch Ihre Marine und Ihre Umgangsformen!«

»Guten Abend. Ich gehe jetzt und will Papa bitten, den Zwillingen noch extra acht Tage länger Ferien zu geben.«

»Bitte, gehen Sie nicht, Miss Virginia«, rief das Gespenst. »Ich bin so einsam und unglücklich und weiß nicht mehr, was ich tun soll. Ich möchte nur schlafen und kann es doch nicht.«

»Das ist töricht! Sie brauchen doch nur zu Bett zu gehen und das Licht auszublasen. Manchmal ist es so schwer, wach zu bleiben, besonders in der Kirche, aber beim Einschlafen gibt es doch gar keine Schwierigkeiten. Sogar die kleinen Kinder können das und sind doch gar nicht klug.«

»Seit dreihundert Jahren habe ich nicht mehr geschlafen«, sagte das Gespenst traurig, und Virginias schöne blaue Augen öffneten sich weit in grenzenlosem Erstaunen. »Seit dreihundert Jahren habe ich nicht mehr geschlafen, und ich bin so müde.«

Virginia wurde auf einmal ganz ernst, und ihre kleinen Lippen zitterten wie Rosenblätter. Sie trat näher zu ihm, kniete sich an seine Seite und sah zu seinem alten gefurchten Gesicht auf.

»Armer, armer Geist«, sprach sie leise, »haben Sie denn kein Fleckchen, wo Sie mal schlafen können?«

»Weit hinter jenen Wäldern liegt ein kleiner Garten«, sagte der Geist mit verträumter ferner Stimme. »Da wächst langes Gras, da blühen die großen weißen Sterne des Schierlings, und die Nachtigallen singen die ganze Nacht hindurch. Die ganze lange Nacht singen sie, und der kalte, kristallene Mond schaut nieder, und die Trauerweide breitet ihre Riesenarme über die Schläfer aus.«

Virginias Augen füllten sich mit Tränen, und sie verbarg das Gesicht in den Händen.

»Sie meinen den Garten des Todes«, flüsterte sie.

»Ja, Tod. Der Tod muss so schön sein. In der weichen braunen Erde zu liegen, während das lange Gras über einem hin und her schwankt, und der Stille zu lauschen. Kein Gestern, kein Morgen haben. Die Zeit und das Leben vergessen, im Frieden sein. Sie können mir helfen. Sie können mir die Tore des Todes öffnen, denn auf Ihrer Seite ist stets die Liebe, und die Liebe ist stärker als der Tod.«

Virginia zitterte, und ein kalter Schauer durchlief sie, und einige Minuten lang war es still. Es schien ihr wie ein angstvoller Traum.

Dann sprach der Geist wieder, und seine Stimme klang wie das Seufzen des Windes.

»Haben Sie je die alte Prophezeiung an dem Fenster in der Bibliothek gelesen?«

»O wie oft«, rief das junge Mädchen aufblickend, »ich kenne sie sehr gut. Sie ist mit verschnörkelten schwarzen Buchstaben geschrieben und schwer zu lesen; es sind nur sechs Zeilen:

Wenn ein goldenes Mädchen es dahin bringt,
dass es sündige Lippen zum Beten zwingt,
Wenn die dürre Mandel unter Blüten sich senkt,
ein unschuldiges Kind seine Tränen verschenkt,
Dann wird dies Haus wieder ruhig und still,
und Friede kehrt ein auf Schloss Canterville.

Aber ich weiß nicht, was das heißen soll.«

»Das heißt: Dass Sie für mich über meine Sünden weinen müssen, da ich keine Tränen habe, und für mich für meine Seele beten müssen, da ich keinen Glauben habe, und dann, wenn Sie immer gut und sanft gewesen sind, dann wird der Engel des Todes Erbarmen mit mir haben. Sie werden entsetzliche Gestalten im Dunkeln sehen, Schauriges wird Ihr Ohr vernehmen, aber es wird Ihnen kein Leid geschehen, denn gegen die Reinheit eines Kindes sind die Gewalten der Hölle ohne Macht.«

Virginia antwortete nicht, und der Geist rang verzweifelt die Hände, während er auf ihr gesenktes Köpfchen herabsah. Plötzlich erhob sie sich, ganz blass, aber ihre Augen leuchteten. »Ich fürchte mich nicht«, sagte sie bestimmt, »ich will den Engel bitten, Erbarmen mit Ihnen zu haben.«

Mit einem leisen Freudenausruf stand der Geist auf, ergriff mit altmodischer Galanterie ihre Hand und küsste sie. Seine Finger waren kalt wie Eis, und seine Lippen brannten wie Feuer, aber Virginia zauderte nicht, als er sie durch das dämmerdunkle Zimmer führte. In den verblassten grünen Gobelin waren kleine Jäger gewirkt, die bliesen auf ihren Hörnern und winkten ihr mit den winzigen Händen, umzukehren. »Kehre um, kleine Virginia«, riefen sie, »kehre um!« Aber der Geist fasste ihre Hand fester, und sie schloss die Augen. Gräuliche Tiere mit Eidechsenschwänzen und feurigen Augen sahen sie vom Kaminsims an und grinsten: »Nimm dich in Acht, Virginia, nimm dich in Acht! Vielleicht sieht man dich nie wieder!« Aber der Geist ging noch schneller voran, und Virginia hörte nicht auf die Stimmen. Am Ende des Zimmers hielt das Gespenst an und murmelte einige Worte, die sie nicht verstand. Sie schlug die Augen auf und sah die Wand vor sich verschwinden wie im Nebel, und eine große schwarze Höhle tat sich auf. Es wurde ihr eisig kalt, und sie fühlte etwas an ihrem Kleide zerren.

»Schnell, schnell«, rief der Geist, »sonst ist es zu spät!«, und schon hatte sich die Wand hinter ihnen wieder geschlossen, und das Gobelinzimmer war leer.

VI

Ungefähr zehn Minuten später tönte der Gong zum Tee, und da Virginia nicht herunterkam, schickte Mrs Otis einen Diener hinauf, sie zu rufen. Nach kurzer Zeit kam er wieder und sagte, dass er Miss Virginia nirgends habe finden können. Da sie um diese Zeit gewöhnlich in den Garten ging, um Blumen für den Mittagstisch zu pflücken, so war Mrs Otis zuerst gar nicht weiter besorgt, aber als es sechs Uhr schlug und Virginia immer noch nicht da war, wurde sie doch unruhig und schickte die Jungen aus, sie zu suchen, während sie und Mr Otis das ganze Haus abgingen. Um halb sieben kamen die Jungen wieder und berichteten, sie hätten nirgends auch nur eine Spur von ihrer Schwester entdecken können. Jetzt waren alle auf das Äußerste beunruhigt und wussten nicht mehr, was sie tun sollten, als Mr Otis sich plötzlich darauf besann, dass er vor einigen Tagen einer Zigeunerbande erlaubt habe, im Park zu übernachten. So machte er sich denn sofort auf nach Blackfell Hollow, wo sich die Bande, wie er wusste, jetzt aufhielt, und sein ältester Sohn und zwei Bauernburschen begleiteten ihn. Der kleine Herzog von Cheshire, der vor Angst ganz außer sich war, bat inständigst, sich anschließen zu dürfen, aber Mr Otis wollte es ihm nicht erlauben, da er fürchtete, der junge Herr würde in seiner Aufregung nur stören.

Als sie jedoch an die gesuchte Stelle kamen, waren die Zigeuner fort, und zwar war ihr Abschied augenscheinlich ein sehr rascher gewesen, wie das noch brennende Feuer und einige auf dem Gras liegende Teller anzeigten. Nachdem er Washington weiter auf die Suche geschickt hatte, eilte Mr Otis heim und sandte Depeschen an alle Polizeiposten der Grafschaft, in denen er sie ersuchte, nach einem kleinen Mädchen zu forschen, das von Landstreichern oder Zigeunern entführt worden sei. Dann ließ er sein Pferd satteln, und nachdem er darauf bestanden hatte, dass seine Frau und die beiden Jungen sich zu Tisch setzten, ritt er mit einem Knecht nach Ascot. Aber kaum hatte er ein paar Meilen zurückgelegt, als er jemand hinter sich hergaloppieren hörte; es war der junge Herzog, der auf seinem Pony mit erhitztem Gesichte und ohne Hut hinter ihm herkam.

»Ich bitte um Verzeihung, Mr Otis«, sagte er atemlos, »aber ich kann nicht zu Abend essen, solange Virginia nicht gefunden ist. Bitte, seien Sie mir nicht böse. Wenn Sie voriges Jahr Ihre Einwilligung zu unserer Verlobung gegeben hätten, so würde all diese Sorge uns erspart geblieben sein. Sie schicken mich nicht zurück, nicht wahr? Ich gehe auf jeden Fall mit Ihnen!«

Der Gesandte musste lächeln über den hübschen Jungen und war wirklich gerührt über seine Liebe zu Virginia. So lehnte er sich denn zu ihm hinüber, klopfte ihm freundlich auf die Schulter und sagte: »Nun gut, Cecil, wenn Sie nicht umkehren wollen, so müssen Sie mit mir kommen, aber dann muss ich Ihnen in Ascot erst einen Hut kaufen.«

»Ach, zum Teufel mit meinem Hut! Ich will Virginia wiederhaben!«, rief der kleine Herzog lachend, und sie ritten weiter zu der Bahnstation. Dort erkundigte sich Mr Otis bei dem Stationsvorstand, ob nicht eine junge Dame auf dem Bahnsteig gesehen worden sei, auf welche die Beschreibung von Virginia passe, aber er konnte nichts über sie erfahren. Der Stationsvorstand telegraphierte auf der Strecke hinauf und hinunter und versicherte Mr Otis, dass man auf das Gewissenhafteste recherchieren werde; und nachdem Mr Otis noch bei einem Schnittwarenhändler, der eben seinen Laden schließen wollte, dem jungen Herzog einen Hut gekauft hatte, ritten sie nach Bexley weiter, einem Dorf, das ungefähr vier Meilen entfernt lag und bei dem die Zigeuner besonders gern ihr Lager aufschlugen, weil es bei einer großen Wiese lag.

Hier weckten sie den Gendarmen, konnten aber nichts von ihm in Erfahrung bringen; und nachdem sie die ganze Gegend abgesucht hatten, mussten sie sich schließlich unverrichteter Dinge auf den Heimweg machen und erreichten todmüde und gebrochenen Herzens um elf Uhr wieder das Schloss. Sie fanden Washington und die Zwillinge am Tor, wo sie mit Laternen gewartet hatten, weil die Allee so dunkel war. Nicht die geringste Spur von Virginia hatte man bisher entdecken können. Man hatte die Zigeuner auf den Wiesen von Brockley eingeholt, aber sie war nicht bei ihnen, und die Zigeuner hatten ihre plötzliche Abreise damit erklärt, dass sie eiligst auf den Jahrmarkt von Chorton hätten müssen, um dort nicht zu spät anzukommen. Es hatte ihnen wirklich herzlich leidgetan, von Virginias Verschwinden zu hören, und da sie Mr Otis dankbar waren, weil er ihnen den Aufenthalt in seinem Park gestattet hatte, so waren vier von der Bande mit zurückgekommen, um sich an der Suche zu beteiligen. Man ließ den Karpfenteich ab und durchsuchte jeden Winkel im Schloss – alles ohne Erfolg. Es war kein Zweifel, Virginia war, wenigstens für diese Nacht, verloren.

In tiefster Niedergeschlagenheit kehrten Mr Otis und die Jungen in das Haus zurück, während der

Groom mit den beiden Pferden und dem Pony folgte. In der Halle standen alle Dienstboten aufgeregt beieinander, und auf einem Sofa in der Bibliothek lag die arme Mrs Otis, die vor Schrecken und Angst fast den Verstand verloren hatte und der die gute alte Haushälterin die Stirn mit Eau de Cologne wusch. Mr Otis bestand darauf, dass sie etwas esse, und bestellte das Diner für die ganze Familie. Es war eine trübselige Mahlzeit, wo kaum einer ein Wort sprach; sogar die Zwillinge waren vor Schrecken stumm, denn sie liebten ihre Schwester sehr. Als man fertig war, schickte Mr Otis trotz der dringenden Bitten des jungen Herzogs alle zu Bett, indem er erklärte, dass man jetzt in der Nacht ja doch nichts mehr tun könne, und am nächsten Morgen wolle er sofort nach Scotland Yard telegraphieren, dass man ihnen mehrere Detektive schicken solle.

Gerade als man den Speisesaal verließ, schlug die große Turmuhr Mitternacht, und als der letzte Schlag verklungen war, hörte man plötzlich ein furchtbares Gepolter und einen durchdringenden Schrei. Ein wilder Donner erschütterte das Haus in seinem Grund, ein Strom von überirdischer Musik durchzog die Luft, die Wandtäfelung oben an der Treppe flog mit tosendem Lärm zur Seite, und in der Öffnung stand, blass und weiß, mit einer kleinen Schatulle in der Hand – Virginia! Im Nu waren alle zu ihr hinaufgestürmt. Mrs Otis presste sie leidenschaftlich in ihre Arme, der Herzog erstickte sie fast mit seinen Küssen, und die Zwillinge vollführten einen wilden Indianertanz um die Gruppe herum.

»Mein Gott! Kind, wo bist du nur gewesen?«, rief Mr Otis fast etwas ärgerlich, da er glaubte, sie habe sich einen törichten Scherz mit ihnen erlaubt. »Cecil und ich sind meilenweit über Land geritten, dich zu suchen, und deine Mutter hat sich zu Tode geängstigt. Du musst nie wieder solche dummen Streiche machen.«

»Nur das Gespenst darfst du foppen, nur das Gespenst!«, schrien die Zwillinge und sprangen umher wie verrückt.

»Mein Liebling, Gott sei Dank, dass wir dich wiederhaben, du darfst nie wieder von meiner Seite«, sagte Mrs Otis zärtlich, während sie die zitternde Virginia küsste und ihr die langen zerzausten Locken glatt strich.

»Papa«, sagte Virginia ruhig, »ich war bei dem Gespenst. Es ist tot, und du musst kommen, es zu sehen. Es ist in seinem Leben ein schlechter Mensch gewesen, aber es hat alle seine Sünden bereut, und ehe es starb, gab es mir diese Schatulle mit sehr kostbaren Juwelen.«

Die ganze Familie starrte sie lautlos verwundert an, aber sie sprach in vollem Ernst, wandte sich um und führte sie durch die Öffnung in der Wandtäfelung einen engen geheimen Korridor entlang. Washington folgte mit einem Licht, das er vom Tisch genommen hatte. Endlich gelangten sie zu einer schweren eichenen Tür, die ganz mit rostigen Nägeln beschlagen war. Als Virginia sie berührte, flog sie in ihren schweren Angeln zurück, und man befand sich in einem kleinen, niedrigen Zimmer mit gewölbter Decke und einem vergitterten Fenster; ein schwerer eiserner Ring war in die Wand eingelassen, und daran angekettet lag ein riesiges

Skelett, das der Länge nach auf dem steinernen Boden ausgestreckt war und mit seinen langen fleischlosen Fingern nach einem altmodischen Krug und Teller zu greifen versuchte, die man aber gerade so weit gestellt hatte, dass die Hand sie nicht erreichen konnte. Der Krug war wohl einmal mit Wasser gefüllt gewesen, denn innen war er ganz mit grünem Schimmel überzogen. Auf dem Zinnteller lag nur ein Häufchen Staub. Virginia kniete neben dem Skelett nieder, faltete ihre kleinen Hände und betete still, während die übrigen mit Staunen die grausige Tragödie betrachteten, deren Geheimnis ihnen nun enthüllt war.

»Schaut doch!«, rief plötzlich einer der Zwillinge, der aus dem Fenster gesehen hatte, um sich über die Lage des Zimmers zu orientieren. »Schaut doch! Der alte verdorrte Mandelbaum blüht ja! Ich kann die Blüten ganz deutlich im Mondlicht sehn.«

»Gott hat ihm vergeben!«, sagte Virginia ernst, als sie sich erhob, und ihr Gesicht strahlte in unschuldiger Freude.

»Du bist ein Engel!«, rief der junge Herzog, schloss sie in seine Arme und küsste sie.

VII

Vier Tage nach diesen höchst wunderbaren Ereignissen verließ ein Trauerzug nachts um elf Uhr Schloss Canterville. Den Leichenwagen zogen acht schwarze Pferde, von denen jedes ein großes Panaché von nickenden Straußenfedern auf dem Kopfe trug, und der bleierne Sarg war mit einer kostbaren purpurnen Decke verhangen, auf welcher das Wappen derer von Canterville in Gold gestickt war. Neben dem Wagen her schritten die Diener mit brennenden Fackeln, und der ganze Zug machte einen äußerst feierlichen Eindruck. Lord Canterville als der Hauptleidtragende war zu diesem Begräbnis extra von Wales gekommen und saß im ersten Wagen neben der kleinen Virginia. Dann kamen der Gesandte der Vereinigten Staaten und seine Gemahlin, danach Washington und die zwei Jungen, und im letzten Wagen saß Mrs Umney, die alte Wirtschafterin, ganz allein. Man hatte die Empfindung gehabt, dass sie, nachdem sie mehr als fünfzig Jahre ihres Lebens durch das Gespenst erschreckt worden war, nun auch ein Recht hätte, seiner Beerdigung beizuwohnen. In der Ecke des Friedhofes war ein tiefes Grab gegraben, gerade unter der Trauerweide, und Hochwürden Augustus Dampier hielt eine höchst eindrucksvolle Grabrede. Als die Zeremonie vorüber war, löschten die Diener, einer alten Familiensitte der Canterville gemäß, ihre Fackeln aus, und während der Sarg in das Grab hinuntergelassen wurde, trat Virginia vor und legte ein großes Kreuz aus weißen und rosafarbenen Mandelblüten darauf nieder. Inzwischen kam der Mond hinter einer Wolke hervor und übersilberte den kleinen Friedhof, und im Gebüsch flötete eine Nachtigall. Virginia dachte an des Gespenstes Beschreibung vom Garten des Todes, ihre Augen füllten sich mit Tränen, und sie sprach auf der Rückfahrt nicht ein Wort.

Am nächsten Morgen hatte Mr Otis mit Lord

Canterville vor dessen Rückkehr nach London eine Unterredung wegen der Juwelen, welche das Gespenst Virginia gegeben hatte. Sie waren von ganz hervorragender Schönheit, besonders ein Halsschmuck von Rubinen in altvenezianischer Fassung, ein Meisterwerk der Kunst des sechzehnten Jahrhunderts und so wertvoll, dass Mr Otis zögerte, seiner Tochter zu erlauben, sie anzunehmen.

»Mylord«, sagte er, »ich weiß sehr wohl, dass sich in diesem Lande die Erbfolge ebensowohl auf den Familienschmuck wie auf den Grundbesitz erstreckt, und ich bin dessen ganz sicher, dass diese Juwelen ein Erbstück Ihrer Familie sind oder doch sein sollten. Ich muss Sie demgemäß bitten, die Pretiosen mit nach London zu nehmen und sie lediglich als einen Teil Ihres Eigentums zu betrachten, der unter allerdings höchst wunderbaren Umständen wieder in Ihren Besitz zurückgelangt ist. Was meine Tochter betrifft, so ist diese ja noch ein Kind und hat, wie ich mich freue sagen zu können, nur wenig Interesse an solchen Luxusgegenständen. Mrs Otis, die, wie man wohl sagen kann, eine Autorität in Kunstsachen ist – da sie den großen Vorzug genossen hat, als junges Mädchen mehrere Winter in Boston zu verleben –, Mrs Otis sagte mir, dass diese Juwelen einen sehr bedeutenden Wert repräsentieren und sich ganz vorzüglich verkaufen würden. Unter diesen Umständen bin ich überzeugt, Lord Canterville, dass Sie einsehen werden, wie unmöglich es für mich ist, einem Mitglied meiner Familie zu erlauben, in dem Besitz der Juwelen zu bleiben, und endlich ist dieser eitle

Putz und Tand und dieses glänzende Spielzeug, so passend und notwendig es auch zur Würde der britischen Aristokratie zu gehören scheint, doch unter jenen niemals recht am Platz, die in den strengen und, wie ich bestimmt glaube, unsterblichen Grundsätzen republikanischer Einfachheit erzogen sind. Vielleicht sollte ich noch erwähnen, dass Virginia sehr gern die Schatulle selbst behalten möchte, als Erinnerung an Ihren unglücklichen, irregeleiteten Vorfahren. Da selbe sehr alt und in einem Zustande großer Reparaturbedürftigkeit zu sein scheint, so werden Sie es vielleicht angemessen finden, der Bitte meiner Kleinen zu willfahren. Ich für meinen Teil muss allerdings gestehen, dass ich außerordentlich erstaunt bin, eins von meinen Kindern Sympathie mit dem Mittelalter in irgendeiner Gestalt empfinden zu sehen, und ich kann mir das nicht anders als dadurch erklären, dass Virginia in einer Ihrer Londoner Vorstädte geboren wurde, kurz nachdem Mrs Otis von einer Reise nach Athen zurückgekehrt war.«

Lord Canterville hörte der langen Rede des würdigen Gesandten aufmerksam zu, während er sich ab und zu den langen grauen Schnurrbart strich, um ein unwillkürliches Lächeln zu verbergen; und als Mr Otis schwieg, schüttelte er ihm herzlich die Hand und sagte: »Mein lieber Mr Otis, Ihre entzückende kleine Tochter hat meinem unglücklichen Vorfahren, Sir Simon, einen höchst wichtigen Dienst geleistet, und meine Familie und ich sind ihr für den bewiesenen erstaunlichen Mut zu sehr großem Dank verpflichtet. Ganz zweifellos sind die Juwelen

Miss Virginias Eigentum, und wahrhaftig, ich glaube, wäre ich herzlos genug, sie ihr fortzunehmen, der böse alte Bursche würde noch diese Woche wieder aus seinem Grabe aufstehen und mir das Leben hier zur Hölle machen. Und was den Begriff Erbstück anbelangt, so ist nichts ein Erbstück, was nicht mit diesem Ausdruck in einem Testament oder sonst einem rechtskräftigen Schriftstück als solches bezeichnet ist, und von der Existenz dieser Juwelen ist nichts bekannt gewesen. Ich versichere Ihnen, dass ich nicht mehr Anspruch auf sie habe als Ihr Kammerdiener, und wenn Miss Virginia erwachsen ist, so wird sie, meine ich, doch ganz gern solche hübschen Sachen tragen. Außerdem vergessen Sie ganz, Mr Otis, dass Sie ja damals die ganze Einrichtung und das Gespenst mit dazu übernommen haben, und alles, was zu dem Besitztum des Gespenstes gehörte, wurde damit Ihr Eigentum, und was auch Sir Simon für eine merkwürdige Tätigkeit nachts auf dem Korridor entfaltet haben mag, vom Standpunkt des Gesetzes aus war er absolut tot, und somit erwarben Sie durch Kauf sein Eigentum.«

Mr Otis war anfangs wirklich verstimmt, dass Lord Canterville auf sein Verlangen nicht eingehen wollte, und bat ihn, seine Entscheidung nochmals zu überlegen, aber der gutmütige Lord war fest entschlossen und überredete schließlich den Gesandten, seiner Tochter doch zu erlauben, das Geschenk des Gespenstes zu behalten, und als im Frühjahr 1890 die junge Herzogin von Cheshire bei Gelegenheit ihrer Hochzeit bei Hofe vorgestellt wurde, erregten ihre Juwelen die allgemeine

Bewunderung. Denn Virginia bekam wirklich und tatsächlich eine Krone in ihr Wappen, was die Belohnung für alle braven kleinen Amerikanerinnen ist, und heiratete ihren jugendlichen Bewerber, sobald sie mündig geworden war. Sie waren ein so entzückendes Paar und liebten einander so sehr, dass jeder sich über die Heirat freute, jeder außer der Herzogin von Dumbleton – die den jungen Herzog gern für eine ihrer sieben unverheirateten Töchter gekapert hätte und nicht weniger als drei sehr teure Diners zu dem Zweck gegeben hatte – und wunderbarerweise auch außer Mr Otis selber. Mr Otis hatte den jungen Herzog persönlich sehr gern, aber in der Theorie waren ihm alle Titel zuwider, und »er war«, um seine eigenen Worte zu gebrauchen, »nicht ohne Besorgnis, dass inmitten der entnervenden Einflüsse der vergnügungssüchtigen englischen Aristokratie die einzig wahren Grundsätze republikanischer Einfachheit vergessen werden würden«. Sein Widerstand wurde jedoch völlig besiegt, und ich glaube, dass es, als er in St. Georges Hanover Square mit seiner Tochter am Arm durch die Kirche schritt, keinen stolzeren Mann in ganz England gab als ihn.

Der Herzog und seine junge Frau kamen nach den Flitterwochen auf Schloss Canterville, und am Tag nach ihrer Ankunft gingen sie des Nachmittags zu dem kleinen einsamen Friedhof unter den Tannen. Man hatte sich erst über die Inschrift auf Sir Simons Grabstein nicht schlüssig werden können, und nach vielen Schwierigkeiten war dann entschieden worden, nur die Initialen seines Namens und den Vers vom Fenster der

Bibliothek eingravieren zu lassen. Die Herzogin hatte wundervolle Rosen mitgebracht, die sie auf das Grab streute, und nachdem sie eine Zeit lang stillgestanden hatten, schlenderten sie weiter zu der halb verfallenen Kanzel in der alten Abtei. Dort setzte sich Virginia auf eine der umgestürzten Säulen; ihr Mann legte sich ihr zu Füßen in das Gras, rauchte eine Zigarette und blickte ihr verliebt und glücklich in die schönen Augen. Plötzlich warf er seine Zigarette weg, ergriff ihre Hand und sagte: »Virginia, eine Frau sollte keine Geheimnisse vor ihrem Mann haben!«

»Aber lieber Cecil! Ich habe doch keine Geheimnisse vor dir.«

»Doch, das hast du«, antwortete er lächelnd. »Du hast mir nie gesagt, was dir begegnet ist, als du mit dem Gespenst verschwunden warst.«

»Das habe ich niemandem gesagt«, sagte Virginia ernst.

»Das weiß ich, aber du könntest es mir jetzt doch sagen.«

»Bitte, verlange das nicht von mir, Cecil, denn ich kann es dir nicht sagen … Der arme Sir Simon! Ich bin ihm zu so großem Dank verpflichtet. Ja, da brauchst du nicht zu lachen, Cecil, es ist wirklich wahr. Er hat mich einsehen gelehrt, was das Leben ist und was der Tod bedeutet und warum die Liebe stärker ist als beide zusammen.«

Der Herzog stand auf und küsste seine junge Frau sehr zärtlich.

»Du kannst dein Geheimnis behalten, solange mir nur dein Herz gehört«, sagte er leise.

»Mein Herz hat dir schon immer gehört, Cecil.«

»Aber unseren Kindern wirst du einst dein Geheimnis sagen, nicht wahr?«

Virginia errötete …

Carlos Ruiz Zafón

Apokalypse in zwei Minuten

Der Tag, an dem die Welt unterging, erwischte mich an der Ecke Fünfte / Siebenundfünfzigste Straße, als ich gerade auf mein Handy schaute. Eine Rothaarige mit silberhellen Augen wandte sich zu mir um und fragte:

»Ist dir mal aufgefallen, dass die Leute immer mehr verblöden, je intelligenter die Handys werden?«

Sie sah aus wie eine von Draculas Gemahlinnen, die in einem Gothic Shop zugeschlagen hat.

»Kann ich Ihnen helfen, Miss?«

Sie sagte, das Ende der Welt sei gekommen. Das Himmlische Gericht habe wegen schwerwiegender Mängel den Rückruf angeordnet; sie sei ein gefallener Engel, der aus der Unterwelt entsandt worden sei, um sicherzustellen, dass arme Seelen wie meine in geordneter Weise zum zehnten Höllenkreis hinabwanderten.

»Ich dachte, da unten gäbe es nur neun Kreise«, gab ich zurück.

»Wir mussten noch einen hinzufügen für alle, die ihr Leben gelebt haben, als ob es ewig währte.«

Ich hatte meine Medikation nie sonderlich ernst genommen, aber schon bei einem einzigen Blick in diese silbergrauen Augen wusste ich, dass sie die Wahrheit sagte. Als sie mein Unbehagen bemerkte, setzte sie hinzu: Da ich nie im Finanzsektor gearbeitet habe, gestehe sie mir drei Wünsche zu, bevor der große Knall käme und das Universum implodierte, um wieder zur Größe einer Kichererbse zusammenzuschrumpfen.

»Wähle weise.«

Ich dachte nach.

»Ich will wissen, was der Sinn des Lebens ist. Ich will wissen, wo es das beste Schokoladeneis der Welt gibt. Und ich will mich verlieben«, erklärte ich.

»Die Antwort auf deine beiden ersten Wünsche ist dieselbe.«

Was den dritten Wunsch betraf, gab sie mir einen Kuss, der nach der ganzen Wahrheit der Welt schmeckte und das Bedürfnis in mir weckte, ein anständiger Mensch zu sein. Wir machten einen Abschiedsspaziergang durch den Park und nahmen dann in dem altehrwürdigen Hotel mit den gotischen Kapitellen auf der anderen Straßenseite den Aufzug bis nach ganz oben, um von dort die Welt in die Luft fliegen zu sehen.

»Ich liebe dich«, sagte ich.

»Ich weiss.«

Hand in Hand standen wir dort und sahen zu, wie eine überwältigende Masse blutroter Wolken den Himmel verdüsterte, und ich weinte vor Glück.

Nachweis

Isabel Allende
Die Liebenden im Guggenheimmuseum. Aus dem Spanischen von Liselotte Kolanoske. Aus: Isabel Allende, *Ein diskretes Wunder*. Copyright © 2010 by Suhrkamp Verlag GmbH, Berlin.

Paul Auster
Und am anderen Ende der Leitung war … Aus: Paul Auster, *Das rote Notizbuch*. Aus dem amerikanischen Englisch von Werner Schmitz. Copyright © 2001 by Rowohlt Taschenbuch Verlag GmbH, Reinbek bei Hamburg.

F. Scott Fitzgerald
Liebe in der Nacht. Aus dem amerikanischen Englisch von Manfred Allié. Zuerst erschienen 1925 in der *Saturday Evening Post*. Für die Übersetzung Copyright © 2023 by Kampa Verlag AG, Zürich. Von F. Scott Fitzgerald ist als Gatsby Original im Kampa Verlag eine gebundene Ausgabe von *Der große Gatsby* erschienen, in der Ausstattung der Originalausgabe. Von Zelda Fitzgerald ist als Kampa Pocket der Roman *Schenk mir den Walzer* lieferbar.

Eva Ibbotson
Mit Liebe und Sumpfgeräuschen. Aus: Eva Ibbotson, *Vicky und der Weihnachtsengel. Erzählungen.* Aus dem Englischen von Monika Curths. Copyright © 2025 by Kampa Verlag AG, Zürich. Im Kampa Verlag sind Eva Ibbotsons Romane *Was der Morgen bringt*, *Der Modesalon des Glücks* und *Ein Tanz für mich allein* erschienen, im Atlantis Verlag ihr Jugendbuch Annika und der Stern von Kazan. Weitere Romane und ein Band mit Erzählungen sind in Vorbereitung.

Deborah Levy
Black Vodka. Aus: Deborah Levy, *Black Vodka. Erzählungen.* Aus dem Englischen von Barbara Schaden. Copyright © 2024 by Kampa Verlag AG, Zürich. Im Kampa Verlag sind Deborah Levys Romane *Der Mann, der alles sah*, *Heiße Milch* und *Heim schwimmen* erschienen; im Aki-Verlag die Romane *Landschaft verschluckt*, *Schöne Mutanten*, *Augustblau* und *Billy & Girl* sowie die Essaysammlung *Die Position der Löffel.*

Alexander Puschkin
Der Schneesturm. Aus: Alexander Puschkin, *Der Schneesturm.* Aus dem Russischen von Alexander Eliasberg. Wegweiser-Verlag, Berlin 1921.

Claire Scott
Eine Fahrkarte für zwei. Aus dem Englischen von Katharina Lange. Als Oktopus Buch im Kampa Verlag erschienen. Copyright © 2024 by Kampa Verlag AG, Zürich.

Oscar Wilde
Das Gespenst von Canterville. Aus dem Englischen von Franz Blei. Zuerst erschienen 1887 in der Londoner Zeitschrift *The Court and Society Review.* Eine schöne Einzelausgabe ist 2019 als Gatsby Buch im Kampa Verlag erschienen. Für die Übersetzung dieser überarbeiteten Fassung Copyright © 2019 by Kampa Verlag AG, Zürich.

Carlos Ruiz Zafón
Apokalypse in zwei Minuten. Aus: Carlos Ruiz Zafón, *Der Friedhof der vergessenen Bücher. Erzählungen.* Aus dem Spanischen von Lisa Grüneisen und Peter Schwaar. Copyright © 2021 by S. Fischer Verlag GmbH, Frankfurt am Main.

KAMPA POCKET

Geschichten, die erfrischen

Das Sommerlesebuch

Herausgegeben von Aleksia Sidney

Mit diesem Buch wird jede Sonnenbrille zur Lesebrille.

Am Strand oder Pool, auf der Wiese oder unterm Baum, im stickigen Zuhause sowieso. Wenn im Sommer die Sonne brennt, braucht jeder ab und zu mal eine Abkühlung. *Geschichten, die erfrischen* bietet genau das. Das Buch versammelt Erzählungen von weltbekannten Autor*innen wie Olga Tokarczuk oder Julian Barnes, aber auch literarische Neuentdeckungen und beliebte Evergreens, in denen auf ungewöhnliche Weise geliebt, gereist oder sich verheddert wird. Ein spannender Geschichtenschatz: mal sinnlich, ab und an ein wenig melancholisch oder hochdramatisch, aber immer überraschend und belebend. Für alle, die die langen Sommertage am liebsten zum endlosen Lesen nutzen.

»Mit einer Badetasche über der Schulter und einem kleinen Kind auf dem Arm kämpfte sie sich Richtung Strand, wobei einer ihrer Lederflipflops immer wieder umklappte und er hörte, wie ihr ein halblautes ›Shit‹ entfuhr. Einmal hörte er, wie sie ihren Mann anfauchte, als sie versuchte, das Taschenbuch zu lesen, das sie jeden Tag mit an den Strand schleppte, und die Kinder sie andauernd mit Pipi, Essenswünschen oder Streits unterbrachen: ›Wenn ich jetzt nicht endlich diesen verdammten Satz zu Ende lesen kann, fange ich an zu schreien!‹«

KAMPA POCKET

Vom stillen Zauber der Welt

Geschichten und Gedichte

Herausgegeben von Aleksia Sidney

Lesend eine Auszeit genießen und sich im Müßiggang üben.
Ein stiller Begleiter in einer lauten Welt.

Auf die eine oder andere Weise sind wir alle auf der Suche nach Momenten der Stille. Als Flucht aus dem hektischen Alltag. Um wieder zu uns selbst zu kommen. Um Kraft zu tanken. Wo man Stille garantiert und immer finden kann, ist in der Bibliothek – und überall sonst, wo man ungestört lesen kann. Denn es gibt wohl keinen erholsameren Zeitvertreib. In den Geschichten und Gedichten dieses Bands finden die Menschen Oasen der Ruhe an ganz speziellen Orten. Ganz allein für sich oder in einer Menschenmenge. Aber wie man die Stille beschreiben kann? Manch ein*e Literat*in hat überraschende Wege gefunden. Und andere schreiben über Tiere, Natur oder Menschen auf eine so unaufgeregt schöne Weise, dass man die Ruhe förmlich spüren kann.

»Vielleicht muss ja im Schweigen ruhen und
bewahrt werden, was uns glücklich macht.«
Siegfried Lenz

KAMPA POCKET

Sommerloch-Lesebuch

Herausgegeben von Aleksia Sidney

Der Sommer ist zum Lesen da!

Ein Sommer ohne Geschichten? Das geht gar nicht! Jüngstes Beispiel ist die vermeintliche Löwin, die im Berliner Süden durch die Wälder gestreift sein soll – und sich als Wildschwein herausstellte, was international für Aufsehen sorgte. Ein ähnlich prominenter Artgenosse: »Problembär« Bruno. Manche mögen sich erinnern. Oder die Ente, dass Mallorca das 17. deutsche Bundesland wird. Wenn alle in den Ferien sind und überhaupt gar nichts passiert, muss man eben erfinderisch werden – das wissen nicht nur Journalist*innen, sondern auch Autor*innen, die uns seit jeher mit viel Phantasie über zähe Stunden hinweghelfen. Das *Sommerloch-Lesebuch* ist das literarische Gegenmittel für langweilige Zeitungsenten und so der perfekte Zeitvertreib für die Saure-Gurken-Zeit. Dafür garantieren Autor*innen wie Tessa Hadley, William Boyd, Lucia Berlin, Deborah Levy, Astrid Rosenfeld, Olga Tokarczuk, Milan Kundera, F. Scott Fitzgerald, Georges Simenon oder Virginia Woolf – und als Zusatz gibt es noch echte literarische Sommerloch-Geschichten von Martin Suter, Roger Graf und Anna Katharina Hahn.

KAMPA POCKET

Über uns nur der Himmel

Abenteuerliche Reisegeschichten

Herausgegeben von Miriam Kunz

Für alle Fernwehgeplagten und die, die lieber
zu Hause bleiben und lesend reisen

Kein Weckerklingeln, keine nervigen Chefs, kein Alltagstrott. Ferienzeit ist die schönste im ganzen Jahr, ob in der Stadt, am Meer, in den Bergen oder im Garten. Wenn der Reisepass verlängert, die Packliste abgehakt und die Abwesenheitsnotiz eingerichtet ist, kann es endlich losgehen. Und am schönsten ist es, wenn nur der Himmel über einem ist. Nur herrscht leider auch im Urlaub nicht immer eitel Sonnenschein: Wenn das Zelt knöcheltief im Wasser steht, liegen die Nerven schnell blank. Und auch Urlaubsbekanntschaften oder sogar die eigenen Reisegefährt*innen können nerven. Das Beste an jeder Reise: Zu erzählen gibt es immer etwas!

»Hat man sich dann in den Schlafsack gezwängt, ohne sich
dabei ein Knie ins Gesicht zu stoßen oder ein Familienmitglied
zu Tode zu quetschen, ist es endlich so weit – unter dem
Kopfkissen liegt wie zur Belohnung das Buch.«
Daniel Gray

KAMPA POCKET

Wanderlust

Geschichten und Gedichte für den Rucksack

Herausgegeben von Aleksia Sidney

Ohne Buch ist jeder Rucksack viel zu leicht.

»Ja, lesen konnte man selbst, wenn man wanderte«, behauptete einmal Joseph Roth. Dieses Buch lädt dazu ein, über das Wandern zu lesen – in all seinen Facetten: als Naturerlebnis oder als Flanieren in der Stadt. Literarische Wandergesellen sind Robert Walser, H.D. Thoreau, Bruce Chatwin, Laurie Lee und viele andere. Ein Buch für jeden Rucksack oder als Lektüre vor der Wanderung – oder für danach, wenn die geschundenen Füße hochgelegt werden.

»Was kümmert mich, den Spaziergänger, der die Diagonale eines späten Frühlingstages durchmarschiert, die große Tragödie der Weltgeschichte, die in den Leitartikeln der Blätter niedergelegt ist? Ich habe keinen Sinn mehr für die weite, allumfassende Armbewegung des Weltbühnenhelden. Ich bin ein Spaziergänger.«
Joseph Roth

Wenn Ihnen dieses KAMPA POCKET gefallen hat, gefällt Ihnen vielleicht auch der Lesetipp auf der gegenüberliegenden Seite.

Schicken Sie uns bitte Ihren LIEBLINGSSATZ aus einem Kampa Pocket, bei einer Veröffentlichung auf unseren Social-Media-Kanälen bedanken wir uns mit einem Buchgeschenk: lieblingssatz@kampaverlag.ch